认知中华传统美德的意义和价值 并不断赋予其新的时代内涵

家和万事兴

传统美德

谢寒梅◎著

治国容易，治家很难；
治一人容易，治多人共聚之家，诚属不易！

台海出版社

图书在版编目(CIP)数据

家和万事兴 / 谢寒梅著.--北京:台海出版社,
2015.7

ISBN 978-7-5168-0644-9

Ⅰ.①家… Ⅱ.①谢… Ⅲ.①家庭关系 Ⅳ.
①C913.11

中国版本图书馆 CIP 数据核字(2015)第 159273 号

家和万事兴

著　　者:谢寒梅

责任编辑:姚红梅
装帧设计:虞　佳　　　　版式设计:通联图文
责任校对:尹丹丹　　　　责任印制:蔡　旭

出版发行:台海出版社
地　　址:北京市朝阳区劲松南路1号　邮政编码:100021
电　　话:010-64041652(发行,邮购)
传　　真:010-84045799(总编室)
网　　址:www.taimeng.org.cn/thcbs/default.htm
E-mail:thcbs@126.com

经　　销:全国各地新华书店
印　　刷:北京柯蓝博泰印务有限公司
本书如有破损、缺页、装订错误,请与本社联系调换

开　　本:710mm×1000 mm　　　1/16
字　　数:249千字　　　　　印　张:19
版　　次:2015年8月第1版　　印　次:2015年8月第1次印刷
书　　号:ISBN 978-7-5168-0644-9

定　　价:36.00元

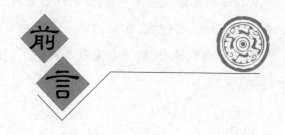
①

中华民族自古就有重视家庭和谐的优良传统。儒家把"修身、齐家"看作"治国、平天下"的基础,孟子说"天下之本在国,国之本在家",深刻地道出了家庭与社会之间的紧密联系。

大千世界,芸芸众生,每一个人都有一个属于自己的家。家庭是社会的细胞、人的生命摇篮,是人们世界观、人生观、价值观形成的"第一课堂",每个人总是带着家庭的"烙印"走进社会、走向生活的。所以,只有家庭稳定,才能有心思、有精力、有信心去做其他的事,家就像房子的地基,地基稳,房子才能经历风雨,才能遮风挡雨。

"家和万事兴"是我国的一句古话,一针见血地揭示出了家庭和睦的重要性。

一个和睦的家庭,可以给下一代一个良好的生活环境和教育环境,从而使其健康成长,树立正确的人生观、价值观,成人之后可以服务于社会,服务于国家。

一个和睦的家庭,可以给一个人生活的目标和驱动力,也可以在其遭受挫折和失败时给予宽容和理解,不少"问题少年"就因为家庭的原因引起个人思想偏激、产生对国家和社会不利的想法和举动,和睦的家庭就可以尽可能地规避这一点，促进社会的每一位成员发挥正能量。

家是社会的细胞，社会的每一个细胞都健康起来，那么社会的每一个器官也会更健康，每一个家庭都和谐了，那么意味着社会也是和谐稳定的。

2

老子说："治大国若烹小鲜。"有时治国容易，治家很难；治一人容易，治多人共聚之家，诚属不易，究竟怎么做才能"家和"呢？

首先，想要家庭和睦，就需要互相体谅、互相包容。家庭成员之间的关系就像是牙齿和嘴唇，"唇亡齿寒"的道理自然不必多说，但是，也会有牙齿不小心磕破了嘴唇的时候。虽然是一家人，但是每个人的性格都不一样，有不同的意见、不同的生活方式也就在所难免。如果说"爱"是构建一个家庭所需的顶梁柱，那么宽容和理解就是坚实的地基，就像是一座房子没有牢靠的地基作为支撑，再优秀的顶梁柱也发挥不出它的功用一样。

其次，夫妻之间一定要互相尊重。中国自古就有"举案齐眉""相敬如宾"的佳话，尊重是夫妻相处中不可忽视的重要因素，要想使你的婚姻更加稳固，最重要的一条就是要学会尊重。只有懂得尊重对方，你才能得到对方的尊重。同时，不仅要尊重对方，更要紧的是要爱屋及乌，尊重对方的父母、兄弟姐妹以及对方的亲朋好友。

再次，经济基础决定上层建筑。从"历览前贤国与家，成由勤俭败由奢"到"勤俭持家久，诗书济世长"，无一不在证明着国家的富强、家庭的富裕，勤俭节约起着决定作用，学会理财对于一个家庭来说显得更为重要，它是家庭幸福、婚姻美满的基本保障，如何支配和规划好生活中的每一笔开销，是每个家庭都应该学习的一门必修课。

要做到家和,还必须要以教育为本。家庭每个人都要尽量受教育,受教育才能改变气质,才能去除自私,才能与人和合,团结一家。过去一些贫苦人家,尽管卖田地、卖家产,也要培育子弟受教育,这都是兴家之道。每个人都能受高等教育,让家庭成为书香之家,这不仅是家庭的进步,也是国家之成长。

家和的一个最重要法宝就是孝,中国有首名为《劝孝歌》的古诗:"人不孝其亲,不如禽与兽。"语言虽然很直白,但是却蕴涵着很深刻的道理。一个人,不论他生于什么样的家庭,也不论他将来的地位有多大的变化,只要他的父母还健在,那么他就有尽孝道的义务,这也是人之所以为人的根本。

3

虽然维护家庭和谐,社会和国家层面需要作出努力,但是家庭是由一个个成员组成,所以我们要深刻认识到个体在家庭中的重要作用,每一个人都要从自身做起,为"家和"贡献自己的力量。

本书深入而细致地剖析家庭和睦的要素,以及家庭和睦对于个人发展,对于家族兴旺,对于社会稳定和谐的重要意义,同时还提供了切实有效的一些治家之法、夫妻之道、子女教育等,语言亲切,故事生动,行文细腻。希望每一个读者从本书中汲取养分,提高自己的个人素质和道德品格,来积极影响和教育家庭中的其他成员,以个人的积极能量去感染身边的人,促进小家的和谐,为社会的大和谐做出一份贡献。

目录

慈孝存心，乐享天伦

　　《孝经》里说：凡有孝子，家庭必然和睦，老有所终，幼有所教，妻贤子贵，其乐融融；凡有孝子，市井必定繁华，人有所需，物有所用，车马畅行千里无阻；凡有孝子，天下必会太平，国中无国，民生祥和，四海之内皆为亲邦。

1.百善孝为先

中国有首名为《劝孝歌》的古诗:"人不孝其亲,不如禽与兽。"语言虽然很直白,但是却蕴涵着很深刻的道理。一个人,不论他生于什么样的家庭,也不论他将来的地位有多大的变化,只要他的父母还健在,那么他就有尽孝道的义务,这也是人之所以为人的根本。

试想一下,我们的父母养育我们多年,如果等到老了却享受不到应有的亲情,会多么寒心!人类一直标榜自己是万物之灵,倘若面对自己的父母都不行孝敬,又有什么资格居高临下地谈论自然界中的动物呢?

《庄子》中曾记载:"子之爱亲,命也,不可解于心;臣之事君,义也,无适而非君也,无所逃于天地之间。""是以夫事其亲者,不择地而安之,孝之至也。"孟子也讲:"孰不为事,事亲,事之本也。"

远在2000多年以前的周朝,在中国的北方有一个偏僻的小山村,村中住着一个叫剡子的少年。

剡子个儿虽然不高,却很机智勇敢,又特别孝敬父母,村里的大人、小孩都特别喜欢他。剡子常常对村里人说:"父亲、母亲生养了我,把我养大不容易,我要像父母爱我那样爱他们。"剡子不仅是这样说的,也是这样做的。

随着时光的荏苒,剡子一天天长大了,他越发变得懂事,知道自己应该为父母分忧。他每天天刚蒙蒙亮就起床,帮助父母担水、做饭、打扫院落。侍候父母起了床,一家人吃完早饭,他背着绳索,拎着斧头上山去砍柴。进了大山,他凭借着矫健、灵巧的身子,爬上大树,抡起斧头使劲地砍起树的枝杈。斧砍枯枝的响声在大山里回荡。

有一年赶上闹灾荒，田里收成不济，日子越发艰难。父母忧急交加，一时心火上攻，双双眼睛失明，这可急煞了小小年纪的剡子。

为了给父母治病，剡子每天半糠半菜地侍奉双亲充饥后，就到处求人，寻医问药。

一天，剡子到深山采药，路过一座庙宇，便进去讨口水喝。他见方丈童颜仙骨，就向他请求治疗眼疾的药方。老方丈问明缘由，沉吟一下说："药方倒有一个，恐怕你采不来。"

"请说，我舍命去采！"

"鹿奶，鹿奶可以治眼疾。"

剡子听了，立即叩头谢过老方丈，飞步赶往鹿群出没的树林中。这里的鹿确实不少，可它们蹄轻身灵，一见有人靠近，就一阵风似的飞快逃去。

怎样才能弄来鹿奶呢？剡子绞尽脑汁，昼思夜想。

一天，他见村东头猎户家的墙头上晒着一张鹿皮，忽地眼前一亮：把鹿皮借来，披在身上，扮成小鹿的模样，不就能悄悄接近鹿群了吗？

于是，剡子迫不及待地走进猎户家，说明来意。好心的猎户欣然把鹿皮借给了他，还指点剡子如何模仿小鹿四肢跑跳的动作。经过多次演练，剡子竟然举手投足都像一只活脱脱的小鹿。

第二天，剡子用嘴叼着一只木碗，悄悄地蹲在树林里。待鹿群走近时，披着鹿皮的剡子像一只小鹿似的不紧不慢地凑到一只母鹿身边，轻手轻脚地挤了满满一木碗鹿奶。直到鹿群走开了，他才站起身来，捧着鹿奶直奔家中。

打这以后，剡子多次用扮成小鹿的办法去挤母鹿的奶汁。有一天，他又上山去挤取鹿乳，没想到一个猎人却把他当成真鹿了，在要射杀他的时候，剡子急忙走出来，告诉了猎人真相，猎人大受感动。剡子的孝名也因此被传播开来，乡亲们都夸奖剡子是个孝敬父母的好孩子。

剡子父母由于常常喝到鲜美的鹿奶，营养不良的身体一天天强壮起来。后来，失明的眼睛，果然奇迹般地恢复了光明。

古人讲"求忠臣必于孝子之门"，一个人对父母家庭有真感情，如出来为天下国家献身，就一定有责任感。换言之，忠就是孝的发挥，就是扩充了爱父母的心情，爱别人，爱国家，爱天下。

汉文帝刘恒是汉高祖刘邦的第四个儿子，他是嫔妃所生，原本不是太子，后来因为孝顺贤能，而被群臣拥立为皇帝。

汉文帝即位后，有一年，他的生母薄太后病了，他十分体贴地侍奉，从不懈怠。薄太后卧病三年，他每天都去探望，衣不解带地在旁边照顾，每次看到母亲睡了，才趴在母亲床边睡一会儿。母亲所服的汤药，他都要亲口尝过后才放心让母亲服用。

汉文帝孝顺母亲的事，在朝野广为流传。人们都称赞他是一个仁孝之君。

有诗颂曰："仁孝闻天下，巍巍冠百王；母后三载病，汤药必先尝。"

汉文帝的仁孝传遍了四方，感化了所有的官员和百姓。

汉文帝共在位24年，他一直很注意发展农业，用德治国，非常注意教化百姓孝顺。因此，他在位期间，西汉社会稳定和谐，人丁兴旺，经济也得到恢复和极大的发展。在历史上，他与汉景帝的统治时期被共同誉为"文景之治"。后人为了纪念文帝的伟业和仁政以及他的孝道，人们将其列为《二十四孝》之第一孝。

自古道"久病床前无孝子"，而刘恒却能做到三年如一日。万事孝为先，因为父母的付出远远比山高、比海深。怀着一颗孝心，去看待社会，看待父母，看待亲朋，你将会发现自己是多么快乐。

百善孝为先，原心不原迹，原迹贫家无孝子，所以说，孝的止境，在于以父母待你之心回报，无论何时何地，无论贫穷富有，孝由心生，不由外物。《孝经》云："用天之道，分地之利，谨身节用，以养父母，此庶人之孝也。故自天子至于庶人，孝无终始，而患不及者，未之有也。"

东汉时，有一个人名叫黄香，很小的时候，他就知道亲近、孝顺父母。

在他9岁时，母亲去世了，父亲一人来养育他。他深知父亲的辛苦，对父亲倍加孝顺，一切家务活都由他一个人承担。别的小孩子在玩耍时，他在家里劈柴做饭，好让父亲有更多的时间休息。

夏天的时候，天气炎热，黄香的父亲干完活，坐在院子里乘凉。黄香就用扇子把床扇凉，然后伺候父亲上床就寝。冬天，天寒地冻，他先用自己的身体把被窝暖热，才让父亲躺下睡觉。日久天长，黄香对父亲的孝道深得乡邻的称赞。

在黄香12岁时，江夏的太守称他为"至孝"，汉和帝也曾嘉奖过他。

长大后，人们推举黄香当地方官。黄香担任太守时，体恤百姓们的饥苦，爱护子民，为百姓谋利。有一次，黄香出任太守的地区遭受了特大水灾，他毫不犹豫拿出自己历年的俸禄，赈济受灾的百姓；同时上奏皇帝，请求减免百姓当年的税赋。百姓们都十分爱戴这位爱民如子的好官，在当时流行着这样的一句话："天下无双，江夏黄香。"

孝顺是发自内心，由衷而出的。孝不仅是形式，更重要的在于内心。一个人总强调正己，而正己的伊始要从回馈父母开始，孝为百德的先行，如果尚不知爱父母，没有德行的人绝难成事。

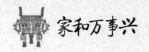

2.用孝心反哺父母恩

《孝经》里说:"用天之道,分地之利,谨身节用,以养父母。"

这句话的意思是说天地是大自然的,大地能够生产粮食,于是百姓有了粮食,种棉花的话,就可以有衣服穿,用木头可以造房子,百姓要好好利用天地来生活,对自己则严格要求,平时节俭,而对父母则要供养终身。

我们要因地之利,也就是说顺应天时,获取地利,从事生产、工作来养活自己的父母,个人生活要非常节俭、谨慎。这样,才能够长久地侍奉父母,使自己对父母的奉养丰丰富富,宁愿自己吃穿用的少一些,也要竭力让父母得到温饱,这是普通老百姓做到的孝道。

孝,是生命的反哺。人生,总是从一处浅滩慢慢走向高远,而父母就是儿女脚下那方最为坚实的土地,也是儿女背后那份永远的支撑。

母亲十月怀胎的孕育,我们才得以降临到这个世界上。从蹒跚学步,到奔跑前行,我们慢慢成长着,我们强壮了,独立了,可以离开父母闯世界谋生活了,而父母却在生活的磨砺与岁月的沧桑中渐渐衰老。我们开始在忙碌中渐渐远离父母,却忽略了父母已经开始走向疲弱与孤独,生活也变得寂寞与黯淡。哪个新生命背后没有父母呕心沥血的付出?哪个儿女成才的背后没有父母尽心竭力的支持?当父母之爱如阳光般洒满,当父母把风雨挡在门外,我们常常只是习惯了这份光明与温暖的平常,却不曾留心这份挚爱背后的辛苦与艰难。

翟俊杰和妻子都是部队文艺工作者。二十世纪六七十年代是一段非常时期，部队要求很严，那时人们的奉献精神和纪律性也强。瞿俊杰的大女儿就是在那个特殊时期出生的，女儿出生后只吃了三个月奶水。由于工作需要，妻子必须要在这个时候回部队，而三个月大的女儿则被迫断奶。根据医生的指导，妻子到中药店买来一种叫大麦芽的中药，据医生说把这种药熬成汤喝下去，就能把奶水一点一点逼回去。对于正在哺乳期的女人，这是很痛苦的事：自己的身体要忍受疼痛的折磨不说，看到嗷嗷待哺的孩子有奶不能吃，妻子的心里更是备受熬煎。看到妻子和孩子都在受苦，瞿俊杰心里也酸酸的，而妻子依依不舍的这一幕，也像烙印一样刻在他的心里。

两年半之后，他们的儿子出生了。这一次的形势更严峻，儿子只吃了两个月奶水，妻子又要回部队。为了工作，妻子还是用大麦芽汤把奶水逼回去。而这次断奶意味着妻子以后再也不可能有奶水了。于是，在妻子胀痛难忍用吸奶器吸出一些奶水以后，瞿俊杰找了三个装青霉素的小瓶，洗干净后，把吸奶器里的奶水放了进去，用蜡胶布密封保存。一瓶写上瞿小乐存念，一瓶写上瞿小兴存念，另一瓶他与妻子永久保存。

每位拉扯孩子的父母都会有这样的体会，总觉得眨眼的工夫，孩子就已经长大成人了，时间仿佛安了车轮一般，飞逝而过。转眼间，女儿瞿小乐到了婚嫁的年龄。女儿结婚时，瞿俊杰对女儿说："你结婚，爸爸要送你一件礼物。"女儿说："我什么都不缺，我不要你们的钱，你们也不必给我什么东西。"瞿俊杰说："这件东西你一定要收下。"说着，他就拿出了当初那个密封的小瓶。看着瓶子里血红色的液体，瞿小乐有些不明所以，她不知道这一小瓶的液体对她意味着什么。可是当爸爸告诉她，这是妈妈20年前的奶水时，瞿小乐一下子愣住了，她没有接过瓶子，而是冲着这小瓶奶水扑通一声跪了下去，泣不成声。

事隔多年，瞿俊杰怎么也没有想到，当他从箱底拿出珍藏的小瓶时，白色的奶水竟然变成了血红色。那一刹那，他甚至不敢相信自己的眼睛。

内心暗潮汹涌的瞿俊杰拿着小瓶，想了很多：母亲的奶水果真是用血凝成的啊！原来自己也是喝着母亲的血长大的。那么，世界上最珍贵的东西是什么？不是金银财宝，而是母乳。

那一刻，瞿俊杰泪流满面。

生儿育女自古以来都是最艰辛的事情。父母千辛万苦地把儿女抚养长大，该歇一口气的时候，时光老人却已经苛刻地把他们的青春年华回收了，唯一遗留给他们的，是凝聚沧桑的华发和条条僵硬的皱纹。终于，操劳了大半辈子的父母看到孩子们成家立业了，这个时候，本该是他们坐享天伦之乐时刻，儿女们却又开始嫌弃他们跟不上时代要求，嫌弃他们老迈肮脏、体弱多病……于是，他们被抛弃，被冷落，甚至还有的流离失所。难道这就是我们给予父母的报答吗？这就是我们做儿女的孝心吗？乌鸦尚知反哺之恩，而我们却连乌鸦也不如吗？

父母其实是我们的福根，我们供养孝顺他们，也是在为自己种福德的种子。不管父母对你怎样，你只需对他们好，无条件对他们好。我们知道舜的故事，他的继母和弟弟，对他百般刁难，他却孝心不改，最终感动了尧帝，把帝位传给了他。

而在现实生活中，我们却缺失了如古人一般赤诚的孝心。很多时候，我们可能会慷慨资助远方的人，却忽略了身边需要帮助的人；我们可能会对帮助过自己的朋友感激涕零，却对父母的付出熟视无睹。

我们从哪里来？是谁赐予我们生命？又是谁含辛茹苦地养育我们？是我们的父母，要记住，树无根不成材，人无根不成人，父母就是我们的根。因为有了父母，我们才得以生活在这个世界上，才得以拥有财富和幸福，所以我们要尽孝道，用孝心报答父母的养育深恩。

汉文帝时期，在临淄这个地方出了一个很有名的人，她就是勇于救父的淳于缇萦。

淳于缇萦的父亲叫淳于意，本来是个读书人，但是非常喜欢医学，还经常给别人看病，所以在当地出了名。后来他做了太仓令，但是他为人耿直，不愿意跟做官的来往，也不会拍上司的马屁，所以在官场上很不得意，没有多久就辞职当起医生来了。

有一次，一位大商人的妻子生病了，请淳于意去为她看病。但是那位病人病得太厉害了，所以吃了淳于意的药并没有好转，反而在几天之后死了。大商人仗势欺人，向官府告了淳于意一状，说他看错了病，置人于死命。

当地的官吏也没有认真审理，就判处淳于意肉刑(在当时，肉刑有脸上刺字、割鼻子、砍左足或右足)，要把他押到长安去受刑。

除了小女儿缇萦之外，淳于意还有4个女儿，可就是没有儿子。在被押解到长安的去受刑的时候，他望着女儿们叹气说："可惜我没有儿子，全是女儿，遇到现在这样的危难，一个有用的也没有。"听到父亲的话，小缇萦有悲伤有气愤。她想："为什么女儿就没有用呢？"因此，当衙役要把父亲带出家门时，她拦住衙狱说："父亲平时最疼我，他年龄大了，带着刑具走不方便，我要随身照顾他，另外，我父亲遭到不白之冤，我要去京城申诉，请你们行行好，让我和你们一起去吧！"

衙狱们见小姑娘一片孝心，就答应了她。当时正值盛夏，天气反复无常，时而雨水连连，时而天气晴朗。天晴时，小缇萦就跟在父亲旁边，不住为父亲擦汗；遇上阴雨天，她就打开雨伞，以防父亲被雨水淋湿。晚上，小缇萦还要给父亲洗脚解乏。

这一切，深深地打动了押送淳于意的衙狱。经过二十多天的长途跋涉，他们终于来到了京城。履行完相关的手续之后，淳于意马上就被关进了牢房。小缇萦不顾疲劳，马上开始四处奔走，为父亲申冤。

人们一看申诉的是还未成年的小姑娘，都没有理睬。小缇萦想，要解决父亲的问题,只能直接上书皇上了。于是,她找来纸笔,请人帮忙将父亲蒙冤的经过一一写好,恳求皇上明察。同时她还表示,如果父亲真的犯了罪,她愿代父受刑。

第二天,小缇萦怀里揣着之前写好的信,来到皇宫前。这时,只见不远处尘土飞扬,马蹄声声,一辆飞驰的马车直奔皇宫而来。小缇萦心想:"上面坐着的一定是一位大臣。"她灵机一动,用双手举起书信,跪在马车前。

车上坐的是一位老者,他看到了小缇萦,便俯下身来,关心地问:"小姑娘,为什么在这儿拦截我的去路。难道有人欺负你了吗?"小缇萦就把父亲被抓的事情一五一十地告诉了这位大臣,并请求他把书信带给皇上。

这位大臣答应了小缇萦的要求。皇上读了这封信后被深深地打动了,当听说小缇萦千里救父的事迹时,更是令人十分钦佩。于是,皇上亲自审理此案,为小缇萦的父亲洗清了不白之冤。

也许在年少的小缇萦心中根本就没有很明确的所谓孝顺的概念,但是,她拥有一颗良知之心,正是这颗良知之心使她拥有一种最朴素的孝顺行为,时时事事都想着自己的父亲,都站在父亲的角度来思考问题。

其实孝敬很简单,只要像爱自己一样爱父母、爱家人;并体现在日常的一些细小的行动上,就已经做到了孝顺,就是一个实实在在懂得孝顺的人了。念父母生养之恩,这是每个子女应该做到的,报父母之恩,更是每个子女应尽的义务。"不慈不孝焉,斯恶之矣。"王阳明的孝道观讲孝悌是良知的一种表现,不慈不孝,这是良知被蒙蔽,由此产生恶。由知孝到行孝,是有良知到致良知的过程,也是知行合一观点所要求的。

《诗经》中说:"哀哀父母,生我劬劳。"父母生养我们的时候,辛酸劳瘁,不是一般人所能想象的。因此作为儿女,若能真切体会父母的深恩重德，心灵深处必然会激起阵阵哀伤，孝敬父母之心必会油然而生，随之付诸实践。若是有人对父母对子女的爱无动于衷，这种人很难得到安详幸福的家庭，也很难成就大业。

3.先做孝顺儿媳，才是幸福妻子

爱妈妈的男人更懂得疼老婆和孩子；爱婆婆的妻子更容易讨得丈夫的欢心。

孝道在婚姻中的作用尤为突出。在夫妻关系中，是否孝敬父母是非常重要的一环，也是影响婚姻成败的一大因素。如果你有一个孝敬父母的先生，那么恭喜你，你嫁对了人。一个能孝敬自己父母的男人，证明他有良好的家教。他能孝敬自己的父母，也会同样孝敬你的父母，更会好好地善待你。

然而，在现实生活中，夫妻之间不愉快也常常因"孝"而起。比如丈夫给老家寄了多少钱，丈夫给弟弟妹妹缴了多少学费，什么时候回家看父母，夫妻之间常常因此争吵不休。这不仅伤害夫妻感情，也会导致家庭不和睦，从而损耗我们自身的福报。

在中国千百万家庭中，婆媳关系一直是个棘手的问题，这也是一个普遍的社会问题。为何不能对娘家婆家的父母一视同仁呢？佛家讲，这是众生的分别心在作怪。

现实生活中，我们常常听到老婆对老公说："你妈妈怎样怎样？"我们听听，就这么一个称谓就把双方的关系拉远了。关系拉远了，心还能挨近

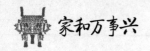

吗？心不近这家庭还能幸福吗？所以，想要幸福,就得找出影响幸福的根结所在。

没结婚之前，她是父母手心里的小公主，结婚之后，她面临着成为"煮"妇。第一次下厨房，她做的是青椒肉丝，结果婆婆说她肉丝切成了肉段。为了调教她，婆婆从冰箱拿出一块冻肉，让她练习切丝。她觉得委屈，一肚子火立马就窜了上来，把刀扔在案板上，摔门而去。

那晚，老公长吁短叹。她听了不耐烦，埋怨道："你不安慰我也就罢了，还在这里叹息连连，难道是我错了吗？你看你妈，凶巴巴的样子，好像我怎么做都不是。"老公伸手握住她的手，可怜分分地对她说："好老婆，你别生气，我现在才知道夹心饼干的滋味了。妈说我忘本，你说我不爱你，我夹在中间受煎熬。"

她虽然从小受宠，但并不骄纵。看着老公为难，她觉得僵持着冷战总不是个办法，一个屋檐下，低头不见抬头见的，总要缓和一下关系才是。

怎么缓和呢？正巧她周末回了趟娘家，把自己的难题给母亲说了说。母亲听了，语重心长地劝解她："其实我刚做媳妇的时候也这样。什么都不会做，心气儿还高。总跟你爸不乐意，说他妈总是为难我。事实上呢，并不是这样。你想想看，她把自己养了二十几年的儿子交给你，当然要检查一下这个儿媳有没有能力把自己的儿子照顾好。再说了，你总是'你妈你妈'地说，做老公的心里怎么想。你终究是没有把婆婆当成自家长辈一样对待。孩子，其实婆媳的关系没那么复杂，她如果觉得自己爱了二十多年的儿子能放心给媳妇了，那你就变成她的家人，她的女儿，你告诉婆婆她还赚了呢。"母亲说完就开始乐，那种笑容里，流淌着满足和幸福，还有智慧的狡黠。

听取了母亲的意见，她开始做了一番攻略，最后还是决定从厨房下手攻克。毕竟那是婆婆据守二三十年的领地，也是婆媳缓和关系的谈判场。她的厨房战略是放低姿态，摆正位置，把自己当成是婆婆光荣事业的继承者，而不是颠覆者。

想通之后，她主动跟婆婆承认了错误，赔着笑对婆婆说："妈，之前都是我不对。您看我这二十几年，除了上学就是上班，没在家待上几天就嫁了过来。家庭事务也不会做，我现在才发现，自己真是一点儿自理能力都没有，将来怎么过日子啊？所以，妈，从今天起，您就只当多生了一个女儿，劳烦您费心教教我，错了您就直说，要打要骂的您看着来，只是别怪我笨就行。"

俗话说：伸手不打笑脸人。这样一来，婆婆也就着台阶下了。那晚，她跟婆婆在厨房忙，紧张得老公屡屡进出厨房，生怕婆媳俩再闹出什么事情来。她觉得机会难得，便趁机跟婆婆玩笑似的说："妈，您看到没，看您儿子紧张的。其实，我们娘俩如果有矛盾，最难受的就是他了。所以啊，我就算不为别的，就为了您的好儿子，我也要好好孝顺您。"婆婆听了这番话，很是受用，拍着她的肩膀说："你是个懂事的好孩子，有你这样的儿媳，这家能不幸福吗？"

都说婆媳关系最难处，那是因为没有领会到相处的智慧。其实这世间的很多事都是这样，只要你自己不觉得这是事儿，这事儿再大，也就不算是事儿了。你说婆媳难处是大事，可如果你做到了孝，做到了爱屋及乌，这也就不算是事儿了。《孟子·梁惠王上》讲："老吾老以及人之老"，大意是说一个人在善待自己老人的时候不应忘记其他与自己没有血缘关系的老人。我们想想看，没有血缘关系的老人我们都提倡顾及到，更何况婆婆是自己最爱的人的妈妈呢？

所以说，嫁人了，就意味着拥有两个家。一个娘家，一个婆家。两个家同样重要，不能偏颇。然而，现实中不偏颇的很少，多是重娘家轻婆家。嫁到夫家，公婆便是你的父母，把他们当成自己的父母一样看待，这样你的丈夫会对你更加满意，回过头来继续宠爱你，你的婚姻也会得以长久而稳固。

当然，我们必须承认，婆媳不是母女，少了一份血脉相连，也便少了一分彼此容忍及矛盾发生后的互相体谅，多了一份天性中地位的对立，许多在常人看来并不算什么的小事与言语，也便往往会激化成不可挽回的矛盾。婆媳最常见的矛盾就是价值观的不统一。

老年人一般很固执，她们的节俭本能，是几十年捉襟见肘的清贫生活留下的印记。但太过于恋旧，无法接受新事物的婆婆，很容易让做媳妇的头疼。她无法接受现代人的价值观和消费观，往往会把媳妇归于败家行列。不能指望已近六旬的婆婆一夜之间完全接受你的价值观和消费观。聪明媳妇要一点一点地影响她，久而久之便会有所改变。如果强迫婆婆来适应我们，对她也不公平，她会觉得丧失了对自己生活的掌控权，会觉得小辈不尊重她。抵触心理一旦产生，改变她的节俭与怀旧心态，就格外地难了。所以，做媳妇的要大度些，不要和公公婆婆斤斤计较。

和谐家庭，其乐融融，道理人人皆知。但，只要是家庭，就会有不和谐因素的存在，此所谓"家家有本难念的经"。其实，这个世界上，还是有很多大度的婆婆，懂事的儿媳。生活中，只要你稍加留意，你会发现有的老人很会夸自己的子女和媳妇，这样的家庭孝老敬亲的氛围肯定浓厚，而且和谐稳定。你也会听到有的人喋喋不休地诉说老人的不是，如：结婚时没有房子、没有值钱的东西、生孩子没有伺候，等等，以此为自己不孝敬老人找理由，寻求心理上的平衡。这样的一个家庭，营造和谐难乎其难。生活难免遇到这样的夹缝，如果你没有涵养，你会把不和谐的因子整得满天飞，惹得鸡犬不宁。如果你涵养颇深，你会保持沉默，千方百计让老人享受快乐，安度晚年，让那不和谐的因子在沉默中消亡。

4.孝顺经不起等待

爱，需要用行动来表达，对父母的爱也是如此。现在就去做，不要等父母都不在了而空留遗憾。父母照顾孩子尽心竭力，他们的青春就这样逝去了，青丝变成了白发，但是我们在年少时却不能完全理解父母的爱。等自己也为人父母，理解了父母的苦心时，父母已经牙齿稀疏、目光浑浊，没有精力感受我们的爱了。

所以，孝敬父母要及早，不要等父母都不在了才想起要孝顺，那就已经为时已晚，只能空留遗憾。

有一个人，10岁的时候，父亲不幸病逝。母亲生怕让他受了委屈，不肯改嫁，含辛茹苦抚养他长大。他知道母亲的辛苦、操劳，告诉自己：用功读书，将来挣钱一定要让母亲过上好日子。

20岁的时候，他独自去闯天下。异乡打拼的生活非常艰难，他工作的公司和租住的房子换了好几处。不想让母亲跟着自己颠沛流离，他告诉自己：等生活安定下来之后，再接母亲来吧，以后一定要让妈过上好日子。

25岁的时候，他在一家外资企业供职，强烈的欲望让他的业绩一路提升。他受到了公司管理层的关注，迅速升职，手中有了一笔积蓄。他告诉自己：我要攒够钱买一套自己的房子，以后要让母亲过上好日子。

30岁的时候，他有能力供房了。但是，经理忽然来找他，说因为业绩突出，公司准备派遣他去美国学习，期满后可以在美国总公司任职。大洋彼岸的那个国家，对母亲来说应该是个更美丽的梦吧？他告诉自己：要做

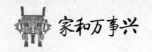

出一番更大的事业，让母亲过上好日子。

35岁的时候，有一天，他接到了亲戚的国际长途——他的母亲，因脑溢血突然去世。

这时，强烈的悔恨刺得他遍体鳞伤，那些他想给母亲的"好日子"，当他想做或有能力做得更好的时候，母亲却已经等不及了。泪水弥漫中，他才知道，原来，每天尽一分孝心，再苦也是好日子。

相信，有很多人都怀着这样一种想法：以后一定要让母亲过上好日子！但是，没有"以后"，只有"现在"，上天并不会因为我们的诸多以后而给予合理的安排，假如现在记起母亲了，那不妨就在第一时间让母亲知道，感受到我们的孝心。把每一天能做的做到就行了，这远比那个似乎美好的遥远的自我假设的预期有价值，别让自己做后悔都来不及的事情！

人的一生难免有很多缺憾，其中最大的可能莫过于"子欲养而亲不待"。当有一天我们蓦然发现，父母已两鬓斑白，此时才孝敬他们，我们会错过无数时机。甚至当双亲离你远去，才幡然悔悟，却已尽孝无门，这将成为永远无法弥补的憾事。

很多人总在说，等到有钱有时间了，一定要好好孝敬父母，但你可以等等，父母不能等，在不经意间，父母渐渐变老，花点时间多陪陪他们，父母没有太多的要求，只是想让你陪陪，所以一定要抽出时间，多陪陪父母，不要让父母失望。不要等到想要孝敬时，父母都已经亡故而让自己空留遗憾。亲情很多时候，不能等待，因此孝敬应该从现在就开始。

潘岳，字安仁，后人常称其为潘安，西晋文学家，祖籍荥阳中牟(今属河南)。但有人认为，从他父亲一辈起，他家实际居住在巩县。潘岳的祖父名瑾，曾为安平太守。他的父亲名芘，曾为琅琊内史；从父潘勖在汉献帝时为右丞，《册魏公九锡文》即出自其手笔。

潘岳从小受到很好的文学熏陶,被乡里称为"奇童",长大以后更是名噪一时。美姿仪,《晋书》载,"少时常挟弹出洛阳道,妇人遇之者,皆连手萦绕,投之以果,遂满车而归"。与夏侯湛友善,常出门同车共行,京城谓之"连璧"。

他不仅好文聪明,更事亲至孝。父亲去世后,他就接母亲到任所侍奉。他喜植花木,天长日久,他植的桃李竟成林。每年花开时节,他总是拣风和日丽的好天,亲自搀扶母亲到林中赏花游乐。

有一年,母亲染病想念家乡。潘岳得知了母亲的心愿,马上辞官奉母回到了家乡。虽然上级再三挽留,但他毫不动摇,说:"我若是贪恋荣华富贵,不肯听从母意,那算什么儿子呢?"上级被他的孝心感动,便允许他辞官。

回到家乡后,他母亲的病很快痊愈了。家里贫穷,他就耕田种菜、卖菜,然后买回母亲爱吃的食物。他还喂了一群羊,每天挤奶给母亲喝。在他精心护理下,母亲安度了晚年。

如果我们内心对父母有爱,那就马上行动,不要等到明天。

在一个偏僻、贫困的小山村里,有一对靠捡破烂维持生计的中年夫妇。一个极为普通的寒冷的早晨,当他们跨出家门的时候,他们捡到的不是垃圾而是一个已经被冻得奄奄一息的弃婴。虽然,夫妻俩的日子已经是一贫如洗,但为了不让这无辜的小生命冻死街头,他们毅然决定把孩子带到家里精心喂养。于是,一家三口,便过着虽然贫穷,但是幸福的生活。

似乎不幸总在意想不到的时刻来临,在小女孩长到六七岁时,养父由于积劳成疾离开了人世,在弥留之际养父紧紧拉住妻子和女儿的手,他对妻子说:"我死后你无论如何也要把孩子养大成人,一定要让她上完

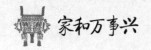

大学。孩子有了一技之长,她才能在社会上立足,也才能成为对社会有用的人。"

在父亲去世之后,母女俩便相依为命。女儿逐渐长大,上了高中,家里的费用、开支也越来越重,几乎已经到了入不敷出的地步,妈妈就背着女儿,悄悄卖血换钱贴补家里费用。女儿看着妈妈一天天憔悴,不知什么原因,心里很难过,她在心里暗暗发誓,长大后一定要好好报答妈妈的养育之恩。女儿很争气,学习也很用功,终于考上了她向往已久的大学。

在大学期间,女儿给妈妈写信,说:"我非常思念朝夕相处的妈妈,惦记妈妈,但为了能尽量节省开支,我打算坚持到完成四年的大学学业后,再回家看望妈妈。"妈妈接受了,在大学的四年里,每隔几个月女孩都能收到妈妈寄给她的信和一些钱,每次信中,妈妈都在给女儿报平安,希望女儿能够安心学习,不要惦记家里,随信寄来的钱虽然不多,但足以维持女孩日常的生活、学习费用。

时间真快,快得人们无从察觉,一晃就是四年,女孩终于顺利完成了自己的学业,拿到了毕业证。她非常渴望立刻能见到她朝思暮想的妈妈,归心似箭,她打点行装,迫不及待地踏上了返乡的路程。来到村头,便远远看见了自己家熟悉的院落,她当时兴奋不已。她跑到了院门前,推开了院门,但是,女儿被眼前看到的景象惊呆了——院子里一片沉寂、凄凉,荒草遍地。她打开锈迹斑斑的门锁,她看到房间里破旧的家具上已经蒙上了厚厚的灰尘。她大声呼喊着:妈妈,我回来了!妈妈,我回来了!但却听不到任何回声!

她一时茫然失措,这时她还不知道家里已经发生了重大变故。她急匆匆地跑到邻居伯伯家里,询问她的妈妈到哪里去了。伯伯说:"孩子,只要你不哭,我就告诉你妈妈在哪里!"伯伯强忍着悲痛,把真相告诉了这个女孩。原来,她的妈妈在两年前就病逝了。由于过度劳累外加上经常卖血,妈妈的健康状况日益恶化,后来不得已住进了医院。在住院期间,妈妈非常想念自己的女儿，想再看女儿一眼，但是又怕耽误了孩子的学业。于是，在病床上，妈妈强忍住病痛的折磨，日夜不停地给女儿写了一封又一封平安信，这些信的日期一直排到女儿四年学业结束。

妈妈的思女之情和浓浓的母爱全都倾注在了这一封又一封的平安信中，为了能够攒足女儿四年的生活和学习费用，在弥留之际妈妈又和医院达成了协议，在她死后，将自己身体的所有器官全部出售给医院。妈妈把卖器官的钱和一叠厚厚的平安信交给邻居的伯伯，委托他定期给女儿寄去。女儿跪在妈妈的坟前，泪如雨下。千呼万唤她的妈妈，那含辛茹苦把她养育成人的妈妈，那曾经与她相依为命的妈妈，那给了她另一个家的妈妈，那曾经不知给了她多少温馨和幸福，给了她多少勇气的妈妈。如今却留下她一个人孤零零地在这个世界上，怎样面对未来的生活，怎样面对前面崎岖不平的人生之路。

在妈妈的坟前，女孩写了那首一直传唱至今的《感恩的心》。

我们能孝敬父母、孝养父母的时间一日一日地递减。如果不能及时行孝，会徒留终身的遗憾。孝养要及时，不要等到追悔莫及的时候，才思亲、痛亲之不在。

在这个世界上，什么事情都可以等待，只有孝顺是不能等待的。时间如流水，青少年时期每个人都有很多事情要忙，忙学习，忙游戏，忙作业……等成人了，还要忙工作，忙事业。

当我们认为真正拥有了可以孝顺父母的能力的时候，可能为时已晚，因为这时候的父母已经吃不动也穿不了了，有的父母甚至已经远离了尘世。

趁父母还健在的时候多为父母做点事，用实际的行动来表达我们对他们的爱和感激，而不要总是把爱埋在心里。

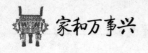

5.要尽孝,而不只是养老

子曰:"今之孝者,是谓能养。至于犬马,皆能有养。不敬,何以别乎?"子游问什么是孝。孔子说,现在人们所说的孝,往往是指能够赡养父母。其实,就连狗马之类都能够得到人的饲养,如果没有恭敬之心,赡养父母与饲养狗马之类有什么区别呢?

从圣贤对孝的理解可以看出,一个"孝"字并不像大家理解的赡养那么简单。除了赡养,还有对父母有一颗恭敬之心。孔子把"养"视为当然之事,是人之为人的自然本性,也是容易做到的。他所强调的是敬养。所谓敬养,就是要求子女对父母的赡养建立在尊敬的基础上,而不仅仅是满足父母的衣食住行等基本生存需求。

在孔子看来,敬养父母最难的是"以色事亲"。《论语》记载:"子夏问孝,子曰,'色难。有事,弟子服其劳;有酒食,先生馔,曾是以为孝乎?'"这段话从反面否定了把向父母提供饮食和劳动视为"孝"的观点,提出了一个更高层次的孝道要求——"以色事亲",即要求每一个子女都应当了解父母的心思,知道父母需要什么,然后去和颜悦色地侍奉父母,承顺父母,从而使父母内心欣慰,精神愉悦。

春节快到了,城里打工的小李要回老家过年。一起在外打工的同村的老王过年不回家,就托小李给他家里捎些东西,小李一口答应了。

临行那天,老王到火车站给小李送行。小李没料到,老王搬一个大箱子来了,里面全是他要给家里带回去的东西,箱子里面净是些食用油、花生、瓜子、果脯、饺子、酱油之类的东西。

小李很不屑："你带这些东西回去还不够路费呢，不如直接送点钱实际，他们喜欢什么就买什么。我每次回家都给钱，带东西太麻烦了。"

老王说："我在外面半年多也没挣多少钱，最近才找着合适的工作，你就把东西带给我妈，说是我单位发的。"

回村之后，小李扛着箱子先到了老王家，老王的母亲高兴地打开箱子，把东西通通倒出来，摆了满满的一炕。老王母亲高兴地说："儿子写信说找了一份好工作，单位啥都发，对他们可好呢。开始我还不信，哪有这么好的单位，现在看到这么多东西就相信了。"看着老人的满脸喜悦，小李隐隐约约觉得老王送东西是对的。

小李回到家之后，把2000块钱给了母亲，母亲也只是淡然一笑，远不如老王母亲那么兴高采烈。

孝顺并不能和金钱画等号，孝顺也不和你所获得的荣耀有关。有时候，孝顺仅仅是报个平安，让父母知道你目前的状态，使他们心里踏实。毕淑敏说："'孝'是稍纵即逝的眷恋，'孝'是无法重现的幸福，'孝'是一失足成千古恨的往事，'孝'是生命与生命交接处的链条，一旦断裂，永无连接。"

孝心，人人都在提及，但真正做到的人却不多。我们往往会说等父母老了，会照顾他们，好好孝顺他们。这都是对孝的片面理解，真正的孝顺，是从最小的点滴做起的。

有一个70多岁的老读者，背驼得厉害，但他风雨无阻，几乎天天泡在图书馆的报刊阅览室里。不仅如此，在所有读者中，他总是第一个进去，最后一个走。有时读者都快走完了，他也不走，天天如此。阅览室管理员对这个读者烦透了，打心眼里烦。

那个老读者每次来到阅览室，只是翻翻这看看那，看上去毫无目的，纯粹是来消磨时光的，管理员们都对他没有好感。有一天偶然发生的一件事，让一位管理员从此改变了对老人的看法。

那天在下班的路上，同事突然问她："你母亲是不是被聘为我爱人所在的那个商场的监督员了？"

管理员愕然："没听她说过呀。"

同事说："我爱人在某商场当营业员，她们商场每天开门，迎来的第一个顾客常常是你母亲。而且老人什么也不买，却挨个看柜台，还要问这问那。时间一长，营业员们就以为老人是商场的领导雇的监督员，是来监督他们工作的——因为商场领导有话在先。营业员们就对老人很戒备呢。"

听同事说完，这位管理员径直回到母亲家。父亲两年前病故，母亲一个人生活。管理员问母亲是否真的在给人家做监督员。母亲矢口否认："没有这回事呀，他们大概是误会了，我就是闲逛而已。"

听到这话，管理员开始数落母亲。这时，母亲长叹了一声，说："我们这些老人一天到晚太寂寞了，只好逛逛商店，消磨一下时间，可时间一长就养成习惯了，一天不去就觉得不对劲儿。要不，你说我干什么呢……"母亲说到这里，像个孩子一样委屈地哭了。

就在一刹那间，管理员突然感到心里酸酸的。母亲有一儿两女，由于种种原因，他们很少来看母亲，逢年过节的不是寄点东西，就是寄钱。直到此时她才明白母亲最需要的是排解寂寞和孤独。那天管理员没有回家住，而是陪母亲住了一晚，聊了一晚上以前的事情。

第二天早上，管理员上班很早，驼背老人仍然等候在阅览室门前。也不知为什么，她心中突然涌起一股柔情，第一次用善意的眼光来看这个老人。

不仅我们将来工作、有了自己的家庭以后很难陪着父母，即使是现在，我们待在家里的时间也是很少的，加上父母自己的社交时间也通常会在周末，我们与父母相处的时间更是一天天少起来。如果我们不能够了解父母的心意，不知道哪些事情会让他们担心，哪些事情会让他们难过，又从何谈起孝顺呢？

能养只是一半的孝，真正的孝顺是发自内心的那份真诚。只有心里时时想着孝，能努力践行，这才是真正的孝。

6.家是放心的地方，不是放钱的地方

有人说：家是放"心"的地方。如果不把"心"放到家里，让它在外漂浮，心又怎么安稳呢？

是啊，因为有家，我们才得以安身立命；因为有家，我们的心灵才有一种归属感；也因为有家，我们才不惧怕一切的艰难险阻。因为我们知道，不管这个世界怎样艰难，我们还有一个栖身之所，一处立命之地。可这个家是谁给我们的呢？是谁用尽一辈子的心血，为我们建造的一方温暖之地呢？是我们的父母，是视我们为生命全部的双亲。可我们为父母做了什么？我们有没有把一颗心系在父母身上，安放在家中？

每个生命从呱呱坠地到长大成人，无时无刻不渗透着父母全身心的关爱。照理，父母老去时，我们尽孝道也是天经地义的事。然而现实生活中，"尽孝"却往往被人们排在次要的位置。

现实生活中，有很多年轻人认为，孝的含义是"善于奉养父母"。有人认为孝顺就是给父母足够的钱；有人说保证他们的身体健康；还有人说老人就是"老小孩"，隔几天哄一哄就万事大吉。事实上，孝顺还包括精神生活的理解和慰藉，这是情感上与父母的融洽，更是心灵深处与父母相依相伴的儿女真情。

　　男人回家去看父母。因为一直忙，他好久没回去了，以致于父母看到他，都愣在那里说不出话。过了好久，父亲才缓过神来问："你工作那么忙，怎么有空回来？"男人说："公司给了几天假，所以就想回来看看。"

　　母亲似乎不信，于是盯着他的脸研究半天，最后紧张地问："你，你没出什么事吧？是工作出差错了？要不然就是和媳妇儿吵架了？"母亲一连串的问题让他的脸发红，他不知道自己这样一个平常的举动会让父母有这么多的疑问。他思量着可能是自己回家太少的缘故吧，这个本应该他常回来的地方，他忽略了太久太久，以致于现在他回来反而显得不正常了。

　　确定儿子是回来看望自己的之后，父母都很兴奋，两位老人像是得了奖励的小孩一样，笑得合不拢嘴。之后，父亲忙着去买菜，母亲留在家里陪他聊天。母亲拿来花生和瓜子让他吃，刚坐下，家里的电话就响了。因为母亲习惯用免提，所以隔得老远，他就听见父亲的声音。

　　父亲在电话那端说："忘了跟你说了，给你泡的蜂蜜枸杞茶在窗台上放着，现在喝刚刚好，你赶紧喝啊，小心放凉了。"母亲挂了电话，走到窗台，端起茶来，笑眯眯地喝了一口。阳光照在母亲的脸上，把笑容映得很温暖。

　　喝完茶，母亲还没来得及坐下，电话又响了，还是父亲："咱家的水费是不是该交了？我忘了拿单子，你把编号告诉我，我顺路去交一下。"挂了电话，母亲笑着埋怨说："你爸这人啊，就是事多，出去一趟，能往家里打十几个电话。那点儿工资，都给通信事业做贡献了。"

　　母子俩正说着呢，父亲的电话又来了，听得出来，父亲的声音很兴奋。他用好像发现了新大陆似的语气说："老太婆，你不是喜欢吃黄花鱼吗？今天菜市场有卖的，我买了三条，回去我亲自做你最喜欢吃的清蒸黄花鱼……"

二十多分钟里，父亲的电话接二连三地响，母亲也不厌其烦地接。与其说母亲在陪他聊天，倒不如说是陪父亲聊天。他终于忍不住抱怨说："我爸怎么越来越絮叨？这些话等他回来说也不晚啊，这样打来打去的多耽误工夫啊！"

母亲听了，拍着儿子的手，笑着说道："是啊，人老了，话也多了。但是傻孩子，你爸的心思你是不懂啊！他这不是絮叨，他这是惦记着我，他是把心留在这个家里了。人活着啊，图什么奔什么呢，不就是心里的牵挂和寄托吗？你爸是因为有牵挂有寄托，所以才会一个接一个地打电话。他怕我跑来跑去接电话会摔跤，还专门把家里的电话换成了手机。你爸他人虽然在外面，却把心放在了家里，家里事无巨细，他都挂念着呢。不要以为只要往家里送钱就行了，家不是放钱的地方，而是放心的地方，只有把心放在家里，爱和幸福才会在家中长驻，你明白吗？"

是啊，你明白吗？他明白吗？我们明白吗？多么简单的一个问题，它不关乎财富，不关乎名利，只要我们拿出自己的心意，知道我们还有个家，还有一双年老的父母，他们就已经很满足、很幸福了。

从前，我们年幼，不理解父母为我们付出的爱，他们见不得我们受委屈，就算自己没有多少本事也要尽可能地想办法来满足我们的要求。只有我们穿的用的吃的都不比别人差，他们才能稍微心安一点。一旦见自己的孩子穿的不如别人好，他们总是在心中自责，怪自己没有本事而让孩子受了委屈；有什么好吃的他们从来不舍得吃，总是留给我们吃，因为他们觉得大人吃了浪费，不如留着让我们吃了长身体。有时候我们很好奇，问父母你们为什么不吃啊？他们总是用自己不爱吃来推辞，以致我们理所当然地认为他们不爱吃这,不爱吃那,而他们最喜欢吃的却是我们最不爱吃的东西。

可我们有想过这是为什么吗?没有,因为我们习惯了他们把心放在我们身上,我们习惯了他们忘记自己来取悦我们。他们总是很轻易地读懂我们需要什么,我们看一眼街边的糖果,父母看在眼里,只要他们有能力,我们的手中一定会出现几块糖果;我们打量一件漂亮的衣服,父母记在心里,回家辛苦劳作,攒下钱来为我们做一件可心的衣裳。可父母缺什么东西,需要什么,做儿女的我们却不知道不了解,有时就算父母开口讲了,我们都不一定记在心上。如果我们生病了,他们急得吃不下饭、睡不着觉,寸步不离地守在旁边,嘘寒问暖。如果父母病了,我们能有几个人做到寸步不离,能着急到寝食难安,心急如焚?

这是什么原因造成的?这是因为我们没有把心放在家里,没有把心放在父母身上。我们总以为等我们挣到了足够的钱,给他们买好吃的,好穿的,就是孝敬他们,就是报答他们,可这些,真是他们需要的吗?他们已经那么老了,能吃多少,又能用多少呢?如果我们的心不在家里,东西再多能有什么用呢?

精神重于物质,放钱,不如放心。儿女如果有心意,即使清贫度日,他们也会甘之如饴。我们感叹时光的飞逝,总是说人生如梦,再回首已是百年身。趁着我们还年轻,趁着父母还健在,让我们为他们多尽点心,多用点心。把心放在家里,时常惦记着,牵挂着,这才是对他们最好的孝敬和报答。

因为家是放心的地方,是盛放爱的地方。忙,从来都不是理由,心在,爱在,牵挂在,幸福才会繁衍不息。

7.孝心就是用心体谅父母

古人云：亲爱之心生于孩幼。

这句话讲的是父子有亲就是爱的原点，亲爱之心在孩幼时代就养成了。亲爱是没有人来强迫的，不是造作出来的，是自然而然的。所以爱心是天性，我们称为性德，如果能够保持，那么当孩子慢慢长大以后，就能够把爱心扩展，对一切人都能仁爱。

圣人教化百姓，懂得循着人的天性来教化。天性是什么？父子有亲是天性，父母跟儿女这种亲爱能够保持一生，而且能够发扬光大，对一切人都是这种亲爱，这个人就是圣人。圣人教人要爱、要敬，爱敬存心。爱心从哪里生长？从幼儿时代就开始生长，这是人的本心。

人的本心是什么？就是本性本善。爱敬是性德，本性本善，顺着这种性德来行爱敬之道，就十分容易。孝心亦是如此。如果我们循着本心来理解并谅解父母，就会发现，我们和父母之间原本就是和谐顺意的。如果我们不能体谅父母对我们的爱，那么我们的双眼就会被蒙蔽，对于父母的无私付出，也置若罔闻了。

那天，女孩跟妈妈又吵架了，一气之下，她摔门而去。她一个人在大街上走了很长时间，天色渐渐暗下来，昏黄的街灯稀稀落落地亮了，她感到又冷又饿。她想回家，可一想到和妈妈争吵的情景，她就再也不想回去了。她觉得妈妈不爱她，也不理解她。她不喜欢妈妈总是到学校给她送吃的送穿的，她更不喜欢妈妈冷着一张脸打量送她回来的男孩子，而且还冷言冷语。她甚至认为，这世上再也没有比妈妈更糟糕的母亲了。想到这些,那个家更让她烦恼了。

走着走着,她看到前面有个馄饨摊,便迫不及待地跑上前去,说:"阿婆,给我一碗馄饨。"老阿婆笑眯眯地给她盛了一碗馄饨。

"哦,不好意思。阿婆,我,我不要了。"女孩的手从衣兜里拿出来。因为出来的急,她一分钱都没带。

老阿婆看出了她的为难,和蔼地笑着说:"来来来,孩子,我也要收摊了,这碗馄饨我请你吃。"老阿婆说着便端来一碗馄饨,还有一碟小菜。她满怀感激,刚吃了几口,眼泪就掉下来了,纷纷落在碗里。

"孩子,你这是怎么了?"老阿婆关切地问。

"阿婆,您真好。"她一边擦着眼泪一边说,"我们不认识,您却对我这样好,而我的妈妈却因为我跟她拌了几句嘴就把我赶出来了,还说以后不让我回去了!"

老阿婆听了,叹了口气,坐在女孩身边,也开始抹起了眼泪。女孩看到这情景,手足无措地问:"阿婆,您这是怎么了?是不是因为我?""孩子,你怎么会这么想呢?你想想看,我只不过给你煮了一碗馄饨,你就这么感激我,那你妈妈给你煮了十多年的饭,你怎么会不感激呢?你怎么还跟她吵架呢?你觉得我好,可我的女儿不这么认为。女儿也是因为跟我吵架,我一时生气,让她走,结果她走了再也没回来。做女儿的怎么就不懂父母的心呢?有哪个父母真能狠下心来不要自己的孩子啊!女儿从小爱吃我做的馄饨,我便每天在大街小巷上卖馄饨,就是希望有一天女儿能闻到我煮的馄饨味,跟我回家。孩子,天下的父母做什么都是为了自己的孩子好,可能有时候他们的行为有些过激,但也是因为爱子心切啊!"

女孩听到阿婆说的这些话,愣住了。她匆匆吃完了馄饨,开始往家走。当她走到家附近时,一眼就看到了疲惫不堪的母亲正在路口四处张望。母亲看到她时,脸上立刻露出了喜色:"赶快回家吧,饭早就做好了,你再不回来,饭都要凉了!"听到母亲的呼唤,女孩再也忍不住了,一下子扑到母亲怀里,声泪俱下道:"妈妈,是我错了,你原谅我吧。"

在生活中,我们时常做着和女孩相同的事情。很多时候,我们对别人给予的小恩小惠"感激不尽,铭记在心",却对亲人一辈子的恩情"视而不见"。是的,母亲给我们煮了十几年、几十年的饭,给我们洗了十几年、几十年的衣服,小时候不知为我们跑了多少次医院,跑了多少次学校。为了我们能健康成长,他们把所有的心血和精力全部放在我们身上。对于这一切一切的付出,我们总是那样心安理得地接受,而当我们多为父母操一点心时,多为父母付出一点时,我们可能就会抱怨,就会发火。

为什么我们可以和朋友聊天聊上半天,却不能和父母亲说上一两句话呢?为什么我们可以轻易地原谅自己,却苛刻地对待我们的父母亲呢?或许,有时候他们的行为确实会给我们带来烦恼,我们为什么不能体谅这烦恼背后的良苦用心呢?

我们总是把父母所做的一切当作天经地义的事情,却忽略掉孝敬父母更是天经地义的事。我们总是希望父母能懂我们的心,为我们做我们需要的一切,如果他们一时意会错了,我们就会埋怨,说他们不懂我们,不体谅我们。那我们有没有问过自己:"我们体谅他们了吗?我们懂得他们的心吗?"这一辈子,父母曾经为我们做了多少事,用了多少心,我们从不会去计算,去铭记,而我们为他们做一点事情,都会记得清清楚楚:父亲节给父亲买了一个剃须刀,母亲节为母亲买了一件衣服。却忽略了父母在接过这些礼物时,眼角的湿润。犹太人有句谚语说得很好:父亲给儿子东西的时候,儿子笑了。儿子给父亲东西的时候,父亲哭了。

出门前,看看站在门口的父母,看看他们眼里的惦记和满足,对他们说一句放心;回家时,和他们聊聊生活的事情,别嫌弃他们话语繁琐,行事呆板,我们要学着体谅。从现在开始,记得做一个孝顺的子女,这一辈子,欠得最多的、能让你欠的、而且不求回报的也只有父母,不要抱怨他们的不理解,换种方式多多体谅他们。

父母与孩子的年龄差距,注定了两代人之间在处理问题的方式、思考问题的角度上难免会有分歧。在这种情况下,能站在对方的立场上进行换位思考是最明智的做法,也是对父母的一种孝顺。

第二章

懂得宽容，善待生活

　　大仲马说：要维持一个家庭的融洽，家庭里就必须要有默认的宽容和谅解。契诃夫也告诉我们：婚姻生活中最重要的事就是忍耐。可见，宽容对于家人和谐相处的重要性。因此，在日常生活中，家人之间要有一颗宽容的爱心。

　　有副对联写得好：事临头三思为妙，怒上心忍让最高。所以，学会忍耐和宽容，是我们人生的必修课。家庭生活中矛盾在所难免，以宽容之心去面对，与家人携手从容漫步，生活在你们面前不再是一锅沸水，而是一盏清茶，恬淡、温润、韵味悠长。

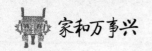

1.百年修得同船渡,宽心方能享幸福

佛说:"前世的五百次回眸换得今生的一次擦肩而过。"这样难得的际遇自然值得我们珍惜。爱情在发生的最初,总被认为是天底下最美妙不过的事情。人们也总是喜欢在新婚夫妻的门上贴上"芝兰茂千载,琴瑟乐百年"之类的对联,以求夫妻和顺、百年好合。

但是,时间一长,爱情的纯真与美好就会被人们心中其他的欲念所掩盖。这些欲念的纠缠会使得夫妻之间的感情渐渐地疏离,矛盾也就不可避免地发生了。

要知道,任何事物都不可能达到完全意义上的完美,婚姻也概莫能外。那些执著于追寻完美婚姻的人,终会因这样那样的"不满足"而被失望、烦躁的情绪所困扰,无端生出许多抱怨和争端来,于是也不可避免地影响了原本和顺的夫妻感情。

佛说:"心静自然明。"懂得以智慧和包容来处理婚姻中出现的问题,心才不会经常打结。

1929年,年仅18岁的季美林被抚养他的叔父安排了一门亲事,与年长他4岁且只有小学文化的彭德华结为夫妻。在留学德国的11年中,适逢"二战",夫妻俩失去联系,国内家人生死不明,季美林却仍没有背弃糟糠之妻,忍痛割弃了让他颇为心动的那位才貌双全的德国女孩伊姆加德对他的爱慕。回国后,他又与彭德华相厮相守了近半个世纪,期间经历了"文化大革命"的磨难和事业的辉煌,几十年始终相濡以沫,不离不弃,直到终老。

其实就在留德期间,身边的同学和朋友就曾多次用"名正言顺"的理由劝季羡林选择伊姆加德。所谓"名正言顺",一个理由是适逢乱世,家人生死不明;另一个理由则是"父母之命,媒妁之言"的包办婚姻根本就是无爱的婚姻,当时的很多留学青年为此理直气壮地抛弃自己的结发之妻。其实,即使当时季羡林真的娶了伊姆加德,也丝毫不会影响我们对其为人品德的高度评价,因为在当时的环境中,这是于情于理都行得通的事情。

　　可是,季羡林却说:"我固守的是夫妻感情,一日夫妻百日恩,我既然选择了娶她(彭德华),就要负起责任!"当获悉伊姆加德可能因他而终身不嫁时,他在日记中写道:"她劝我不要离开德国。她今天特别活泼可爱。我真有点舍不得离开她。但又有什么办法?像我这样一个人不配爱她这样一个美丽的女孩子。"在感情和责任的痛苦抉择面前,季羡林选择了后者。他和妻子一生相濡以沫,正如他自己所说:"这个家60年来没有吵过一次架,甚至没有红过一次脸。我想,这即使不能算是绝无仅有,也是极为难能可贵的。"

　　婚姻,并不只是由爱情组成,当爱情的蜜月期已经过去的时候,要让婚姻之树不随之枯萎,唯有坚守住责任。而这种坚守,则需要对对方的宽容和理解,从某种意义上来说,这是一种更加伟大的爱情。季老夫妇对婚姻责任的坚守,让他们得以互相搀扶着历尽磨难而最终过上幸福的生活。

　　彭德华就是这样默默地尽着一个妻子应尽的责任,默默地当了一辈子的贤妻良母。季老从未嫌弃这位只有小学文化的结发妻子,他在《我的妻子》一文中说道:"她对我一辈子搞的这一套玩意儿根本不知道是什么东西,有什么意义,她似乎从来也没有想知道过。在这方面,我们俩毫无共同的语言。在文化方面,她就是这个样子。然而,在道德方面,她却是超一流的。上对公婆,她真正尽上了孝道;下对子女,她真正做到了慈母应

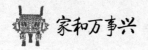

做的一切；中对丈夫，她绝对忠诚，绝对服从，绝对爱护。她是一个颇为难得的孝顺媳妇，贤妻良母……德华永远活在我的记忆里。"季老对妻子始终未能提升自己的文化层次难免有一丝遗憾，但他却始终深爱着妻子，相濡以沫的感情在经历岁月的变迁后显得越发珍贵。

婚姻是要靠夫妻共同维系的，两个人的生活方式可能不尽相同，有朝夕相处带来的温馨浪漫，有距离产生美的新鲜和相互吸引，有懂得满足而获得的平静简单等，个中感觉因人而异。但不管哪种类型的夫妻，都必须懂得相互包容、珍惜与体谅，如此婚姻才能和谐美满。

世上没有十全十美的婚姻，更没有完美的丈夫或妻子。每个人都会随着所处环境的变化和时间的流逝而发生这样那样的改变，因此，夫妻必须有一个正确的共识，摆正对彼此的态度，抛弃不切合实际的幻想，并且要有正确的婚姻观和爱情观，在日常生活中时刻做到相互包容。

梁思成对林徽因的爱广被人所称道，他懂得去理解和宽容，用真诚去对待这难得的感情。当徐志摩遇难后，林徽因一度非常痛苦，梁思成只是默默地守护在林徽因身边，他理解她痛失知己的苦，更理解她至纯至善的心性，他用他的宽容和大度支持她走出了那段痛苦的岁月。即便是后来林徽因和凌叔华发生了"康桥日记"的纠纷，闹得满城风雨的时候，梁思成也坚定地站在妻子的身边，做她坚强的后盾。而当林徽因把自己对金岳霖的好感和苦恼倾诉给他听时，梁思成痛苦至极，但是他把眼泪流到了自己的心里，他对林徽因这样说："你是自由的，如果你选择了老金，我祝愿你们永远幸福。"

对林徽因的尊重和珍爱，源自于他无比博大和无私的爱，因为不忍心让自己所爱的人在感情上受一点点委屈，他独自承受了常人难以理解的苦痛，他用他的胸襟和包容将生活中的夫妻之爱推到了一种至高的境界。这需要智慧，需要容忍，很少有人能够做到，然而，梁思成做到了。

在他们的婚姻中，人们似乎更容易被林徽因的光芒所吸引，而忽略了梁思成的苦心经营。他所给予林徽因的包容，其实便是爱的最高境界。林徽因正是在梁思成的自由放任和细心呵护下才焕发出如此动人夺目的光彩。

所以林徽因曾经发自内心地说，如果她的人生可以重新安排，她仍然会选择现在的家庭。在这样的家庭里，他们互相欣赏，互相理解，他们的美好人格和他们所钟爱的事业在互相辉映中熠熠生辉。

夫妻在生活中要互相包容，切忌因为微不足道的小事而发生嫌隙，在矛盾发生之时，要冷静下来，多想对方的好处和优点，绝不能在一个问题上纠缠不清，更不能不依不饶地揭发对方过去的过错。在指责别人错误之前，首先就要反观自身，寻找出自身的不足和缺陷，比如自己在这一问题上做得不够或不对的地方。任何人身上都是有优点也有缺点的，只要你用一颗平常心去看，就会发现对方更多的优点。

真正的幸福，其实并不是让我们去甘冒风险，去剔除对方身上那一点点微不足道的瑕疵，过后才懂得曾经拥有的幸福，而是要我们看到正在拥有的好，把握好手中握住的那一颗实实在在的珍珠，学会包容与珍惜。只有如此，才能从彼此心灵的相依相敬中感觉到真正的幸福。

智慧的哲学告诉我们，宽容就是一门告诉你如何做人的艺术，宽容是一切事物中最伟大的一种德行。婚姻意味着一种责任，夫妻相处，若能做到宽容理解，那么即使每天过着柴米油盐的生活，也会体会到锅碗瓢盆交响曲的快乐。

尽管往事如流，每天都有试图扰乱我们内心的烦扰之事，但只要我们消除执念，宽容以对，便可寂静安然。若每天都能抱着"你若安好，便是晴天"的心念与另一半相处，还有什么好抱怨的，还有什么矛盾是解不开的呢？

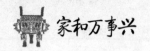

2.大爱之家,以容为本

什么是家?家不是旅馆,什么都准备好了等着你随时入住,说来就来,想走就走;家需要你为之付出时间、精力与心血,需要你为之洗洗刷刷地劳作。家不是象征符号,摆在一个神秘莫测的位置上,让你猜不透、想不明白,也触不到、摸不着;家就是实实在在地过日子,它装载着家人之间的烦恼与忧愁,它也阻隔了外面风雨的侵扰。家就是温馨!想要维持温馨的家庭生活,就需要宽容与忍耐。

屠格涅夫说过:"不会宽容别人的人,是不配得到别人的宽容的。"这说明了宽容是相互的,宽容别人的过失能够给自己带来海阔天高的恬淡心境,宽容能化解人际关系危机。宽容是人类生活中至高无上的美德,它是人类情感中最重要的一部分,这种情感能融化心头的冰霜,营造温暖而和谐的生活氛围。

谁都想拥有一个和谐的外部生存环境,说话有人响应,办事有人配合,生活适意自在。这种状态并不难达到,只是它需要你拥有一种独特的人生智慧——让步。

对于自己想要的东西,更多的人选取了争的方式,其结果是即使勉强得到,最终也闹得个头破血流、两败俱伤。其实只要其中一方稍作让步,一幅海阔天空的局面便立现眼前。

在生活中,人与人之间常会发生矛盾,即使是血缘至亲也会有摩擦。其中有许多的矛盾是没有办法避免的,但是只要我们对别人多一些理解,多一些宽恕,自己不能接受的事情也不要强迫别人去接受,别人不肯做的事你也不要勉强别人去做,那么世界上就会多些和谐,少些冲突。

有一天早上,有人敲王可家的门,王可打开门,看到一个背着木匠工具箱的男人。木匠说:"我正在寻找打短工的机会,也许你有些小事需要别人来做,你看我是否可以替你做这些事呢?"

王可说:"我确实有份工作可以提供给你。"说着带木匠来到离家不远的小溪边,指着对岸说:"你看,那边是我弟弟的家。上个礼拜之前,这里还没有这条小溪,可是他带着推土机回来,这里的草地就变成了小溪。他也许是想用这个来激怒我,因为之前我们曾吵过一架。可是我会让他更难受的。我想让你给我建一个篱笆墙,这样我就永远不用看见他的地盘了,让他明白他也没什么大不了的。"

木匠想了想,说:"我明白了,我一定会把这件事做得让你满意的。"

王可给木匠把材料准备齐,就离开家去城里办事,等到日落时分,他从城里回来了,木匠刚刚把活干完。王可一看大吃一惊,哪有什么篱笆,眼前分明是一座桥!精致结实的木桥把小溪两岸连接起来,这是一件精美的作品,但不是他想要的。王可正想斥责木匠,忽然看到弟弟正从对面走过来,弟弟走上桥一直来到王可身边,羞愧得泪流满面,说:"哥哥,我对你干了那些事,说了那些话之后,你还能建这样一座桥,想想我实在是太过分了。"王可恍然大悟,紧紧握住弟弟的手,感动得不能言语。

木匠微笑着收拾好工具,准备离开。王可说:"请你留下来吧,是你帮助我们兄弟重归于好的,我很感激你。"

《论语·卫灵公》一文中子贡问曰:"有一言可以终身行之者乎?"子曰:"其恕乎!己所不欲,勿施于人。"这句话是孔子的经典语句之一,也是儒家文化精华之处,更是自古以来有道德有修养的人所奉行的格言警句。自己不想要的东西,千万别强加给别人。孔子所强调的是,人应该宽恕别人,这才是仁义的表现。这句话揭示了处理人际关系的重要原则,如

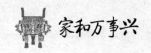

果我们都能够以对待自己的行为作为参照,来对待他人,就会宽宏大量,容忍处世,宽恕待人。

在苏格兰的格拉斯哥,一个女孩厌倦了枯燥的家庭生活和父母的管束。于是她离开了家,决心要做世界名人。可不久,她每次满怀希望求职时,都被无情地拒绝了。她只能走上街头,开始出卖肉体。许多年过去了,她的父亲死了,母亲也老了,可她仍在泥沼中醉生梦死。

在这期间,母女从没有什么联系。可当母亲听说女儿的下落后,就不辞辛苦地找遍全城的每个街区,每条街道。她每到一个收容所,都停下脚步,哀求道:"请让我把这幅画贴在这儿,好吗?"画上是一位面带微笑、满头白发的母亲,下面有一行手写的字:"我仍然爱着你……快回家!"

几个月后,桀骜不驯的女儿懒洋洋地晃进一家收容所,因为在那,可以给她一份免费晚餐。她排着队,心不在焉,双眼漫无目的地从告示栏里随意扫过。就在那一瞬,她看到一张熟悉的面孔:"那不是我的母亲吗?"

她挤出人群,上前观看。不错!那正是她的母亲,底下有行字:"我仍然爱着你……快回家!"她站在画前,泣不成声。这会是真的吗?

这时,天已黑了下来,但她完全不顾一切地向家奔去。当她赶到家的时候,已经是凌晨了。站在门口,任性的女儿迟疑了一下,该不该进去?终于她敲响了门,奇怪!门自己开了,怎么没锁?!不好!一定有贼闯了进去。她记挂着母亲的安危,快步冲进卧室,却发现母亲正安然地在床上睡觉。她把母亲摇醒,喊道:"是我!是我!女儿回来了!"

母亲不敢相信自己的眼睛。她擦干眼泪,真的是女儿。娘俩紧紧抱在一起,女儿问母亲:"门怎么没锁?我还以为有贼闯了进来。"

母亲柔柔地说:"自打你离家后,这扇门就再也没有上锁。"

这个世界上最亲的就是父母,天下哪个父母不疼自己的孩子,哪个孩子又不爱自己的父母呢？父母和孩子之间因为年龄的差异和社会的环境不同，才会对事物的看法也有着不同的意见，才会产生分歧。人们常说的"不养儿不知道父母恩"，就是当你站在家长的位子上，才能体会他们的辛苦，如果彼此换个位子，换个思考的方式，多些理解和宽容就会发现，原来矛盾是很好解决的。

有一对双胞胎继承了老爸的杂货店。一天早上，哥哥收了一美元放在收银机里，没关上就出去办事了。

回来的时候，收银机关着，打开一看，一美元不见了。

哥哥于是问弟弟，是不是拿走了，弟弟说不是啊，我都没有动。结果两人大吵一架，分了家。

多年以后，一个人经过这地方，进去对杂货店的店主说，多年以前，我饥寒交加，在这里拿走了一美元，我的良心很不安，这么多年，我总想着回来坦白这件事。店主一听，马上眼含泪水，对他说，请你到隔壁的杂货店再说一遍。

最后两个头发花白的老头抱在一起，相拥而泣。

这是一个因为亲人间不够宽容而两败俱伤的故事。如果他们对彼此宽容，那将是另一种结局。遇到此类情况，彼此宽容才是最好的解决办法。

只有我们能心存宽容，真诚对待亲人，不斤斤计较亲人的指责，勇敢地承担自己的错失，才能尽可能多地赢得亲人的好感、信赖和尊敬，才能较好地与周围的人和睦相处，才能在自己的人生道路上轻松愉快地行走。

有个人从小的时候就酷爱足球运动，很早就显示出了超人的才华。

有一次,他参加了一场足球赛,中场休息时,向朋友要了一支烟吸起来,恰巧被他父亲看到了。但是,父亲并没有发火,而是平静地说:"孩子,你踢球有几分天资,也许将来会有出息。可惜,你现在抽烟了,抽烟会使你在比赛时发挥不出应有的水平。作为父亲,我有责任教育你向好的方向努力,也有责任制止你的不良行为。但是,所有的决定还是取决于你自己。我只想问问你,你是愿意抽烟,还是愿意做一个有出息的运动员?你自己选择吧!"

说完后,父亲从口袋里掏出一沓钞票,递给他,并说道:"如果你不愿意做一个有出息的运动员,执意要抽烟的话,这点钱就作为你抽烟的钱吧!"父亲说完便走了。

这位球员望着父亲远去的背影,仔细回味着父亲的话。最后,他把钞票还给了父亲,并坚决地说:"爸爸,我再也不抽烟了,我一定要做一个有出息的运动员。"

从此以后,这位球员不但与烟绝缘,还刻苦训练,使球艺飞速提高,最终成了著名的球星,他就是球王贝利。

是孩子都可能会犯错,父母要给他们改错的机会。每个孩子都是在不断地犯错、认错、知错、改错中成长的。当孩子犯了错误,要允许他改正。

爱是一种包容,是一种无私的博大。爱是世界上最伟大最崇高的感情。这种感情并不是一经建立就永不枯萎,永不凋谢,它需要不断地进行培植和更新,特别是需要欣赏和包容,使之充满生机活力,给人以力量,给人以快乐,给人以幸福,直至永远。

拥有一颗包容的心,去领悟人间的真爱。在亲人的相互的包容和理解之中,你就会发现生活原来是如此的美好。

3.宽容的爱决定孩子一生的高度

每一个人都想维护自己的尊严,特别是成长中的孩子,他们的心灵是稚嫩而脆弱的,还没有承受太多风雨的侵袭。而正因为幼稚,他们才容易出错,一闪念之间有时甚至造成非常严重的道德错误,怎样对待这种错误往往决定着孩子一生的高度。对于犯错误的孩子,我们必须给他改错的机会,使他一心向善,走向光明。

多年前的一天,一位教师正在家里睡午觉,突然,电话铃响了,她接过来一听,里面却传来一个陌生粗暴的声音:"你家的小孩偷书,现在被我们抓住了,你快来!"从话筒里传来一个小女孩的哭闹声和旁人的呵斥声。

她回头望着正在看电视的唯一的女儿,心中立刻明白过来,肯定是有一个女孩因为偷书被售货员抓住了,而又不肯让自己家里人知道,所以,胡编了一个电话号码,却碰巧打到这里。

她当然可以放下电话不理,甚至也可以斥责对方,因为这件事和她没任何关系。

但自己身为老师,说不定她就是自己的学生呢?通过电话,她隐约可以设想出,那个一念之差的小女孩一定非常惊慌害怕,正面临着也许是人生中最尴尬的境地。

她犹豫了片刻,问清了书店的地址,匆匆忙忙赶了过去。

正如她预料的那样,在书店里站着一位满脸泪痕的小女孩,而旁边的大人们,正恶狠狠地大声斥责着她。

她一下子冲上去，将那个可怜的小女孩搂在怀里，转身对旁边的售货员说："有什么事就跟我说吧，我是她妈妈，不要吓着了孩子。"

在售货员不情愿的抱怨声中，她交清了28元的罚款，才领着这个小女孩走出了书店，并看清楚了那张被泪水和恐惧弄得一塌糊涂的脸。

她将小女孩领到家中，好好清理了一下，什么都没有问，就让小女孩离开了。临走时，她还特意叮嘱道，如果你要看书，就到阿姨这里，这有好多书呢。

惊魂未定的小女孩深深地看了她一眼，便飞一般地跑掉了，自此再也没有出现。

时间如流水匆匆而过，不知不觉间，多少年的光阴一晃而过，她早已忘了这件事，过着平稳安详的生活。

有一天中午，门外响起了一阵敲门声。她打开房门后，看到了一位年轻漂亮的陌生女孩，满脸的笑容，手里还拎着一大堆礼物。

"你找谁？"

她疑惑地问，但女孩却激动地说出一大堆话。

好不容易，她才从那陌生女孩的叙述中明白，原来她就是当年那个偷书的小女孩，而且已经大学毕业，现在特意来看望自己。

女孩眼睛泛着泪光，轻声说道："虽然我至今都不明白，你为什么愿意充当我妈妈，解救了我，但我总觉得，这么多年来，一直好想喊您一声妈妈。"

老师的眼睛也开始模糊起来，她有些好奇地问道："如果我不帮你，会发生怎样的结果呢？"女孩轻轻摇着头说："我说不清楚，也许就会去做傻事，甚至去死。"

老师的心中猛地一颤。望着女孩脸上幸福的笑容，她也笑了。

这位老师讲述的故事打动过很多人，它让我们明白，是宽容的爱守护了孩子的尊严,宽容会使人心向善,宽容会为孩子的人生发展留下一个美丽的空间,宽容将决定孩子一生的命运。

这是"二战"以后的事情。一个纳粹战犯被绞死了,他的妻子因为无法忍受众人的羞辱,也吊死在自家窗户外面。

第二天早晨,邻居们看到了这可怜的一幕。窗户开着,她两岁大的孩子正伸出手向悬挂在窗框上的母亲爬去。眼看另一场悲剧就要发生,所有的人屏住了呼吸。

这时,一个叫艾娜的女人不顾一切地向楼上冲去,把危在旦夕的孩子救了下来。她收养了这个孩子,而她的丈夫,就在年前因为帮助犹太人,被这个孩子的父亲当街处决。

邻居们没有人理解她,甚至有人不同意让这个孩子留在他们的街区,他们让她把孩子送到孤儿院,或者干脆扔掉。但艾娜不肯,于是有人整日整夜地向她家的窗户扔秽物,辱骂她。她自己的孩子也不谅解她,他们动不动就离家出走,还同小伙伴一道向母亲扔石头。

可是,艾娜始终把那个孩子抱在怀里,温柔地对孩子说:"你是多么漂亮啊,你是个小天使。"

渐渐地,这个孩子长大了,邻居们的行为已经不再像当初偏激了,但是常有人叫他小"纳粹"。同龄的孩子都不跟他玩,他性格变得十分古怪,常常以恶作剧为乐。直到有一天,他打断了一个孩子的肋骨,邻居们终于瞒着艾娜,把他送到十几里外的教养院。

半个月后,几乎快要发疯的艾娜终于找回了孩子。当他们再一次出现在愤怒的邻居们面前时,艾娜紧紧护着孩子,嘴里喃喃自语道:"孩子无罪,孩子无罪……"

这个孩子就在那时知道了自己的身世,他痛哭流涕、悔恨万分。艾娜告诉他,最好的补偿就是真心去帮助大家。

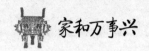

从那以后,他发愤图强,样样事都做得很好。最主要的是,他学会了关心他人,邻居们无论谁家有了难事,他都会主动去帮忙。在他中学毕业时,收到了这一生中最好的礼物:他的所有邻居每家都派了一个代表,去参加他的毕业典礼。

而这个时刻,感到最幸福的人就是艾娜,因为她挽救了一个孩子的命运。

在生活中,你要有宽容的态度,尤其是对待孩子。你的宽容能让孩子效仿。印度民族英雄甘地在回忆自己的成长过程时说过:"是父亲那崇高的宽容态度挽救了我。"

甘地出生在一个小藩王国的首相之家,从小就爱撒娇,性格也不开朗。他对父母十分顺从,对周围的事物特别敏感,自尊心很强,一旦被人奚落,马上就会哭鼻子。在学校一受老师批评,就难过得受不了。

少年时期,由于好奇,他染上了烟瘾,后来发展到偷兄长和家里的钱买烟抽,而且越陷越深。渐渐地,他觉察到自己偷别人的钱,背着父母抽烟的行为太可耻了。一想起来,就觉得无脸见人,内心十分痛苦,甚至还想过自杀。

当他终于忍受不了痛苦的折磨时,他就把自己的整个堕落过程写在了笔记本上,并鼓足勇气交给了父亲。甘地以为,父亲会狠狠地批评他,甚至惩罚他。然而,事实却出乎他意料。父亲看后,心情十分沉重。他不但没有责备甘地,反而自己留下了伤心的眼泪。甘地是个上进的孩子,他看到父亲痛心的样子,觉得自己太对不起父亲了,从此,他痛下决心,彻底改正了错误,并走上了正道。

是父亲的宽容让甘地改正了错误,走上了正道。作为父母,当孩子犯错时,一定要给予他们适当的宽容。

身为父母,不仅要对孩子宽容,还要教育孩子对待其他人也要宽容,培养孩子宽容的心胸,只有这样孩子的人生才会更加美好。

要培养孩子宽容的胸怀,首先,父母最好不要在孩子面前以自己的眼光议论其他小朋友的缺点,这样容易让孩子对其他小朋友过于挑剔。相反,父母要尽可能表扬其他小朋友的优点,让孩子明白每个人都是有优点的,不要使自己的孩子产生一种以己为中心的思想。

父母尤其不要对某些人和事物有偏见,更不要把这些偏见在孩子面前表露出来,从而让孩子在潜意识里也受到这种偏见的影响,而对这些人和事物有偏激的看法。

当孩子的小伙伴来自己家里时,父母对其他小朋友的态度不要过分冷落,也不要过分热情,尤其要教育孩子尊重小伙伴,让孩子平等地与人交往。

其次,不管什么时候,父母都可以教孩子学会从别人的角度来看待问题,让孩子把自己置于别人的位置,设身处地地站在别人的角度来思考问题。

父母应该教育孩子经常问自己:"要是我处在这种情况下,我会怎么想呢?又会怎么做呢?""我现在应该为他做点什么,他的心里会感觉好受一些呢?"这样,孩子往往会看到问题的另一面,从而产生宽容的品格。

再次,在日常生活中,父母要鼓励孩子参与多元化的活动。不论孩子年纪多么小,都鼓励他接触不同种族、宗教、文化、性别、能力和信仰的人,这有利于孩子与不同的人坦诚相待,遵从规则,平等竞争。

最后,告诉孩子要善待他人。

有一个孩子,他不知道回声是怎么回事。有一次,他独自站在旷野,

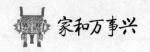

大声叫道："喂！喂！"附近小山立即反射出他的回声："喂！喂！"他又叫："你是谁？"回声答道："你是谁？"他又尖声大叫："你是笨蛋！"立刻又从山上传来"你是笨蛋"的回答声。孩子十分愤怒，向小山骂起来，然而，小山仍旧毫不客气地回敬他。

孩子气冲冲地回家对母亲诉说，母亲对他说："孩子呀，那是你做的不对。如果你恭恭敬敬地对它说话，它就会和和气气地对待你。"孩子说："那我明天再去那里说些好话。""就应该这样，"他的母亲说，"在生活里，不论男女老幼，你对人好，人便对你好；如果我们自己粗鲁，是绝不会得到人家友善相待的。"

这位聪明的母亲恰到好处地教会了孩子怎样待人。在教孩子善待他人的时候，父母可以通过角色互换的方法让孩子摆脱以自我为中心的不良想法，学会心中有他人，宽容他人。父母应该教孩子对其他小朋友多一点忍让，多一份关心，这样别人也会遇事宽容自己，体谅自己，为自己着想。实际上，只有孩子学会了宽容，他才会赢得朋友，才会真正体会生活的快乐。

4.爱屋及乌,何必过多计较

爱情开始的时候，爱人总是表现得很温顺，他会依着你的喜欢去做任何事情，甚至会因为你不喜欢他的某个习惯，而信誓旦旦地说要改变或者极力地隐藏起来。于是，面对这样优秀的另一半，我们自然就欢喜地与他步入了婚姻的殿堂。

但是，结了婚，却发现自己像上了当一样。生活中总是会出现很多让自己十分恼火的事情：你喜欢洁净，可他却总是上床前忘记洗脚；你喜欢清淡的饭菜，他却偏偏喜欢麻辣……于是，很多人就得出结论：对方不爱自己了，或者不再像以前那样爱自己了。

其实，就像世上没有两片完全相同的树叶一样，生活中也没有两个习惯完全相同的人。生活在一起的两个人，既然已经选择了相守，就不应该一味地苛责埋怨，而应该以宽容的心态，充分理解和尊重对方与自己在生活习惯等各方面的差异。爱他，就要试着去接受他的一切。

北宋时期，在齐州(今山东一带)有一位名叫刘庭式的儒生。在没有博得功名之前，曾与同乡的一位女子约定了嫁娶事宜，只是由于忙着准备赶考之事，而一直没有迎娶对方过门。

后来，刘庭式中了进士，在密州担任了通判官一职，并且很得当时的密州刺史苏东坡的赏识。待一切安顿妥当之后，他就准备按照约定与那位女子成亲。可谁知就在这个过程中，那位女子却因为生了一场大病而双目失明了。得知此事后，身边的人都劝说刘庭式取消婚约，另娶他人或者娶那位女子的妹妹为妻。毕竟大家都觉得他前途无量，实在没必要娶一个失明的妻子拖累一生。但是，刘庭式却不肯听大家的劝告，执意要履行婚约娶那位女子过门。

身边人很不解，便询问刘庭式为何要这么做。

刘庭式回答说："人得守诚信，不能变心。当年我与她订立婚约时，已经认定了她是我的妻子，我的心早已许给了她。如今她虽然眼睛看不见了，但心还是好的，待我也一直没有变过。我若是违背了当初的誓言，那我的心就真的是变坏了。何况，在这世上，人人都有变老或者生病的时候。当陪伴我们的妻子年老色衰或者卧病不起时，想必我们也都不会抛

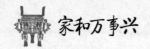

弃她们另娶年轻貌美之人的，不是吗？"

的确，当你爱上他，选择与他携手一生时，就意味着不仅要接受对方的长处，也要接受对方的缺点。如果你没有一颗包容的心，总是一副吹毛求疵的态度，那么，你的婚姻就会被忧郁的气氛所包围。

孙波的事业一帆风顺，短短几年就进入了企业的高层。而妻子还是几年前的那个幼儿园教师。为了让妻子和他一起进步，他给妻子报了各种各样的补习班，让妻子进修五花八门的课程。妻子虽然不愿意，但看他那么积极，也只好硬着头皮去了。他发誓，他绝对没有嫌弃"糟糠之妻"的意思，只是希望妻子能不断地充实自己。在生活和学习上，他也给了妻子一些帮助。

那天他去接妻子下班，看见妻子正带着一群小孩子在小操场上做游戏。妻子像只愉快的小鸟，在孩子们中间飞来飞去。他第一次看到妻子时就是这个样子吧，那时她的快乐就在瞬间感染了他。在孩子清澈的眼里，妻子宛如美丽的女神。他在那一刻看到了自己的愚蠢，也明白了妻子在他面前为什么闷闷不乐，因为他试图改变妻子，让妻子失去了真实的自己。

他自问：我让她学那些乱七八糟的外语有什么用呢？和这些孩子交流，只要动用一小部分母语就足够了；我让她学那些先进的管理理念干什么呢？教这些小孩子，爱才是最有效的方法。

他庆幸自己醒悟得不算太迟。在妻子向他走过来之前，他打电话为妻子取消了所有的进修课程。

恋爱的时候，我们把婚姻想象得过于美好，认为两人世界里尽是鲜花美酒，对于柴米油盐和家长里短的琐事估计不足。再完美的爱情，进入婚姻之后，也会变得面目全非。

当我们发现婚姻中的对方不符合自己婚前的想象时，那些恋爱时的优点就会瞬间消失，那些过去不曾有过的缺点就会一下子暴露出来。巨大的心理落差，会让我们怀疑婚姻的意义和价值。

美满的婚姻，靠的是一颗理解和宽容的心。当初与他牵手，相信其绝非一无是处。一个人的优点不会无端消失，或许只是自己变得苛刻而已。其实，爱情也是需要缝缝补补的，这些只有当事人自己知道。所谓的恩断义绝，其实只是消极心态所致。

那些在外人看来"成功"的婚姻，当事人绝对不是极端坚守理想的人，他们不会生活在个人的想象和憧憬中，用自己的要求和标准去衡量爱情，而是懂得退一步，能够接受现实。在别人看来，或许这种妥协是退而求其次，实际上却是在对待婚姻问题上拥有大智慧。

没有一个人是完美的，因此，当你将婚姻的眼光标定在"完美"这一刻度时，首先需要反躬自省，审视一下自己是否足够完美。在哀叹自己遇不到白马王子时，应该反思一下，自己是个完美的公主吗？要试着用不完美的心看待不完美的婚姻，接受婚姻的平淡，习惯对方的不完美，这就是最大的完美。

所谓完美的婚姻，就是忍耐对方的习惯，接受对方的不完美！

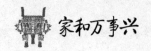

5.家庭的土壤种不得怨恨的种子

家是夜路上那盏永不会熄灭的明灯，不仅照亮了黑暗中的路途，还驱散了寒夜的凄清与荒凉；家是香甜的睡梦中那个飘出缕缕炊烟的小木屋，无论什么样的风雨都不能打破屋内的宁静，无论什么样的寒潮都无法扑灭温暖的火焰；家是心灵之舟可以安心停泊的港湾，包容和接纳你的全部，在这里你永远不用担心孤独和寂寞，因为总有个伴不离不弃地陪着你。

《菜根谭》上早有明示："炎凉之态，富贵更甚于贫贱；妒忌之心，骨肉尤狠于外人。此处若不当以冷肠，御以平气，鲜不日坐烦恼障中矣。"

如果想要家庭幸福，就要学会包容，而不是彼此之间心生怨恨。一旦家人之间有了怨恨、嫌隙，那么恐怕再富贵也能感受世态炎凉，即便是至亲骨肉也难免手足相残。

明朝嘉靖年间，户部侍郎杨继康身居高位，家中虽无一子但是五个女儿和女婿对他们老两口都十分孝顺，算得上是生活幸福。这天，正是杨侍郎的寿诞之日，家里张灯结彩，前来拜寿的宾客络绎不绝，十分热闹。尤其是五个女儿全都带着厚礼赶到京城来给父亲祝寿。

杨继康的这五个女儿，其中有四个嫁的不是官绅就是城中首富，全是鼎盛之家，唯独三女儿杨三春嫁给了家境贫寒的穷书生邹应龙。

五个女儿同时来拜寿，家境殷实的四个女儿给父亲奉上的寿礼皆是极其名贵之物，唯有贫寒的三女儿只是送了一双自己做的鞋子。杨继康老两口本就因为三女婿邹应龙是个穷书生而看不上眼，再看他们送的礼物如此微薄更是冷眼以对。

二女儿双桃仗着平时父母对自己宠爱有加，此时更是趁机挑拨，言语尖酸刻薄，唆使杨夫人将三女儿和三女婿赶了出去，其余的家人继续为老人贺寿。三春见此情景，也不多说，只是和丈夫邹应龙离开了。

杨侍郎的寿辰没过多久，他就因为与朝中的奸臣严嵩作对，遭其诬陷被抄家革职了。杨家立刻从钟鸣鼎食的大户人家变成了人见人躲的"过街老鼠"。

杨家的仆人见主人大势已去全都纷纷逃散，唯有婢女翠云因感激杨家二老而留在他们身边继续服侍。杨继康看自己如今的情形，京城是再也待不下去了，幸好还有四个平时很孝顺的女儿、女婿，于是就带着夫人和翠云去投奔几个女儿。

谁料，曾经殷勤的女儿、女婿们如今却个个翻脸不认人，听见父亲、岳父有难全都一哄而散。大女儿在家中做不了住，大女婿为图飞黄腾达早已依附于严嵩；二女儿、女婿都是嫌贫爱富之人，如今看到杨继康落魄了更是避之唯恐不及；四女儿、五女儿虽然有心要收留父母，无奈婆家都惧怕严嵩的淫威，因而不敢接纳，只得气走了老两口。

满怀希望而来的杨老夫妇竟然在几个女儿家都碰了钉子，走投无路之下，他们只得暂住在郊外的城隍庙中。正所谓"福无双至，祸不单行"，此时天气突然降温，风雪交加，两位老人一生养尊处优，哪里遭过这种罪，身上的盘缠早就花完了，如今更是连口饭都吃不上了。

婢女翠云平时有吃的都紧着杨老夫妇先吃，如今两位老人已经一天没吃过东西了，再这样下去也不是办法。她忠心护主，只得冒着暴风雪外出乞讨食物，但是因为体力不支，晕倒在半路上。

正巧，被邹应龙的弟弟邹世龙发现带到了哥哥、嫂子家。杨三春认出此人是父母身边的婢女翠云，将她救起后，得知了父母的遭遇。三春带人连夜冒着风雪赶到城隍庙，将饥寒交迫的杨老夫妇接到自己家中

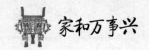

悉心照顾。

　　此时，勤学苦读的邹应龙金榜题名，高中状元荣归故里。他告诉杨继康，自己此行正是为了搜查严嵩的罪证，以便将其绳之以法。三年后，在京城为官的邹应龙终于用计斗倒了严嵩，杨继康得以沉冤昭雪，官复原职，还把一直忠心照顾自己的婢女翠云收为义女。这一日又是杨继康的寿诞，经历过兴衰荣辱的杨老夫妇此时早已将世间很多事情都看开了，他们坐在寿堂之上，看着六个女儿拜寿，尽享天伦之乐。

　　人称"西部歌王"的王洛宾说过："宽容、谅解是组合家庭最基本的东西。"同时，这也是每一个家庭成员都应该领会并掌握的技巧，是需要共同学习的课题。曾经有人为了家中的琐事向庙里的大法师请教开示，法师告诉他：对待家人要有心——事事忍让、凡事包容的爱心；将心比心的诚心；寻找心灵平静的清心；懂得等待的耐心；学会选择和放弃的宽心。

　　20世纪，美国建筑大王凯迪的女儿和飞机大王克拉奇的儿子，在两家父母的撮合下，彼此有了情分。但两个人的来往并不顺利，总是磕磕绊绊的，争吵时有发生。两家人都是社会上的名流巨富，儿女们的这种关系，让他们大伤脑筋。他们甚至担心，会不会发生什么不测。

　　谁想，担心什么就有什么，令他们震惊的事还是发生了，凯迪的女儿竟然被克拉奇的儿子毒死了。

　　克拉奇的儿子小克拉奇因一级谋杀罪被关进大牢，两家人的身心因此受到沉重的打击。从此两家人的生活变得暗无天日。克拉奇的儿子在事实面前却拒不承认自己的罪行，这使凯迪一家非常气愤。而克拉奇一家也在拼命为儿子奔走上诉。如此一来，两家人便结下了深仇大恨。

一年以后,法院做出终审,小克拉奇投毒谋杀的罪名成立,被判终身监禁。克拉奇为了能让儿子在今后得到缓刑,也为了消除儿子的罪恶,拐弯抹角不断以重金为凯迪一家做经济补偿,以便凯迪能不时地到狱中为儿子说情。克拉奇每一次的补偿都是巧妙地出现在生意场上,这使得凯迪不得不被动接受。

而凯迪每得到克拉奇家族的一笔补偿,就像是接过一把刺向自己内心的刀,悲痛难言。凯迪埋怨自己,也埋怨女儿当初怎么就看错了人。而克拉奇的全家更是年年月月天天生活在自责中,他们怨恨没有教育好自己的儿子。

两家人都是美国企业界中的辉煌人物,然而生活却如此的捉弄他们,让他们不得安生。一年又一年,两家人的心情被巨大的阴影所笼罩,从来没有真正地笑过。他们承认,这些年为此所付出的心理代价是用任何金钱也换不来的。

然而,苦苦承受了20多年的罪愆后,最终的事实证明,凯迪女儿的死,并不涉及善恶情仇。事情引起了美国媒体的巨大轰动,面对报社的采访,凯迪与克拉奇两家都说了同样的话:"20年来,我们付不起的是我们已经付出的,又无法弥补的心态。"

怨恨、气愤、快乐与幸福的种子都同时存在于每个家庭里,关键是要看家里的成员将哪些种子种了下去,让哪些种子生根发芽、成长起来。怨恨、气愤的种子一旦种下去,那么种植快乐和幸福的土壤就会变少。家庭成员之间相处就是要做到"原谅"两个字,这样,就不会有怨恨、气愤存在于家庭氛围中,这样的种子也就不会落地生根了。

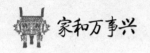

6.婆媳相处,贵在包容

　　有人曾经说过:"一个屋檐下如果只有一个女主人,那么就是一个'安'字;可是如果这个屋檐下住了两个女主人,那就难'安'了!"这两个女人就是婆婆和媳妇。难道婆媳之间就真的没有相处之道吗?当然不是,和睦、友善、感情深厚的婆媳也比比皆是。之所以婆媳之间能够相处得像是母女一样,靠得依然还是包容。

　　对于婆婆来说,要记得"大人有大量",越是位高之人,就越是要有度量,能容忍。婆婆作为长辈,不要什么事都跟儿媳妇一般见识,尽量多包容她,即便是她有做的不对的地方,小事就当做没有发生过,过去了也就算了。如果是令婆婆比较在意的事情,也应该婉转地提醒儿媳妇,不要让她感到自己被训斥,应该尽量给她留面子。要知道,婆婆的肚子也是能够撑船的。

　　作为儿媳妇则要记得,"家有一老,如有一宝",自己日后可能也有为人婆婆的一天,将心比心不要对老人过于苛责。在《佛说玉耶女经》中,佛陀曾经开示说:"一者晚眠早起修治家事,所有美膳莫自向口,先进姑嫜(公婆)夫主。二者看视家物,莫令漏失。三者慎其口语忍辱少嗔。四者矜庄诚慎,恒恐不及。五者一心恭孝姑嫜夫主,使有善名,亲族欢喜为人所誉。是为五善。何者三恶?一者未冥早眠日出不起。夫主呵瞋反见嫌骂。二者好食自啖。恶食便与姑嫜夫主。奸色欺诈妖邪万端。三者不念生活。游冶世间。道他好丑求人长短。斗乱口舌。亲族憎嫉。为人所贱。是为三恶。"

明朝的时候,燕王朱棣造反,欲夺侄子的江山自己称帝。当时有一个名叫储福的人,不愿与朱棣一同造反,为了尽忠守全节义,最后绝食而亡。他虽然是表明了自己的忠心,可是家中还剩下年纪一大把的老母,储福是独子,他这么一死,留下母亲如何是好呢?幸亏储福有一个非常孝顺的媳妇,自从丈夫死后,她就更加竭尽心力地侍奉婆婆。储福的媳妇姓范,每次因为思念丈夫而感到悲痛时,就自己一个人偷偷地跑到山谷里放声大哭,然后再擦干眼泪装作没事的样子回家。因为她怕婆婆听见自己的哭声心里难过,年纪大的人万一因此而伤心过度,恐怕就会得重病。对于范氏的这片孝心,邻居之中没有一个不夸奖的。

可是范氏毕竟还年轻,他们小两口结婚没多久也没有孩子,婆婆就担心儿媳妇日后的日子怎么过,总希望儿媳妇可以再找户好人家嫁了。范氏对婆婆尽孝的名声在外,其实早就有人专门给她提亲保媒了,但是范氏都没有应允。婆婆知道范氏是因为担心自己没人照顾而不愿再嫁人,所以也总是劝她不要担心自己,遇到好人家就走吧,可是范氏从来就只是笑笑,依然没有答应。婆婆心想:"我都这么大年纪了,还能活几年,若是这样耽误了儿媳妇一生,怎么对得起这么好的孩子啊。不如我自杀死了算了,还能见到我那九泉之下的儿子。"

想到这,婆婆就找出了一条丝绦,趁着儿媳妇不在家也出门来到后山,打算找棵树上吊自尽。幸好,婆婆刚把头伸进丝绦打的扣中,有村里的年轻人路过把她救下,背回了家。范氏起初见婆婆不在家,早已心急如焚,如今又听说婆婆在后山上吊更是又着急又伤心。她拉着婆婆的手说:"娘啊,我知道你是为了啥自杀的,可是您要是这么一死就剩下我一个人活着还有什么意思,不如也跟您去了算了。"婆婆听儿媳妇这样说,日后也打消了自杀的念头。

储福死后,家里断了经济来源,日子过得非常清苦。一天,范氏到水边去替人家洗衣服赚点钱,看见小溪边长了很多席草,非常茂盛。于是,范氏采了许多席草回家,用它们编成席子然后卖给别人,钱挣的比以前多了,日子虽然不是很好过,但是至少婆媳二人的温饱是不用犯愁了。

过了几年,婆婆寿终正寝。范氏一直在婆婆的坟边守孝,直到八十多岁,无病无灾的一觉睡死过去了。自从范氏死后,她采席草的溪边再也没有长出过席草。

婆媳,两个来自不同的时代,不同的生活背景下的女人,却因为同时牵挂着一个男人而"狭路相逢"了。她们的心虽然被这个男人系在了一起,但是却可能视对方为敌人、为对手,所以身体选择向两个不同的方向使劲,都想要把男人往自己的方向拉得更近一些,离对方更远一些。于是,矛盾、误会、硝烟、战火也随之而来了。

一天早上,因为一点小事,沧玉又和婆婆吵了起来。一阵风雨过后,委屈的她跑到好朋友文丽家去诉苦。

当她敲开文丽家门的时候,正好赶上文丽在忙着做饭。于是,文丽就让婆婆先陪着沧玉闲聊。

随着话题的一步步深入,沧玉终于开始发起了牢骚:"哎……要是我婆婆像您这样善解人意就好了,可她总是那么不招人喜欢,做菜咸得要死,还整天在我们耳边唠叨个不停,总而言之,我不论做什么,她都得挑出点毛病来,真是烦死了!"

文丽的婆婆听完了这一顿抱怨之后,微笑着打断了她的话说道:"其实啊,并不是我和你的婆婆有什么区别,而是你太跟自己过不去了。在这方面,我觉得你真的该向文丽学学,她看起来总是糊里糊涂地迁就我的一切,一点都不嫌弃我这个什么都不懂的乡下老太婆。不管是做什么菜,做得好不好,她都会说好吃。"

饭做好了,席间,文丽也劝了沧玉不少话,沧玉渐渐地不再那么怒不可过了。

吃完饭后,沧玉不想这么早就回家,于是在文丽家看起了电视。而文丽却准备利用下午的时间洗洗衣服,可是她找来找去都找不到自己昨天换下的衣服去了哪里。于是便问婆婆:"妈,您看见我昨天穿的那几件衣服了吗?"只见,文丽的婆婆一拍脑门,笑着说道:"哎呀,我上午一不留神给你洗了,我可真是老糊涂了。"

看着婆婆,文丽幸福地笑了。这时,坐在一旁的沧玉才明白了文丽婆婆所谓的"糊涂"的真正含义。她终于明白了为什么文丽能比自己生活得幸福,他们之间的"糊涂"其实正是一种难得的精明。

从那以后,沧玉也当起了"糊涂"媳妇,她不再去计较与婆婆之间的小事,任何时候都宽容以待。渐渐地,婆婆也被传染地"糊涂"起来,家中再也很少听到争吵之声了。

古语常说:多年的媳妇熬成婆。好像自古以来,媳妇受婆婆的气是很正常的。这话说得也不算正确,大多的婆媳矛盾还是出在年轻的媳妇和年老的婆婆的相处与沟通上面。

对于婆婆来说,自己养育并掌管了儿子二十多年,因为媳妇这个新女性的介入,一夜之间失去了对儿子的支配权,她的内心是失落的,这种失落感也许只有在年轻的媳妇成为婆婆后才能感觉得到。在一些老年人的观念里,媳妇是外姓人。两姓人自然有隔阂,婆婆更多的是想了解儿子找了一个什么样的女人,而媳妇觉得自己的家庭才是主体,更想亲自掌管自己的男人。

夹在中间的男人是最大的受害者了。一边是含辛茹苦、抚养自己长大成人的母亲,一边是要和自己相伴一生、相濡以沫的妻子。这种家庭矛盾,男人的第一反应往往就是逃避,而这种逃避势必会引起两个女人的更多不满。

如果你想成为一个成功的妻子，就不要再让老公生活在夹缝中了，其实家里的事情有那么严重吗？和婆婆之间就那么难以相处吗？那是老公的母亲，是老公敬重的人，相处的时候，只要不伤及原则，何必争个谁是谁非？这样，既遂了婆婆的意，又讨了老公的欢心。聪明的妻子何乐而不为呢？和婆婆相敬如宾，以诚相待。

婆婆再怎么着，也只是想让她的儿子过好。也许只是方法不对。她感觉你孝顺和真诚，从而也开始善待你。要知道，你婆婆并不欠你什么，相反，她把儿子养大，交到你的手里，你收获了她的果实，更应该对她好。你要她怎么对你，首先得让自己怎样对人家。做到相敬如宾，以诚相待很容易，除了要有一颗善良宽容的心来包容之外，换位思考也很重要。

正所谓："无常世事莫争齐，好劝翁姑学菩提，栽得莲花多一品，志同道合往生西。"婆媳之间也要谨守本分、以德自持，婆婆要宽容，儿媳妇要忍让，不管是生活琐事还是言行举止，忍让处需忍让，顺从处需顺从，如此一来，家庭不再是婆媳争斗的战场，而是如同和睦的"莲池法会"般。

7.手足情深，忍让常记心间

《菜根谭》中说："家庭有个真佛，日用有种真道。人能诚心和气、愉色婉言，使父母兄弟间形骸两释、意气交流，胜于调息观心万倍矣。"兄弟姐妹之间的感情常常被称作是"手足之情"。手脚的重要性自然是不言而喻的,而它们之间千丝万缕的联系更是无需赘言的。用如此重要之物来形容兄弟姐妹,可想而知这其中感情之深厚。这其中的一点就是因为,除了父母、儿女之外,还能与我们血肉相连的就只有手足,因为蝇头小利而闹得手足相残又何必呢?

有一家人,父母双亡后几个兄弟就决定分家。后来,因为大哥占了家产的大头,原本还算和睦的兄弟就因此闹得很不愉快。眼看着兄弟之间产生了分歧和嫌隙,这家的大哥觉得心里很不是滋味,但是他说的话,弟弟又都不听,更加觉得苦闷,甚至还因此大病了一场。病好后,他来到以前经常去礼佛的寺院,拜访方丈大师,希望他能开导自己。

见到方丈后,大哥把自己家中发生的这些事全都说了出来,最后忍不住对方丈诉苦:"'钱财是身外之物'的道理我都明白,但是家中的兄弟为了祖上留下的这些遗产争夺不休,我眼见他们越闹越凶,连手足之情都不顾,越发变得无理取闹。我身为大哥,原本应该在父母过世后替他们照顾好这个家,但是如今家中的兄弟没有一个人听我的,我心里感到非常郁闷。"

大哥说完自己心里不痛快的事后,原本以为方丈会引经据典地劝慰自己一番,没想到,方丈居然给他讲起了自己还是小沙弥时候的故事:"很多年前,我还是一个小和尚的时候,我的师父是当时寺院的方丈,他非常喜欢养兰花。一次,他需要外出讲经,于是就把兰花托付给我照料。我知道这些兰花都是师父的心爱之物,也非常上心,兰花一直长得很好。不过,就在我师父回来的前一天,我一个不小心把兰花摔在了地上,花盆摔烂了,兰花也都摔坏了。我心想,这下完了,师父看见了一定会非常生气,恐怕我要挨罚了。第二天师父回来之后,我就拿着摔坏的兰花向师父承认错误,希望他能责罚得轻点。没想到师父没有生气,也没有惩罚我,他只是对我说:'我当初养这些兰花不是为了今天生气而养的。'"

大哥一时没明白方丈话里的意思,方丈接着开导他说:"世间万物,凡是我们需要的、使用的,都是为了能让自己更加轻松,从而身心愉快而已。但是,这些东西却又都是生不带来,死不带去的。身外之物,其实谁也没有绝对拥有的权力,如果把它们看得太重,就会心情沉重;但是,倘若你看得淡些,反而就能够释怀了。你的弟弟既然觉得你占的遗产多,一直争执不休,那你何不索性就成全他们呢?你的宽容不仅是原谅弟弟们的无理,更重要的是把自己从牢笼里解放出来!"大哥这时终于恍然大悟,高兴地回家去了。

下山之后,他谨记方丈的提点,钱财不过是身外之物,而手足之间的血缘关系却是割不断的。于是,他把几个弟弟找来,将自己从父母那里得来的全部财产都拿出来,平均分给了几个弟弟。几个弟弟看到大哥这个举动,也很诧异,谁也不敢把遗产拿走。后来,小弟弟忍不住了,就问大哥为何要这样做。大哥就把自己到方丈处听来的道理讲给了几个弟弟听。听完之后,弟弟们都面有愧色,表示是自己太贪心了,大哥所得都是父母生前就分配好的,是自己鬼迷心窍才做出这些伤害兄弟情谊的事情。此后,兄弟们再也没有因为家产的事而产生矛盾,感情比父母在世的时候还要好。

孔融让梨的故事我们从小就听过,其中的道理自然是不用说大家就完全能够明白的。有人会认为:"梨这种小东西,谁都可以不在乎,但是房、钱、古董,这样大件的东西又有谁会不在乎呢?又有谁能够说让就让呢?"很多人忙活了一辈子,无非就是为了能够有个属于自己的房子,有足够享受的金钱。当这些东西能够名正言顺地通过继承遗产来获得的时候,又有谁能够不动心呢?于是,一家人为了这些看不见的利益,而伤害了实实在在的手足感情,这实在是得不偿失的事。

天底下最宝贵的,就是家人之间的相互扶持和照顾。可是,现在很多年轻人大多是独生子女,不能体会手足之情本身就是一种遗憾,因此我们更要珍惜与亲戚之间的感情,不管是表哥表姐还是表弟表妹,都不要在意身份上的亲疏,用毫无芥蒂之心去关爱亲人,这样才能收获更多的家庭温暖。

第三章

心怀感恩，幸福绵长

爱默生说过："家庭是父亲的王国，母亲的世界，儿童的乐园。"很形象地说明了亲情之乐。台湾学者柏杨也曾经说过："儿女爱父母，是天生的，父母是孩子的唯一安慰、盼望、鼓励、保护所和避难港，所以依偎在父母怀抱里的孩子是天下最幸福的人。"亲情就是人的幸福之源！你越珍惜，越感恩，你就越幸福！

1.感恩让家庭更幸福

学会感恩是家庭幸福的营养素，是幸福的源泉。如果每个人都怀有一颗感恩之心，那我们的家庭和社会会更加和谐，更加亲切。我们自身也会因为这种心理的存在，而变得愉快和健康起来。

大多数的家庭中出现的最大问题在于有人觉得被牺牲，或不被感激。可悲的是，我们大多习惯与家人在一起，却忘了要彼此感恩。我们认为对方做这些事情是理所当然的，父母子女之间是如此，夫妻之间更是如此。

很多人认为，父母都是出于一种完全自愿之心，愿意赔上休息日或周末为自己带孩子，但是这些人从未对父母的义行表达过一点谢意。他们的态度是："他们本来就喜欢做这件事，何况他们是爷爷、奶奶呀！"我们很容易忘了每个人都需要被感恩，即使是祖父母也不例外。何况这是件很重要又非常容易做到的事，通常家庭中感情破裂的主要原因都出在这里。

不懂得感恩，破坏了婚姻、亲子关系和兄弟姐妹之间的情谊的事情屡见不鲜；而懂得感恩的家庭，无论是精神还是肉体都会紧密地联系在一起。家庭的每一位成员都知道自己的价值，知道如何感激对方。夫妻之间彼此感激，彼此欣赏；子女感恩家庭给予温暖，感恩父母养育，他们会分享家庭快乐和忧愁，一直到他们自己建立新家庭也是这样。

能够拥有一个家，一个能够休息的地方，一个能为你遮风挡雨的地方，这是多么值得庆幸的事情。你的生命在这里得到呵护，得到温暖，得到关怀，得到爱意。可是你是否仔细留心过你的家庭的变化？你对自己的

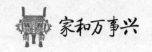

家庭是否心存感激？只要机会出现了，或是出现一种暗示需要你表达感恩时，你就弯下腰来，努力表达。要经常说"谢谢你"，而且发自内心，为那些善心对你的人写谢词或做些好事情吧！如果你有了这种感恩的心情，那么，你就可以使自己的家庭变得更加美满。

首先，我们应该感谢父母给我们创造了一个家庭，使我们的生命得到成长，我们能够拥有选择的一切，都是家庭赐予的。

其次，我们应该感谢自己的伴侣，是他/她为这个家不辞辛劳地付出，给我们的生活带来希望与惊喜。

再次，是感激我们的孩子，孩子给我们的家庭带来了活力，带来了生命与未来，使我们的生命得到延续，我们的许多快乐与满足都是孩子与我们生活在一起产生的。有孩子就有了家庭的感觉，我们在这个家庭中有了成熟的感觉，有了一种自豪感，一种责任感。

对家庭心存感恩，就能够使家庭保持快乐、美满，而且这种感恩要每天都表达出来，让你的家人都能够感觉到，不要等不幸发生后才懂得感恩。

我们一生当中一般都会接收到许多不幸的消息，在震惊之余，我们更会对日常生活满怀感恩。一些我们视做稀松平常的事——欢笑、美貌、友谊、自然、爱人、家人或家，此刻才会显得更重要、更特别。我们甚至觉得每一天都是天赐的礼物，是值得珍爱的奇迹。在过去侵占我们很多时间的"小事"，现在好像也不再重要。我们的悲愤会慢慢淡化，全心全力投注到生命的奇迹上。我们都知道这是人们在面对坏消息时应有的反应。我们甚至在"等待"着这些坏消息来让我们对生命重新充满感恩。

其实为什么非要等到坏消息来临我们才肯这么做？为什么不学着从现在开始就珍惜生命中的点点滴滴？生命的本身就是一个奇迹，因为上天的赐予，我们才能活在此时此刻。

你可以经常提醒自己，生命是何等短暂与脆弱，世事是何等瞬息万变。对于多变的人生，其实我们可以有两种截然不同的想法：一种是面对生命无常的变化感到挫折与恐惧;另一种积极的想法是将这些变化视作理所当然,同时认为是激励自己对生命感恩的要素。

因为我们太熟悉我们的家,我们也花了许多时间在家中,所以我们认为家人、房子、环境、隐私、安全感、舒适感等等都是与家俱来的。这已经变成一种理所当然的想法。如果我们总是想着家庭的幸福得来不易,别人可能会认为我们过于神经质或太多虑了。其实我们真正该做的是每天花一小段时间,也许只是几分钟,衷心感谢家庭在我们生命中所代表的意义。与其等待坏消息来让我们重新认知家庭或生命的重要性,不如从现在开始就将家庭当作生命中重要的一部分,你也会在家中感受到前所未有的欢愉。

2.用感恩的心面对父母

父母是我们人生的第一任老师,从我们呱呱坠地的那一刻起,我们的生命就倾注了父母无尽的爱与祝福。也许,父母不能给我们奢华的生活,但是,他们给予了我们一生中不可替代的东西——生命与关爱。

父母为我们付出了毕生的心血,当我们长大时他们就变老了,这时的他们需要儿女的关怀与陪伴。可是我们却常常因为各种事情而忽视了父母,令父母感受到孤独。不要总是对父母说自己没有时间,更不要说自己没有精力。要多抽出一些时间去陪陪父母,与他们聊天,让他们不再寂寞。

有亲情味是一个人善心、爱心和良心的综合表现。孝敬父母,尊敬长辈,是一个人应守的本分,是天经地义的美德,也是各种品德形成的前提,因而历来受到人们的称赞。试想,一个人如果连孝敬父母、报答养育之恩都做不到,谁还相信他是个可靠的人呢?又有谁愿意和他打交道呢?

亲情是宇宙间最无私的情感。亲情是岳飞的母亲满怀期望地在其背上刻下的"精忠报国";是孟子的母亲为其更好地成长而费尽苦心地"三迁";是朱自清的父亲翻越栅栏时留下的那个蹒跚的背影……永远不要忘记亲情。

有一个男子在一家花店停下车,他打算向花店订一束花,请他们送给远在故乡的母亲。

男子正要走进店门时,发现有个小女孩坐在路边哭。男子走到小女孩面前问她:"孩子,你为什么在这里哭?"

"我想买一朵玫瑰花送给妈妈,可是我的钱不够。"孩子说。男人听了感到心疼。

"这样啊……"于是男人牵着小女孩的手走进花店,先订了要送给母亲的花束,然后又给小女孩买了一朵玫瑰花。走出花店时男人向小女孩提议,要开车送她回家。

"真的要送我回家吗?"

"当然啊!"

"那你就把我送到我妈妈那里吧。可是叔叔,我妈妈住的地方,离这里很远。"

"早知道就不载你了。"男人开玩笑地说。

男人照小女孩说的一直开了过去,没想到走出市区大马路之后,随着蜿蜒山路前行,他们竟然来到了墓园。小女孩把花放在一座新坟旁边,她为了给一个月前刚过世的母亲献上一朵玫瑰花,而走了很远的路。

男人将小女孩送回家中,然后再度折返花店。他取消了要寄给母亲的花束，而改买了一大束鲜花，直奔离这里有五小时车程的母亲家中，他要亲手将花献给妈妈。

故事中的一朵玫瑰花，告诫我们时刻都抱有感恩之心，不必等到为逝者举行盛大丧礼，而应在他们在世时，就敬献孝心。尤其是对父母的感恩，我们没有理由拒绝。"树欲静而风不止，子欲养而亲不待"，父母在世，是一个人最大的幸福。经常放开繁琐的工作，去陪陪父母，这或许就是你能尽的最大的孝心了。

怀着一颗感恩的心来对待亲情吧！你的感恩，是父母最大的快乐。

从前，有个年轻人与母亲相依为命，生活相当贫困。

后来年轻人因为内心苦闷而迷上了求仙拜佛。母亲见儿子整日念念叨叨、不事农活的痴迷样子，苦苦劝过很多次，但年轻人对母亲的话不理不睬，甚至把母亲当成他成仙的障碍，有时还对母亲恶语相向。

有一天，这个年轻人听别人说起远方的山上有位得道的高僧，心里不免仰慕，于是想去向高僧讨教成佛之道，但他又怕母亲阻拦，便瞒着母亲离家出走了。

他一路上跋山涉水，历尽艰辛，终于在山上找到了那位高僧。高僧热情地接待了他。听完他的一番自述，高僧沉默很久。当他向高僧寻问佛法时，高僧开口道："你想得道成佛，我可以给你指条道。吃过饭后，你立刻下山，一路到家，但凡遇有赤脚为你开门的人，这人就是你所谓的佛。你只要悉心侍奉，拜他为师，成佛是非常简单的事情！"

年轻人听了非常高兴，谢过高僧，就欣然下山了。

第一天，他投宿在一户农家，男主人为他开门时，他仔细看了看，男主人没有赤脚。第二天，他投宿在一个城市里的富有人家，更没有人赤脚为他开门。他不免有些灰心。第三天，第四天……他一路走来，投宿无数，

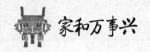

却一直没有遇到高僧所说的赤脚开门人。他开始对高僧的话产生了怀疑。快到自己家时，他彻底失望了。日落时分，他没有再投宿，而是连夜赶回家。到家门时已是午夜时分。疲惫至极的他费力地叩响了门环。屋内传来母亲苍老惊悸的声音："谁呀？"

"是我，妈妈。"他沮丧地答道。

门很快打开了，一脸憔悴的母亲大声叫着他的名字把他拉进屋里。在灯光下，他的母亲用泪眼端详着他。

这时，他一低头，蓦地发现母亲竟赤着脚站在冰凉的地上！刹那间，灵光一闪，他想起高僧的话。他突然什么都明白了。

年轻人泪流满面，"扑通"一声跪倒在母亲面前。没想到离开家的几年里母亲竟然衰老了这么多，顿时心生愧疚。

我们有时就像故事中的青年，总是在强调着我们生活中遇到的不幸，却忘记了父母其实比我们受到了更多的苦；我们总是强调着自己对生活的无力，却忘记了父母也如同我们一样在生活，可父母却为了我们在坚强地生活着；我们总是在强调着自己对生活对未来的构想，却忘记了未来的生活是因有了父母所给予的一切才变得更加触手可及，才变得更加美好幸福。所以，我们一定要常回家看看父母，多关怀父母，让父母的晚年生活过得温馨快乐。

父母的爱是无私的，我们应该珍惜父母伟大的爱，做一个孝顺的孩子，用自己对父母的爱悉心关怀照顾年迈的父母，听从父母的教导，关心父母的健康，分担父母的忧虑，参与家务劳动，不给父母添乱。如果说平时因居住地较远，工作太忙不能和老人朝夕相处，那么在休假日要尽量抽时间带上孩子去看望老人，帮老人做些家务，同老人共聚同乐，尽一份子女应尽的责任和义务。

很多时候，我们会对别人给予的小惠"感激不尽"，却对亲人、父母的一辈子恩情"视而不见"。其实亲情就这样无时不在，它容忍着人们的遗忘和把它看作理所应当。我们就这样享受着父母给予的爱，固执地霸占着，剥夺了他们的青春。将他们的辛劳变成我们饱腹蔽体的物品，用他们的苍老换来了我们朝气的青春，但我们还抱怨他们的忠言，抱怨他们的谆谆教诲。或许只有等到我们身为父母，只有等到自己养儿育女的那一天，才会了解为人父母的那种心情，那种对子女无私的爱。

　　也许，生活的步履过于匆忙而使我们忘却了对身边的亲人说感激的只言片语，往往等到我们觉察到时已经追悔莫及。现在，我们不妨停下脚步，怀着一颗感恩的心，对他们说一声感谢。感谢他们把我们带到这个世间，感谢他们培育我们健康成长，感谢他们让我们得到这世间一切美好的东西。

3.良伴为侣，且行且珍惜

　　人很奇怪，每每到了失去后才懂得珍惜。其实，幸福早就放在你面前。肚子饿得不行的时候，有一碗热腾腾的拉面放在你眼前就是幸福；累得半死的时候，躺在软软的床上有人轻轻为你拿捏几下就是幸福……

　　人生在世，由于际遇的不同，有的人生活清苦却感到幸福，有的人则过着富裕的生活仍感到苦恼。而更多的时候，人们之所以感觉不幸福，是因为当幸福来临的时候，常常浑然不觉，无论别人投来多少羡慕的目光，还是不知道珍惜自己所拥有的幸福，反而让幸福白白地从自己手指间溜掉，到了最后，给自己剩下的只有挥之不去的痛苦。就像钱钟书所说："人生的刺,就在这里,留恋着而不肯快走的,偏是你所不留恋的东西。"

印度有一位知名的哲学家,气质高雅,因此成为很多女人的偶像。某天,一个女子来拜访他,她表达了爱慕之情后说:"错过我,你将再也找不到比我更爱你的女人了!"

哲学家虽然也很中意她,但仍习惯性地回答说:"容我再考虑考虑!"

事后,哲学家用他一贯研究学问的精神,将结婚和不结婚的好处与坏处,分条罗列下来,结果发现好坏均等,究竟该如何抉择?他因此陷入了长期的苦恼之中。最后,他终于得出一个结论——人若在面临抉择而无法取舍的时候,应该选择自己尚未经历过的那一个。不结婚的状况他是清楚的,但结婚后会是个怎样的情况,他还不知道。对!应该答应那个女人的请求。

哲学家来到女人的家中,问她的父亲:"你的女儿呢?请你告诉她,我考虑清楚了,我决定娶她为妻!"女人的父亲冷冷地回答:"你来晚了,我女儿现在已经是孩子的妈了!"

哲学家听了,整个人几乎崩溃,他万万没有想到,他向来引以为傲的精明头脑,最后换来的竟然是一场悔恨。此后,哲学家抑郁成疾,临死前,他将自己所有的著作丢入火堆,只留下了一段对人生的批注——如果将人生一分为二,前半段的人生哲学是"不犹豫",后半段的人生哲学是"不后悔"。

哲学家死之前终于明白,幸福本没有绝对的定义,平常的一些小事往往能震动你的心灵。幸福与否,只在于你怎么看待。

培根说过:"了解爱情的人,往往会因为爱情的升华而坚定他们向上的意志和进取精神。"这个世界并不缺少爱,只是缺少了一双爱的翅膀,就是珍惜。

人的一生，除了亲情，还会遇到很多的人，这都是一种缘分，如果再有一味叫爱的佐料加入，那么，这就变成了夫妻缘分了。那种没有一点血缘关系却密不可分的人，即使再争吵，再有矛盾，也能牵着手奔向同一个方向。因为他们的心在共同的感应下，在缘分的撮合下，已经合二为一了。

　　所以，珍惜你眼前的爱人吧，多一点的微笑给彼此，多一点的宽容给彼此，多一点的理解给彼此，珍惜上苍给予的缘分，让你们相识，相恋，相伴一生，拥有一颗感恩的心去看世界，你会发现有爱真美，生活真好。而不要等到一切失去了，才后悔莫及。

　　丈夫77岁，妻子73岁。20多年前，妻子在他们家没装修好的二楼晒衣服时，不慎一脚踩空掉下去，摔坏了脊椎，从此瘫痪在床。由于老两口的儿子在外工作，女儿又出嫁了，所以，照顾妻子的重担自然就落在了丈夫身上。

　　丈夫每天都帮妻子洗脸、擦身、梳头，帮妻子揉腿按脚，天气晴好时，他就抱妻子到门口晒太阳。春夏季节，天气潮湿、炎热，为预防妻子身上长褥疮，他每天都要帮妻子翻身十来次，用温水擦身两次以上。为了给妻子增加营养，丈夫还特意养了四只蛋鸡，把每一个鸡蛋都让给妻子吃。每年过年，丈夫在自己身上舍不得花一分钱，却总要精心为妻子选购一套新衣服。

　　虽然妻子瘫痪20多年，但她不仅面色红润、声音洪亮，而且身上没长过一块褥疮，当地的人们不由啧啧称奇："这简直就是个奇迹……"

　　没日没夜的操劳，使丈夫显得异常苍老、瘦弱，妻子见了心痛地说："是我拖累了你，要是让我早点去……"丈夫一听就生气了："我们是夫妻，我就是你的双腿，不管你变成什么样，我都会陪你一起走。"妻子感动得热泪盈眶。

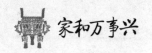

有人对丈夫说,你这么多年服侍老婆,不厌不烦真不容易呀!他说:"我不服侍她,谁来服侍?今生有缘做了夫妻,就要好好珍惜,将来才不会后悔。"

茫茫人海中,如果可以找到心仪的,真爱的人,真的不容易,也是很大的荣幸,所以一定要好好去珍惜。如果你懂得珍惜,你会发现你获得的越来越多。爱情只要合理就好,不要过于挑剔,不要相信完美的爱情,其实,有了真挚淳朴,这就足够了。

幸福,其实是无时不在我们身边的,只要我们细心地去感受,敏锐地去观察,你会发现:原来,幸福与我们是那么接近!如果你一不小心,幸福也许会从我们身边愉快地溜走。所以,我们应该在幸福还没有溜走之前,好好地把握,好好地珍惜。

4.感恩对方的关爱和支持

忘记了曾经在哪听过这样一句话:我们都是单翼的天使,只有我们相互依偎在一起的时候才可以展翅飞得更高!

在人们的观念里,只要是不吵架、不拌嘴的夫妻就算得上是恩爱夫妻。其实,恩爱夫妻的标准并非那么简单,因为恩与爱是两个概念,是一个升华的感情代名词,它既有感恩的心,也有深爱的情,最后将这两个情感归到一个顶点,那就是爱情的极致。

夫妻生活中,有多少人留意过对方日复一日、年复一年的辛劳付出呢?又有多少人在乎过对方充满爱意的关心呢?很多夫妻觉得这些都是理所当然的,因而受之坦然,很少有人会由此感动,更谈不上会萌生感恩之心了。诚然,夫妻同在一个屋檐下生活,连彼此的呼吸都熟悉,所以,每天的场景都司空见惯,每天的细节也都熟视无睹,而这其实是最不该忽视的一大情感"误区"。

夫妻之间要学会感恩。因为,所有忘我的付出都倾注着对方的挚爱,所有温馨的细节里都浸透着对你的关怀。彼此读懂了"付出",互相领悟了"关爱",就能感受到幸福的所在。

曾听到一段很经典的对白:有一位富翁酒醉后在街上游荡,警察要送他回家,他说:"我没有家!"警察很惊讶:"前面不就是你的家吗?"富翁说:"那只是我的房子!"

现代婚姻之所以平淡,是因为我们已经丢失了一种叫感恩的东西,每天为着事业、家庭身心疲惫,在忙碌中迷失自我,一句"谢谢"或"对不起"也变得那么吝啬和呆板。如今,我们的房子变大了,家庭却变小了;便利设施增加了,时间却不够用了;我们的收入及财富迅速地增加,真正得到的快乐却很有限,内心的世界反而日益空虚。生活消磨掉婚姻的激情并不可怕,可怕的是我们没有了表达感动心情的意愿。

在一个花店,每天黄昏,总有一个老先生推着轮椅上的老妇人从店前经过,隔三岔五,老先生也会停下来买一朵或一束鲜花。每每那时,店主的心总会涌起一股深深的感动。

那对老夫妇头发花白,年过六旬。老先生身材魁梧,腰板挺直。老妇人则下肢瘫痪,歪着头,流着口水,瑟缩在轮椅上。老先生的脸上始终挂满温柔的笑容,慢悠悠地推着轮椅,一边对老伴说着什么。

是怎样的一对夫妻,竟然可以如此互相扶持到老?有一次,店主不禁对进来买鲜花的老先生说:"老爷爷,您对奶奶真好,你们真是白头偕

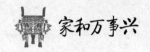

老啊！"

老先生笑了，把刚挑选的一朵鲜花递给哆哆嗦嗦的老妇人，深情地看了她一眼，那眼神中充满了对老妇人的爱与感恩。他说："我年轻时是个海员，在家的时间少得可怜，多亏有她持家。现在我退休了，孩子们都相继成家立业，也是我感恩报答她的时候了。"

夫妻之间拥有的爱情，谁也不能保证会直到永远，但感恩之情却是永生不息，维系着两人乃至一个圆满的家的。常言说"一日夫妻百日恩"，就是强调夫妻间恩的重要。只有夫妻间相互感恩，才能保持家庭的稳定。

一对夫妻经常相互抱怨对方。丈夫认为自己每天工作非常辛苦，回家后没力气做家务；妻子认为自己每天有做不完的家务活，从早忙到晚，累得要命，连工作都丢了。于是他们决定互换角色，让对方体验一天自己的生活。

第二天清早醒过来，夫妻角色已经对换了。作为一个"女人"，他早早起床，准备早餐，叫孩子们洗脸刷牙，照管他们吃早餐，然后开车送他们去学校，之后去超市采购。回到家，他又要整理床铺，洗衣服，打扫房间。等干完这些，孩子们放学的时间到了，于是他冲到学校去接孩子们。到家后，他准备好点心和牛奶，监督孩子们做功课。下午四点的时候，他开始准备晚餐。吃完晚饭，他开始洗碗，收拾厨房，然后给孩子们洗澡，给他们讲故事，哄他们上床睡觉。晚上十点，他已经撑不住了，可是屋子还没收拾，衣服还没洗……

妻子变成了男人的角色，一大早到公司后，照常开例会。会议结束后跟同事一起商议当天的工作安排，回到办公室不停地接打电话，跟客户洽谈。到了午饭时间，顾不上出去吃饭，叫了外卖，一边吃一边工作。下午出去见客户，经过六个小时的磋商，终于谈成了一笔大项目。这时已经是晚上七点，客户要求出去庆祝，喝酒唱歌聊天。晚上回到家已经是凌晨两点了。

这时，丈夫还在客厅等着她。经过这番体验，俩人不发一言地拥抱在一起。

在朋友之间，我们常常能做到感恩与报答，这是因为我们珍惜朋友之间的友谊，想让朋友知道他为你做的这些对你很重要。夫妻因为有了一纸婚约，彼此之间就把对方做的任何事情都看成是理所当然的，时间一久，自然会熟视无睹，甚至还会鸡蛋里面挑骨头。

幸福的婚姻，除了夫妻双方互相扶持、互相爱护之外，还需要有感恩之心。女人们闲聊的时候，都会说到各自的丈夫。有人赞扬丈夫通情达理，体贴关怀，对丈夫一点一滴的好处都赞不绝口；有人却抱怨丈夫自私自利，对丈夫一丝一毫的过错都铭记于心。其实，那些被妻子夸奖的丈夫，并不一定比那些被妻子抱怨的丈夫优秀，但是知道对丈夫感恩的妻子，的确比那些只记住丈夫过错的妻子更幸福。

很多人认为，作为夫妻，为对方付出是天经地义的事情，既是一种义务，更是一种责任。时常有人会说："我们是夫妻，不需要那么客气！"其实，爱的积累就是感恩之心的积累。人的心理都是渴望被感恩的，夫妻之间也是一样。

一位老人在弥留之际，抓着他老伴的手，几乎是用尽生命最后的全部力气，对她说："谢谢你！"

他们在一起生活了整整六十年，前半生坎坎坷坷，她跟着他四处颠簸，为他生儿育女。孩子们大了，生活也安顿了，她还没有来得及喘口气，他就病倒了，这一病就是十年，他就一直躺在床上。她帮他擦洗，天天为他煎药，想着法子为他做可口的饭菜。后来他身体稍好些了，她就每天下午换着他，在小区周围转转，帮他活动筋骨，事实上，她的身体也不好，常有毛病，每次散步回来，她都会累得满头大汗。

没有人会觉得这一切有什么不妥，除了略略地感叹于他们的辛劳与苦累。她也是默默地做着这一切，从无半句怨言，因为他们有婚姻。正是这一根纽带，几十年前把他们牵到了一起。然而又有谁知道，就在结婚的前夕，他们两个还是一对陌生人。

"谢谢你！"老人最后这样说。

两个没有任何血缘关系的人结成夫妻，组成家庭，彼此间就要互相依靠，互相支持，互相帮助。想想对方对你的付出，你是否觉得自己应当感恩？

现实生活中，有的人却十分自私，只想收获，不想付出，认为对方所做的一切都是理所当然的，以至于连一句"谢谢"或"对不起"也舍不得说出口。有些人稍稍不满意便破口大骂，甚至大打出手，引发家庭不和谐，不安定。其实，生活消磨掉婚姻的激情并不可怕，可怕的是我们没有了表达感恩的冲动。

理解和关怀是爱人心中的一盏明灯，它不但可以照亮爱人回家的路，而且可以照亮爱人的前程与命运，更能照亮家人一生的幸福。一个人的成功永远不要忘了感谢爱人的关怀和支持，感谢爱人的那份挚爱。

有一个丈夫，结婚后有一段时间和妻子分居两地。有一天下午因为一件事情他和妻子通了个电话，正好那时自己感冒了，说话没精神，声音有些沙哑。妻子在电话里紧张地问怎么了，丈夫告诉妻子感冒了。事情就这样简单，然而让丈夫没有想到的是，吃过晚饭不久，妻子突然出现在他的面前。"我不放心。"一见面她说，然后拿出带来的生姜和冰糖，开始熬姜汤。丈夫惊讶得说不出话来，要知道，妻子离丈夫这儿有五十公里的路，居然租车赶了过来，就是为了给自己熬一碗姜汤。

看着妻子忙碌的身影，丈夫的精神一下子好了许多。他轻轻地从后面拥住妻子，说："不就是感冒嘛，值得你那么大惊小怪的。"妻子回过身，笑了一下，对他说："我们是夫妻呀。"

是的，我们是夫妻。"执子之手，与子偕老"，轰轰烈烈也罢，平淡如水也罢，总之是婚姻成全了一对夫妻，让一个男人和一个女人走到一起，共同拥有和分享，也共同面对和承担。随之而来的所有牵挂、关爱，所有的辛劳，都是婚姻的果实。

只是，我们是否也会像那位老人一样，用尽一生之力说一声：谢谢你！

5.爱上现在，拥有的就是最好的

他和她结婚整整10年了，夫妻间已经没有了最初的激情，他越来越觉得自己对她已经厌倦了。尤其是单位新调进了一个年轻活泼的女孩，对他发起了疯狂的进攻，他突然觉得这是自己的新希望。经过再三考虑，他决定离婚。她似乎也麻木了，很平静地答应了他。两个人一起走进了民政部门。

手续办得很顺利。出门后，两个人已经是各自独立的自由人了。不知为什么，他心里突然有种空落落的感觉。他看了看她："天已经晚了，一起去吃点饭吧。"

她看了看他："好吧，听说新开了一家'离婚酒店'，专门提供离婚夫妇的最后一顿晚餐,要不咱们到那儿去看看。"

他点了点头,两人一前一后默默地走进了离婚酒店。

"先生女士晚上好,"二人在包间刚坐下,服务小姐便走了进来,"请问两位想吃点儿什么?"

他看了看她:"你点吧。"

她摇了摇头:"我不常出来,不太清楚这些,还是你点吧。"

"对不起先生女士,我们离婚酒店有个规矩,这顿饭必须要由女士点先生平时最爱吃的菜,由先生点女士平时最爱吃的菜,这叫'最后的记忆'。"

"那好吧,"她理了理头发,"清蒸鱼、熘蘑菇、拌木耳。记住,都不要放葱姜蒜,我爱人……这位先生他不吃这些。"

"先生呢?"服务小姐看了看他。

他愣住了。结婚10年,他真的不知道老婆喜欢吃什么。他张着嘴,尴尬地愣在了那儿。"就这些吧,其实这是我们两个人都爱吃的。"她连忙打起了圆场。

服务小姐笑了笑:"说实话,到我们离婚酒店来吃这最后一顿晚餐,所有的先生和女士其实都吃不下去什么,所以这'最后的记忆'咱们还是不要吃了吧。就喝我们酒店特意为所有离婚人士准备的晚餐——冷饮吧,这也是所有来的人都不拒绝的选择。"

他与她都点了点头:"那就来冷饮吧。"

很快,服务小姐送来了两份冷饮,两份饮料中一份淡蓝一片,全是冰渣;一份满杯红润,冒着热气。

"这份晚餐名叫'一半是火焰,一半是海水',两位慢用。"服务小姐介绍完退了下去。

包房里静悄悄的,两个人相对而坐,一时竟不知道该说什么好。

"笃笃笃!"轻轻一阵敲门声,服务小姐又走了进来,托盘里托着一枝鲜艳的红玫瑰："先生，还记得您第一次给这位女士送花的情景吗？现在一切都结束了，夫妻不成就当朋友，朋友要好聚好散，最后为女士送朵玫瑰吧。"

她浑身一抖，眼前又浮现出了10年前他给她送花的情景。那时，他们刚刚来到这座举目无亲的城市，什么都没有，一切从零开始。白天，他们四处找工作，晚上，为了增加收入，她去晚市出小摊，他去给人家刷盘子。很晚的时候，他们才一起回到租在地下室的那不足10平米的小屋。日子很苦，可他们却很幸福。到省城的第一个情人节那天，他为自己买了第一朵红玫瑰，她幸福得流下了眼泪。10年了，一切都好起来了，可两个人却走向了分离。她想着想着，泪水盈满了双眼，她摆了摆手说："不用了。"

他也想起了过去的10年，他这才记起，自己已经有五六年没有给她买过一枝玫瑰了。他摆了摆手："不，要买。"

服务小姐却拿起了玫瑰，"刷刷"两下撕成了两半，分别扔进了两个人的饮料杯里，玫瑰竟然溶解在了饮料里。

"这是我们酒店特意用糯米制成的红玫瑰，也是送给你们的菜肴，名叫'映景的美丽'。先生女士慢用，有什么需要直接叫我。"服务小姐说完，转身走了出去。

"我……"他一把握住她的手，有些说不出话来。

她抽了抽手，没有挣脱，便不再动弹。两个人静静地对视着，什么也说不出来。

"啪！"突然，灯熄了，整个包房里漆黑一片，外面警铃大作，一股烟味儿飘了进来。

"怎么了？"两个人急忙站了起来。

"店起火了，大家马上从安全通道走！快！"外面，有人声嘶力竭地喊了起来。

"老公！"她一下子扑进了他的怀里，"我怕！"

"别怕!"他紧紧搂住她,"亲爱的,有我呢。走,往外冲!"

包房外面灯光通明,秩序井然,什么都没有发生。

服务小姐走了过来:"对不起,先生女士,让两位受惊了。酒店并没有失火,烟味儿也是特意往包房里放的一点点,这是我们的另一道菜,名叫'内心的选择'。请回包房。"

他和她回到了包房,灯光依旧。他一把拉住她:"亲爱的,服务小姐说得对,刚才那才是你我内心真正的选择。其实,我们谁都离不开谁,明天咱们复婚吧!"

她咬了咬嘴唇:"你愿意吗?"

"我愿意,我现在什么都明白了,明天一早咱就去复婚。小姐,买单。"

服务小姐走了进来,递给两人一人一张精致的红色清单:"先生女士好,这是两位的账单,也是本酒店的最后一道赠品,名叫'永远的账单',请两位永远保存吧。"

他看着账单,眼泪淌了下来。

"你怎么了?"她连忙问道。

他把账单递给了她:"亲爱的,我错了,我对不起你。"

她打开账单一看,只见上面写着:一个温暖的家;两只操劳的手;三更不熄等您归家的灯;四季注意身体的叮嘱;无微不至的关怀;六旬婆母的微笑;起早贪黑对孩子的照顾;八方维护您的威信;九下厨房为了您爱吃的一道菜;十年为您逝去的青春……这就是您的妻子。

"老公,你辛苦了,这些年也是我冷落了你。"她也把自己的那份账单递给了他。他打开账单,只见上面写着:一个男人的责任;两肩挑起的重担;三更半夜的劳累;四处奔波的匆忙;无法倾诉的委屈;留在脸上的沧桑;七姑八姨的义务;八上八下的波折;九优一疵的凡人;时时对家对子的真情……这就是您的丈夫。

两个人抱在一起,放声痛哭。

结完账，他和她对经理千恩万谢，手牵手走回了家。看着他们幸福的背影，经理微笑着点了点头："真幸福，咱离婚酒店又挽救了一个家！"

也许你认为这样的事情不会发生在现实生活中，不过，这无关紧要，重要的是，我们通过这个故事懂得了什么。那就是不要等失去了美好的婚姻才知道曾经的美好。

人们总是希望可以拥有所有自己想要的，以为拥有越多就会越快乐。当我们受了很多苦时才发现：自己其实永远无法拥有整个森林，只能选择其中的一棵树，好好地去经营。

一日，一个年轻人和一位智者一起行走在路上，年轻人问道："人人都说爱情是这世上最美好的东西，那么爱情究竟是什么？"

智者没有立即回答，而是指着不远处的一片瓜地说："那片瓜地中现在长满了西瓜，你先去挑一个最大最好的回来，我就告诉你。但是有一个要求，在这片地里你只能摘一次西瓜，而且不许回头。"

过了半晌，年轻人垂头丧气地空手而归。智者问道："地里有那么多的西瓜，你为何一个都没有摘到呢？"

年轻人回答："我总以为前边会有更大更好的西瓜，于是就一直向前走，结果走到头却发现最好的西瓜都在途中。于是，就只好空手而回了。"

智者哈哈一笑说道："爱情就像是你刚才摘西瓜一样，总以为后边的会更好，于是便一直寻找，结果有可能什么都得不到。"

年轻人似有所悟地点了点头。之后，智者又让他进了一次瓜地，还是和第一次一样的要求。

不一会儿，年轻人就抱着一个沉甸甸的西瓜回来了。

"这是这片地里最好的西瓜吗？"智者问。

"我不知道，但我怕又像第一次一样什么也得不到，于是，就挑了一个看起来不错的回来了。这个西瓜也许不是最大的，但吃起来一定不错，因为从外表来看，它是已经成熟了的。"年轻人乐呵呵地答道。

智者笑着说："这就是婚姻。虽然它同爱情的最初目的是一样的，但却比爱情更加理智。因为婚姻选择的是自己觉得还不错的，看起来适合自己口味的，而不是这一整片地里最大最好的。"

爱情里，没有更好的，只有最合适的。朝三暮四，只能一无所获。只有懂得珍惜和知足的人，才能拥有完满的幸福。

不要说："茫茫人海，芸芸众生。只要愿意等，总有一天能找到那个属于我的完美另一半。"也不要总是觉得身边的人不够好，后悔自己当初的选择。在这个世界上，不乏让我们怦然心动的佼佼者，然而，世事可以完满者甚少，恰好两情相悦的事情发生的可能性又有多大呢？

在茂密的森林中，如果你看中了一棵树，也许它在别人的眼里枝叶既不茂盛，树干也不是很笔直，但只要是适合你的，你就应该为自己的选择而欣慰。

我们要相信，生活给予我们的都是我们的福报。如果不想与幸福擦肩而过，就不要放弃身边那个一直喜欢着的人。否则，如果错过了青春、错过了一个人，可能就再也回不去了。不断逝去的岁月抹去的不只是青春，还有你对幸福的感知度。粗砺的生命，已经无法体触光滑如缎的爱情，至少不再如你想象中的那样纯粹。因为你早已学会了审视人生的得失，习惯了用一定的标准去衡量情感的厚薄，去思考是否值得，并试着探究这喧哗背后的人世沧桑和辉煌侧面的阴影。

珍惜自己现在所拥有的，就能好好对待自己的爱人，并相信拥有的就是最好的，就是值得自己尽一切力量一辈子去呵护的爱人。

对于每对夫妻来说，不论遇到什么困难，都要珍惜自己现在已经拥有的一切。爱上每时每刻的拥有，就是保证一辈子的婚姻幸福。

6.不要把索取当成一种习惯

印度诗人泰戈尔说过："如果你因为失去太阳而流泪,那么你也将错过群星了。"我们要求的越多,就会发现得到的却越少,这时最容易感觉不到幸福的存在。

琳达这一段时间犯了一个很多妻子都会犯的错误。都说婚姻十年是一个坎,不知怎么回事,琳达突然就厌倦了婚姻,于是开始和丈夫争吵。她总以为这就是十年之痒,大不了离婚而已。如此轻率的念头,在自己的脑海里突然就形成了。

然而一次课程,彻底改变了她的想法。这是一项心理培训课程,课堂上遇到好多陌生的同学,大家都感到很兴奋。

课间,女人相互谈论着厨艺,只有她一个人呆呆地坐着。有人好奇地问:"见你挺会吃东西的,大概也很会做饭吧?"

琳达只是尴尬地摇摇头:"嘿!我只是会做点自己喜欢吃的点心,但是我不会做饭!"

同学好奇地问:"平日都是你老公做饭吗?"

琳达的回答显得理所当然:"嗯,那是当然!"

同学继续问:"那么,他回家晚了,或是不回家的时候,你怎么办呢?"

琳达笑笑说:"我一般会等他回家做。如果实在等不得,那我只好吃泡面了!"

同学们都羡慕地说:"你好幸福啊!"

琳达突然意识到:为什么人人感觉我幸福得要命,而我却感觉不到。

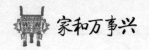
是不是我已经麻木了呢？

其实，当索取成为一种习惯时，也就感觉不到幸福的存在了。没有感恩，人就会变得麻木不仁，冷漠无情，对于自己所得到的一切都认为是理所应当，那么不但会失去人心，还失去了进步的动力，因此，做人要心怀感恩。拥有一颗感恩的心，人才能够发现美丽，才能发现生活的精彩，对自己拥有的一切才能够珍惜。

范光磊是江苏沛县安国镇二郎庙村的一个农民工，不幸的是，他年仅4岁的女儿范硕硕因患恶性肿瘤急剧扩散而死亡。在伤心之余，他却把孩子的眼角膜和遗体无偿捐献出来，来回报社会对他心爱女儿的关爱。

当人们问范光磊是怀着一种什么样的心情来完成这件事的时候，他流着泪低头说道："我们硕硕只活了四年，却是一个知道感恩的孩子，她心疼我，心疼她妈。我这么做，我想，她走了，也会很快乐。"

范硕硕自小便是一个非常懂事的孩子，她感恩自己的父母，总是把她甜蜜的亲吻印在父母的脸颊，尤其是查出癌症住院之后，看到父母陪护自己彻夜不眠，她总是请求父母："你们睡一会儿吧，我有事再叫醒你们。"小小年纪，却懂事得让人心疼。

当小硕硕看到社会上众多不知名的好心人、医生、护士为她治病捐款捐物，她有些难受，她说："爸爸，咱拿啥还呢？"医生听到一个四岁的女孩子居然说出这样的话也感觉十分震惊。

在硕硕病危之时，她告诉父亲说："爸爸，我不行了，咱别乱花钱了。"当父亲试探着问她，假如现在的医疗条件真的治不好她的病，是否愿意把自己的眼角膜捐出来，这样可以使五六名眼病患者重新恢复光明，小硕硕毫不犹豫地点了头，妈妈在一旁已经泣不成声，而小硕硕却伸出小手企图去安慰妈妈。

有这样一句俗话："生活是一面镜子，你对着它笑，它也对着你笑；你对着它哭，它也对着你哭。"任何一个人都需要感恩，感恩生活，感恩自己所拥有的一切，感恩是一种积极、乐观的生活心态。感恩，是好友在竞争中失利时的安慰，是逆境中双方传递的一个鼓励的眼神，是父母劳累之后送上的一条毛巾、一碗热水，是好友生日时真诚的祝福，是接受老师教育时的诚恳态度，更是改正错误的实际行动。感恩是一种质朴的感情，不需要我们用华美的语言来诠释。

我们的人生需要感恩，我们的成长也需要感恩。任何人的人生道路都不可能是平坦的，任何人的成长都不可能没有坎坷。我们需要自己的父母、老师、同学的帮助，带着他们的关怀和帮助去茁壮成长，带着感恩的心去面对他们的帮助，在感恩与接受之间快速成长、进步。

一个不懂得感恩的人生是残缺的，一个没有感恩的成长之路是孤寂的，在接受给予的时候，要想着感恩。只有这样，你的人生之路才会逐渐变得通畅，在漫长的学习征程中才不会寂寞。

李宽大学毕业后，父亲到处央求亲友，在家乡小城给他找了份认为蛮体面的工作，但他却毫不犹豫地放弃了，下决心要到外面闯一闯。那晚，他和父亲深谈，描绘自己的理想抱负。父亲说他的心比天高，母亲则在一旁默默地抹眼泪，一心想让他留下。但他却吃了秤砣铁了心，非要"走出去"。

父亲终于问："你决定要去哪里呢？"

他思虑半天之后，摇摇头。

父亲坐在炕上抽着劣质烟，良久，才一字一顿地说："儿大不由父母呀，你已经是成年人了，以后的路怎么走，你自己看着办吧。"

父亲终于同意了！那一刻，他为父亲无奈的妥协和"支持"而感动不已，在心里默默发誓，一定不让父母失望！

第二天一大早，他便收拾好行囊，踌躇再三，最后仍硬着头皮向父亲索要路费。从小学到大学毕业，十几年里，不知向父亲伸手要了多少次钱，他都觉得是天经地义的，但是这次，他心里发虚，感觉特别难受。他在心里对自己说：这是最后一次向父亲伸手要钱！

于是，他怯怯地去找父亲，不想屋里屋外到处都没找到。正在做早饭的母亲对他说："你爸一早就到集镇上给你寻钱去了。出门在外，人地两生，没钱咋行。可咱家的情况你也知道，为了给你找工作，家底已经掏空了。"母亲说着，皲裂的双手仍在冰凉的水盆里搓洗着红薯，眼圈红红的，有些浮肿。

半晌时候，父亲终于从外面回来了，身后面还跟着一个人，问过之后才知道是个粮贩。父亲要卖家中的麦子。那几年丰产不丰收，粮食贱得要命，父亲一直舍不得卖。可是那天，父亲一下卖了几千斤，装了整整一三轮车。

没等他开口，父亲就把2000元卖粮款交到了他的手里。出乎他意料的是，父亲板着脸，冷冷地对他说："写个欠条，这钱是我借给你的。你已经长大了，该自己负责自己了！"语气非常果断，不容置疑。他目瞪口呆地看着自己的父亲，像是在看一个陌生人，难以置信。但父亲已经拿来了纸和笔，摊在桌上。当时，父亲的不近人情，几乎让他失望到了极点，就要离家远行，父亲一句祝福和叮咛的话也没有，只让他留一张冷冰无比的欠条！

恼恨、气愤一并涌上心头，他抓起笔，以最快的速度写下那张他永世难忘的欠条，头也不回地走了，泪水流了满脸，但更憋着一股劲：一定要尽快赎回欠条，哪怕再难，让父亲看看儿子不是孬种！

他辗转漂到了省城。一天、两天、三天像一只无头苍蝇在那个城市里东闯西撞。人才市场、街头广告、报纸招聘，不放过任何一次希望。

一个星期后，凭着自己的一支笔，他在一家广告公司谋得了一份文案工作。在工作之余，也没忘给自己充电，时有文章在省内外的报刊上发表。半年后，他又跳槽到了一家报社。这期间，他也只应景式地往家里打了两次电话，每次都以工作忙为借口匆匆挂断，心里仍然对父亲满怀怨恨。

到报社发了第一笔工资之后，他便匆匆回家。父亲对他的不期而归大感意外，一迭声问他在省城怎么样，坐啥车回来的，回来有急事吗，听得他心烦意乱。他只是冷冷敷衍着，同时郑重地掏出2000元钱，向自己的父亲索要那张欠条。

父亲愣住了，然后缓缓走到里间，打开箱子，从一本旧书里取出了那张崭新的欠条。没等他伸出手，父亲就当面把欠条撕了，又一把推开他的2000元，坐了下来。他抽着旱烟，有些伤感地说："当时让你写欠条，也是怕你年少轻狂，半途而废，逼着你往前走呢。你走时那种眼神，让我心里不好受到今天！要说欠的，2000元你以为就能还清吗？"

他脸红了，无言以对。一张欠条当时就让他气愤难平，哪能体谅父亲的一片苦心？

"城里花销大，钱你留着。孩子给父母最好的回报，就是自个儿能自立自强，过上好日子！"

父亲说着，用粗黑的大手抹了抹眼角，让他陡然心酸。他蹲下身去，把地上的小纸片捡了起来。我要把它重新粘好，随时带在身边，时刻铭记这张欠条里蕴含的绵长的情意。

有很多人不止一次地问：幸福是什么？其实幸福很简单，就是"需要"和"被需要"的过程。需要就是索取，被需要就是付出，我们要在"需要"和"被需要"之间找到一个平衡点。人总是自私的，一味索取而不付出的生活，是没有幸福可言的，因为每个人的承受力都有极限。

在一个和睦的家庭中除了要学会感恩，还要懂得付出，这是维系家族和谐的法宝。人与人之间相互付出，会使人感到祥和自在。

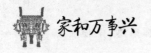

7.做彼此的快乐天使

有人说,孩子是天使;有人说,孩子是讨债鬼;有人说,孩子是上苍赐予你的礼物。

可是,在中国,千百年来都是要求孩子要感恩父母——感恩父母给了你生命,感恩父母把你抚养成人,感恩父母给你成了家,孩子,似乎是父母的私有财产,很少有人想到我们也应该感恩孩子。

因为他的及时到来,让你的人生圆满了,你不用日日期盼,无须遍访名医,更不要烧香叩头,求观音菩萨为你送子。那个小小的生命,在你夫妻男欢女爱、鱼水之欢的时候投奔你而来,从此,你当上了父亲母亲。

当孩子在我们怀里嗷嗷待哺、生病闹灾的时候,我们都有过"什么时候才能长大"的感慨,仿佛一生岁月漫漫无期,孩子是我们潇洒人生的累赘。

一位爸爸很晚才下班回到家,发现他五岁的儿子靠在门旁等他。

"爸爸,我可以问你一个问题吗?""什么问题?""你一小时赚多少钱?""这与你无关。"感觉累并有点烦的父亲说,"你为什么问这个问题?""我只是想知道,请告诉我,你一小时赚多少钱?"小孩哀求着。

"假如你一定要知道的话,我一小时赚20美金。""哦。"小孩低着头这样回答。

沉默了几秒钟,小孩又说:"爸爸,可以借给我10美金吗?"父亲发怒了:"如果你只是要借钱去买毫无意义的玩具的话,给我回到你的房间并上床休息。好好想想为什么你会那么自私。我每天长时间辛苦工作着,没时间和你玩小孩子的游戏。"小孩安静地回到自己的房间并关上门。

父亲生气地坐下来。他平静下来之后，开始想他可能对孩子太凶了，或许孩子真的很想买什么东西，再说他平时很少要过钱。

父亲走进小孩的房间："你睡着了吗？孩子？""爸爸，我还醒着。"小孩回答。

"我刚刚可能对你太凶了。"父亲说，"这是你要的10美金。""爸爸，谢谢你。"小孩欢叫着从枕头下拿出一些被弄皱的钞票，慢慢地数着。

"你已经有钱了，为什么还要向我要钱呢？"父亲狐疑地问。

"因为这之前不够，但我现在足够了。"小孩回答，"爸爸，我现在有20美金了，我可以向你买一个小时的时间吗？明天请早点回家——我想和你一起吃晚餐。"

天下的父母都爱孩子，却未必会爱孩子。爱，不是简单的给予，不是无需学习的本能。想做一个合格的家长，就要懂得如何爱孩子。你也需要一边学习一边教育孩子，和孩子一起学习、成长。正如高尔基所说：爱孩子，这是父母都会的事情，可是要善于教育他们，这是一桩大事，需要有才能和全部的生活知识。孩子的成长需要父母太多的关注、爱护。陪伴孩子一路走，只有父母的搀扶，他才能走得更健康、更幸福。给孩子多一点时间，好好爱我们的孩子！当你看到孩子的成长，孩子脸上满足的微笑，你会更好地理解"爱"的涵义。

有一个孩子在学校的功课差极了，老师说他的智力有问题。看上去，孩子的确有些沉默寡言，他可以一个人坐在屋前的花园里看着花草小虫很长时间。他的父亲教训他："除了打猎、养狗、捉老鼠以外，你什么都不操心，将来会有辱你自己，也会有辱整个家庭的。"

他的姐姐也看不起这个学习成绩平平、行为怪异的兄弟。他在家庭中是一个不受欢迎的人。

但是,他的母亲爱他,她想如果孩子没有那些乐趣,不知道他的生活还会有什么色彩。她对丈夫说:"你这样对他不公平,让他慢慢学会改变吧。"

丈夫说:"你这不是教育,你会毁了他一生。"但她却固执己见,他是她的孩子,需要她的安慰和鼓励。

她支持孩子到花园中去,还让孩子的姐姐也去。母亲耍了一个小心机,她对孩子和他的姐姐说:"比一比吧,孩子们,看谁能从花瓣上先认出这是什么花。"孩子要比他的姐姐认的快,于是,她就吻他一下。这对孩子来说,是多么令人兴奋的一件事,他回答出了姐姐无法回答的问题。从此,他开始整天研究花园的植物、蝴蝶,甚至观察到了蝴蝶翅膀上的斑点的数量。

对于母亲的做法,他的父亲觉得不可理喻。认为那种怜爱是无助无望的,除了暂时麻醉孩子之外,根本毫无益处。

但是,就是这位醉心于花草之中的孩子,多年后成为了著名的生物学家,创立了著名的"进化论"。

他就是达尔文。

对亲子双方来说,这辈子能走在一起是来之不易的缘分,所以要学会珍惜。用自己的快乐感染对方,在生活中学会做彼此的快乐天使,就能尝到幸福的甜蜜。

为人父母,因为孩子,我们品尝了天伦之乐;因为孩子,我们了解了希望之美;因为孩子,我们体会了责任之重。而为人父母的我们总以为,我们生来会当父母,却从没想过,应该感谢孩子的全心陪伴,是他们,用成长教会了我们怎样当好父母。换言之,我们是和孩子一起成长起来的人。

随着孩子年龄的增长，我们的期望值也随之攀升，总是对孩子的回报寄予太多太多的期待，对孩子的要求也更加繁琐。那中间夹杂着我们年轻时不曾实现的愿望。如果孩子做不到，有的父母立刻心灰意冷，认为白白地付出了心血。

很久以前，有一位威武的大将军，他半生戎马，军功赫赫，天底下没有一个人不佩服他的。大将军有一个独生子，母亲生他的时候难产去世了，他小的时候因为没有母亲很好的照顾，经常生病。长大一些后，将军希望儿子能够像自己一样叱咤疆场，就请来了很多的老师教授他武艺和兵法。

但是，小公子的志向并不在此。他知道自己先天条件不足，无论怎么努力都不可能像父亲一样成为百战百胜的大将军。但是，他却对诗文、乐理很感兴趣，常常趁着父亲驻守边关，不在家的时候偷偷跑出去学习这方面的知识，和朋友们一起研究、切磋。因为是自己喜欢的，小公子很用心，没想到也小有所成，他作的诗词备受当时文人的夸奖，弹奏的曲子就连当时最好的乐师也给予了肯定的评价。但是，却也因此耽误了武功与兵法的学习。将军回到家中后，看到儿子每天不务正业，只知道琢磨一些不上"台面"的东西，非常气愤，于是将他关在家中，哪儿也不准去，并亲自监督他每天只能练武、看兵法。因为小公子从小身体就弱，再加上这样高强度的训练，终于体力不支病倒了。

将军府上的人以及将军的朋友都劝他不要太过执著，既然小公子不喜欢习武弄剑，但是作诗写文章却是一流的，不如就让他好好读书，将来中状元一样光荣，一样为朝廷效力。但是，因为将军历来看不上那些手无缚鸡之力的文人雅士，所以无论别人怎么劝，他就是吃了秤砣铁了心，说什么也要让儿子上战场杀敌。

后来，边疆又有敌国侵扰，将军奉命前去戍边。这次，他想不如把儿子带到战场上去，没准看到疆场上的厮杀，就能激发他热血男儿的斗志，喜欢上武功也不一定。于是，这次将军不顾大家的反对，将儿子带到了疆场，并让他做了在最前面冲锋杀敌的前锋。结果可想而知，身体不好的小公子到了疆场上根本就没什么招架能力，一场战役下来就丧生杀场了。直到看着儿子瘦弱的身躯，毫无生气地躺在自己面前，将军才后悔莫及，如果当初没有逼他做他不喜欢的事，如果当初没有让他上战场，如果当初让他自己选择人生的道路，那么今天他一定还活着。可是到了此时，一切都已经晚了。

父母之本，原是无条件地给孩子快乐。这一点，孩子做到了，他们无条件地给了我们无数的快乐。可我们总是在快乐之前附加很多的交换条件。很多时候，他们包容我们的呵斥、打骂、坏心情、无视、冷漠……诸如此类的负面情绪。甚至有时，孩子成了我们出气筒、替罪羊。即便如此，孩子对我们的爱仍然不打任何折扣。

如果，每天早晨，我们睁开眼睛，带着感谢去见我们的孩子，与他们道别；中午，我们带着感谢与孩子相聚，共进午餐；晚上，我们带着感谢送他们上床，听他们兴致勃勃地讲述他们眼中的趣闻……这样的父母，怎么会没有幸福的人生？

作为父母，应该感谢孩子给我们带来的幸福感；感谢孩子让我们看到了自己童年的无忧和快乐；感谢孩子对父母的爱。

因为有了孩子，我们才得以做父母，得以有了生命过程中的另一种成长，另一种快乐。

做父母是一种责任，责任感可以让人充实，更是一种享受，享受才是育儿的真谛。可在育儿的过程中我们有些父母只记得育儿的艰辛，只知道居高临下地告诉孩子自己的苦与累。为什么不给孩子最朴素最轻松的爱呢？学会享受育儿的快乐，做彼此快乐的天使，这才是生活的双赢。

第四章

人之相知，贵在信任

　　信任是基石，深沉心灵的深处，毫不动摇的承受着一切；责任是房梁，横穿时间的始末，成为整个房屋的脊梁；关怀是墙壁，无论严寒酷暑，都把你拢在温暖的怀中；呵护是屋顶，狂风、严霜、雨雪统统被挡在外面；温情是炉火，使屋内四季如春，舒适宜人。这就说明了家庭中信任是基石，如果基础不稳固，房子终究会是危房。

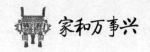

1.信任是婚姻稳固的基石

曾记得一位女作家说过这样一句话:信任是心灵相通的桥梁,是家庭稳定的纽带,是化恶为善的基石。

有一对夫妇,他们的心胸很狭窄,总爱为一点小事争吵不休。有一天,妻子做了几样好菜,想到如果再来点酒助兴就更好了。于是她就拿瓢到酒缸里去取酒。

妻子探头朝缸里一看,瞧见了酒中倒映着的自己的影子。她也没细看,一见缸中有个女人,就以为是丈夫对自己不忠,偷着把女人带回家来藏在缸里。嫉妒和愤怒一下子冲昏了她的头脑,她想都没想就大喊起来:"喂,你这个混蛋,竟然敢瞒着我偷偷把别的女人藏在缸里面。你快过来看看,看你还有什么话说!"

丈夫听了糊里糊涂的,不知道发生了什么事情,赶紧跑过来往缸里瞧,看见的却是自己的影子。他一见是个男人,也不由分说地骂起来:"你这个坏女人,明明是你领了别的男人回家,暗地里把他藏在酒缸里面,反而诬陷我,你到底安的是什么心!"

"好啊,你还有理了!"妻子又探头往缸里看,见还是先前的那个女人,以为是丈夫故意戏弄她,不由勃然大怒,指着丈夫说,"你以为我是什么人,是任凭你哄骗的吗?你,你太对不起我了……"妻子越骂越气,举起手中的水瓢就向丈夫扔过去。

丈夫侧身一闪躲开了,见妻子不仅无理取闹还打自己,也不甘示弱,于是还了妻子一个耳光。这下可不得了,两人打成一团,闹得不可开交。

最后闹到了官府，官老爷听完夫妻二人的话，心里顿时明白了大半，就吩咐手下把缸打破。一个侍卫抡起大锤，一锤下去，葡萄酒从被砸破的大洞汩汩流了出来。不一会儿，酒流光了，缸里也就没有人影了。

夫妻二人这才明白他们嫉妒的只不过是自己的影子而已，心中很是羞惭，于是就互相道歉，又和好如初了。

猜疑像一条蛀虫，吞噬着夫妻双方的信任，时刻威胁着婚姻的幸福。

章含之的《跨过厚厚的大红门》中有这样一段描述："有一次，别人看到乔冠华从一个瓶子里倒出各种颜色的药片含到口里很奇怪，问他吃的是什么药。乔冠华对着章含之说：'不知道，含之装的。她给我吃毒药，我也吞！'"

听到这样的话，不知道你是否会为之动容，这是怎样的一份信任和爱情啊。乔冠华对爱的理解真是深刻，每一个深深爱着的人，都应该首先相信你的爱人，不能做到信任，婚姻又有何幸福可言呢？

幸福美满的婚姻，恰如一部悦耳动听的交响曲，夫妻间的互相信任，如同其中最华美的乐章，没有信任这个乐章，婚姻这部交响曲就会黯然失色，甚至有可能无法继续演奏下去。

信任是生活的基本态度。同样，在婚姻关系中，你们首先要信任你们的配偶是忠诚的、是爱自己的。信任，可以让你永远保持清醒的头脑，免受外来因素的干扰与侵袭，同时也充分地保障着婚姻的稳固坚实。试想，夫妻之间如果连最根本的信任都不存在了，还谈得上什么真爱？没有真爱的婚姻又怎么会稳固。信任是基石，宽容是相处之道，猜疑只会损害我们的婚姻。

在婚姻中，信任是一棵树，它需要你为它疗伤、浇水……需要你精心爱护才能越长越大。而你的努力所得到的报答，就是爱情的花朵和幸福的果实。

小张的妻子经常三更半夜才回家，他不仅要担心妻子的安全和健康，还要提防围在她身边的那些男人们。不断有人在他面前称赞妻子能干，还好心地提醒他，这么能干的妻子，一定得看紧点儿。久而久之，他平静的心里也起了波澜，开始不安起来。

因为工作需要，妻子有好几部手机。他偶尔有事找她，不是占线就是关机，次数多了，他也懒得给妻子打电话了，但心里的不安越来越严重了。一天，妻子把一个号码存进他的电话里，说："你以后找我就拨这个号。"他随口答应着，心想：拨了也是不通，还不是白搭。

一天晚上，女儿突然胃疼。他想给妻子打电话，又一想，反正也打不通，于是他自己送女儿去医院。检查完了，医生说："胃里有个阴影，还不能确定是不是瘤，得进一步检查。"他听了以后吓坏了，不知等待他的是怎样的消息，他觉得自己虚弱极了，赶紧拨了妻子给他的那个号码。电话立刻接通了，妻子关切的声音传来："怎么了？"

"女儿病了，在医院，你快过来。"他虚弱地说。

妻子很快赶来，幸好只是虚惊一场，女儿胃里的阴影是没消化的食物。

他问妻子，电话怎么一拨就通了？妻子说："这个手机我随身带着，号码只有你和女儿知道，而且24小时开机。我知道我为你们做得不多，但只要你们需要，我会第一时间赶回来，你和女儿对我来说是最重要的。"

听妻子这么说，看着她真诚的眼神，他知道自己错了。妻子给了他忠诚，他却没有给妻子应有的信任。长久的不安在那一刻烟消云散，他终于释怀了，感到无比的轻松。

之后妻子依然奔波忙碌，但"家庭专线"始终畅通无阻。因为他信任妻子，他不再庸人自扰，生活多了很多乐趣。为了回报他的信任，妻子给了丈夫和孩子更多的补偿。他们真正过着"结发为夫妻，恩爱两不疑"的幸福生活。

信任在婚姻中尤为重要。信任可以挽回一段面临破裂的婚姻，怀疑却能破坏一段幸福的婚姻。"有比黄金还要贵重的信任，有比大海还要宽广的包容，有比高山还要崇高的责任，有比爱自己还要宽广的爱。"这段话读起来非常轻松简单，可是在婚姻中，大家是否做到了这一点呢？

在婚姻中，如何才能做到信任对方呢？

首先，试着放弃"疑点"，相信你们的未来是美好的。夫妻之间，任何时候，任何地点，都要避免疑神疑鬼。现实中，很多夫妻有一个误区：希望爱人好，但不往好处想对方，总往坏处想，最后的结果是好的变坏，假的成真。疑神疑鬼，无异于给自己挖了一个痛苦的陷阱。要多往好处想对方，越往好处想，你感觉到的美好东西就越多，幸福感就越强，夫妻之间吸引力就越大，婚姻生活也就越甜蜜。

其次，试着交出"控制权"，赢得对方的信任。要被爱人信任，首先要学会信任对方。有时候交出控制权，反而能够得到对方的信任。对方在处理两人关系中也有主导权，生活中的事不是由一方决定的，婚姻要由双方共同经营，对方也一定很乐意建立信任关系。保持开放的态度，公开分享自己的一些观点和想法，乐意与爱人对话沟通，仔细聆听爱人的倾诉，站在爱人的角度思考，才能更好地赢得对方的信任。

再次，宽容谅解，互相尊重。夫妻间要做到宽容谅解，遇到事情要冷静处理。不要一时冲动说错话，做错事，导致夫妻矛盾增加，甚至婚姻破裂。夫妻间除了要做到互相尊重，还要尊重和信任对方的家人。尊重和信任对方的家人，就等于尊重爱人，信任爱人，更能赢得爱人的心。

最后，学会表达，真诚沟通。夫妻之间的真诚沟通是幸福婚姻的重要条件，更是消除误会最简单、最直接的方式。当你心里有了不信任爱人的想法以后，就应该积极主动地与爱人沟通。沟通的时候应该心平气和,千万不能冲动。我们可以用眼神、语言对爱人表达自己的信任。养成说好话的习惯,话说出来之前先在嘴里停留三秒钟,思考一下说出去会有什么样的后果。遇到一些事情要冷静地处理,要坦诚地交换意见。可以试着坐下来,心平气和地交换自己对事情的看法,通过沟通来解决问题。

2.勿让猜疑毁了幸福

爱需要信任。信任源于爱的碰撞,一种来自于灵魂深处的相互默契。爱和信任是分不开的,信任是爱的根基。两个人在一起,最重要的就是要忠诚与信任,既然两个人在一起了,是上天赐予的缘分,那么就要彼此互相协持,互相帮助,互相信任,互相体谅,理解宽容,珍惜拥有。

如果你没有学会对你的爱人付出足够的信任,你可能会获得终生的遗憾。

男孩和女孩是一对情侣,女孩喜欢感受下雨,男孩总是在下雨的时候为女孩撑伞,伞的大半部分都是遮着女孩的,每次雨水都打湿了男孩的身子,他没说什么,只是默默看着女孩陶醉的脸。他觉得很幸福,女孩也觉得很幸福。

有一天,男孩和女孩去游玩,男孩挽着女孩的手,正路过一个建筑工地,女孩兴奋地跳着,嘴里还在说着些什么。男孩很少说话,只是默默地看着她开心的样子,他自己也开心。正说着的时候突然从楼上落下一块不大不小的碎石，正朝女孩头上砸来，此时已经来不急了，男孩一把抱过女孩，女孩发出了尖叫声……他想用自己的身体挡着碎石，正当快着地的时候，男孩猛地翻了个身让自己身体朝下，结果女孩的手被碎石砸到，女孩骨折了。

女孩刚刚反应过来，痛得叫了出来，眼泪也出来了。她想：古话说"夫妻本是同林鸟，大难临头各自飞"这句话果然没错。于是强忍着巨痛从男孩身上爬了起来，看也不看男孩一眼慢慢地走了。

此时男孩在背后呼唤着女孩的名字，声音颤抖，嘴唇已经发白。他拿出手机拨了女孩的号码，女孩没接，再拨还是没接，反复几次他终于放弃了。只是手指在手机上按着键盘，这时候男孩身下的血慢慢地蔓延开，他的手无力地垂了下来，手机浸在血泊中，再也没力气按下发送键。

第二天，女孩得知男孩在医院抢救的消息，也顾不上生气就往医院跑。当她到医院的时候，医生宣布男孩因肺部失血过多抢救无效而死亡。

原来当男孩想用身子挡着碎石的时候，突然发现地上立着一根十几厘米长的钢筋，就猛地翻个身，用尽全身的力气只让碎石砸到女孩的手。而钢筋却插进了他的肺部。

男孩的母亲把男孩的手机交到女孩手里，女孩看见那条还未发出去的短信：亲爱的，对不起，我还是没能保护你，让你手受伤了……看到这里女孩的眼泪终于涌出眼眶……

信任着的爱好比一朵美丽娇艳的花，她美丽，却很娇嫩，又易枯萎，需精心爱护才是。这中间，猜疑的一方，固然是卑俗的，而轻易做出容易引起对方猜疑事的另一方也是愚蠢的。

猜疑是一种没有一点正面价值的不良心态，人一旦陷进猜疑的误区，必定处处神经过敏、捕风捉影，既损害正常的人际关系，更影响自己的幸福生活和身心健康。

她对婚姻莫名的恐慌好像是从丈夫升职为总经理，回家的时间越来越少的时候开始的。当他说晚上有应酬不回家的时候，她会忍不住想也许是和某个年轻漂亮的女人在一起，他晚归，她会趁他睡熟时查看他的手机短信，像贼一样拎起衬衣仔细地闻仔细地看。

对于她的怀疑和侦查，他不是没有察觉的，他讨厌她疑神疑鬼的样子，争吵日益频繁，她的心情越来越糟糕，开始在朋友的建议下去看心理医生。心理医生听了她的倾诉后说，周末会在公园举行一次活动，到时候带着你丈夫过来吧。

周末的时候，她和丈夫去了，那天去的都是夫妻。心理医生让妻子们面朝他站成一排，然后，命令丈夫们站在后面一排做好救助准备，待他喊了"开始"之后，前一排的妻子就往后一排相对位置的丈夫身上倒。他说："夫妻是世界上最亲密的人，所以，你们不要有顾忌，要尽力往后倒，好，开始！"女人们都嘻嘻哈哈地笑着，身子一点点地往后倒，她也往后倒着，但是暗自掌握着身体的平衡，她担心，后面的那个人不会好好地接着她。果然，她听到了接二连三的"扑通"声，原来有心实的女人真的往后倒去，结果站在身后的丈夫却没有认真地去抱倒过来的妻子。从地上爬起来的女人眼中都有了泪水，失手的丈夫们也满脸通红。她暗自庆幸自己多了个心眼儿，回过头却看见丈夫脸色阴沉地看着另外几对夫妻。那几对都是妻子真的往后倒，而丈夫倾尽全力接抱的。

心理医生指着那几对抱在一起的夫妻说，他们是这次实验中表现最为出色的人。他说："在这里，妻子为大家表演了'信赖'。信赖就是真诚地抽干心里的每一丝猜疑和顾忌，百分之百地交出自己。丈夫为大家表演的则是'值得信赖'。值得信赖其实是信赖催开的一朵花，如果信赖的土壤过于贫瘠，那么值得信赖这朵花就不会生长，更不会开放；当然如果信赖的土壤肥沃松软，值得信赖这朵花就会开放得非常美丽。先生们女士们，我知道你们当中有很多人都在婚姻中感到了困惑，常常感叹自己的不幸福。在这里，通过这个活动我想告诉大家的是，信赖别人是一种幸福，值得信赖也是一种幸福，想要幸福，首先学会的就是要懂得信赖！"

她在那一刻恍然明白自己为什么没有真实地向后倒去了。

那天回到家，她和丈夫又玩了一次那个游戏。她问："亲爱的，你会抱住我吗？"后面的人说："会，我会的。"她闭上眼睛，直直地向后倒去，她能感觉到丈夫很努力地支撑着她已经发福的身体。泪水从眼里流了出来，她再一次找到了通向幸福的那扇门。

感情不是靠一方的强力控制来维持的。猜疑会给双方带来伤害，一旦有了猜疑，信任会像钙一样流逝。一旦婚姻中缺失了钙，就容易出现裂痕。只有彼此信任，感情才会越来越深，亲情也会更加浓郁，家庭才能幸福美满。

信任像一棵树，猜疑就是这棵树的伤病。有的伤是在树的根上，也就是说，有些人不信任配偶是因为自己性格中的缺陷。这是一些不自信的人，他们总觉得自己不如爱人有魅力，不如爱人聪明能干，不如爱人有名声，因而他们总担心爱人会成为仅是"我爱的人"，而不再是"爱我的人"。还有一些是占有欲强的人，他们认为爱人是自己所有，爱人的所有生活都应该是为自己的。前一种的伤较好医治，只要告诉自己"他和我结婚就说明我值得他爱"，就可使受伤的树根复壮。而后种伤医治起来则比较困难，必须脱胎换骨。

于娜婚前与丈夫苏磊原本是在同一个单位上班，苏磊跑外勤业务，她是内勤做出纳的。婚后，她辞掉了工作，共同编织着美好的生活，尤其是生下了儿子后，更是心满意足。一家三口其乐融融，是一个令人羡慕的美满家庭。

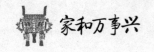

但是，在他们儿子8岁的时候，有人偷偷告诉她，她丈夫苏磊下班后经常和新来的秘书张小姐在一起。

有一天，苏磊很晚才回家，于娜满腹猜疑地问他："你到哪里去了？""在工作啊！"苏磊认真地回答。"什么工作？"于娜追问。"拜访客户。"苏磊不耐烦地回答。"和谁一起去的？"于娜继续追问。"难道我做什么事都得向你汇报？"苏磊有点恼怒。

于娜从苏磊那里得不到信息，于是便找了私人侦探暗中调查苏磊的行踪，终于获得了"确切的证据"——几张苏磊与张小姐走在一起的照片。

一天夜里，她晃动着手中的照片说："你看看，多神气！快四十岁的人了，旁边跟着一个刚刚成年的漂亮姑娘。"苏磊尴尬万分，急忙解释说："我们一起去找客户对账有什么好大惊小怪的？""那么一起去电影院，也是去对账的吗？"于娜问道。"看场电影算什么？你这样偷拍别人的照片是非法的！"苏磊辩解道。

一气之下，于娜跑到苏磊的公司，把照片往经理面前一摊，要求经理把苏磊调到别的分公司去。第二天，经理训了苏磊一顿，便立刻把苏磊和张小姐分别调到不同的分公司去了。

这么一搞，苏磊与张小姐的"绯闻案"一下子尽人皆知，苏磊在公司的形象和升迁都受到严重的影响。受到这种打击后，苏磊每天晚上就把怨气发在于娜身上。于娜以为这一切都是暂时的，等到苏磊接受现实之后就没事了。谁知从那之后，苏磊与张小姐却偷偷来往得更密切了，最后向于娜说出了那可怕的两个字："离婚"。

于娜这下着急了，又哭又闹，到处找苏磊的家人和公司领导告状，要求他们对他和那个介入人家家庭的"第三者"做出严厉的处分，并且迫使他们分开，她积极地想通过这些努力，把苏磊的心拉回自己身边来。可是，随着于娜一次次的告状，夫妻间的裂痕越来越大，苏磊的心越飞越远，一个月后，他真的向法院提出了离婚。

法院经过调查，苏磊与张小姐起先并没有什么越轨行为，确实是因工作关系常常一起出去，但都不是单独在一起，即使是去看电影，也还有其他同事一起去。但是于娜却把事情闹大，也把苏磊与张小姐变成同命鸳鸯，才使他与张小姐关系更进一步地发展下去。

于娜这时才恍然大悟，是她自己的吵闹把丈夫推向了另一个女人，但是现在追悔莫及，事情到了这种地步，丈夫的心早就属于别人了。

如果婚姻中的男女都理解相互信任的重要性，学会不随意对对方起疑心，对对方多一些信任，多给对方一些空间，懂得给对方空间就等于给自己自由，给予别人信任就等于自信和豁达，就会让婚姻得到很好的保护。

不要盘问太多，也不要猜测太多，把怀疑对方、过分紧张对方的时间，用在提升自己身上吧。爱他，就要信任他，给予适当的爱，也尊重对方有个性，尊重每个人的心灵空间。夫妻之间，哪怕再亲密，也要给对方留一片自留地。换一种角度思维，懂得信任是爱情永恒的主题。要知道，爱情的牢固，有时候仅仅是因为信任。

那么，我们应该怎样克服猜疑心理呢？具体来说，可以从以下几方面去做：

第一，培养理性。

怀有猜疑心理的人，其思维状态是陷在一个封闭的思维循环中，从自己开始的一个假想出发，通过错误、片面的论证，再绕回到假想。在这个封闭的思维过程中，假想被越描越粗、越画越圆，猜忌也就深深种下了。因此，每当发现自己的怀疑开始冒头时，应当立即提醒自己，冷静、理智地想一想产生怀疑的原因。通过引进正确合理的信息，在错误的思维循环形成之前就阻断它。许多猜疑最后揭开了往往都是很可笑的，但在

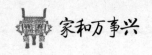

揭穿之前,由于猜疑者的头脑被闭环思维所限制,却会觉得猜疑顺理成章。因此,冷静理智的思考是最首要的。

第二,加强沟通和交流。

很多时候误会开始时都是很微小的,但是如果误会不能很快消除,就会发展为猜疑。特别是当自己冷静、理智地思考后疑惑依然存在,此时就应该及时通过适当的方式,与对方坦诚地沟通,交换一下意见。如果是误会,可以及时消除。如果是观点角度不同,可以换位思考,至少可以通过沟通了解对方的真实想法;如果通过沟通证明猜疑并非无端,那么良好的沟通也可以使事端化解在冲突之前。

第三,要善于自我宽慰。

生活中遇到误会没什么大惊小怪,在一些鸡毛蒜皮的小事上不妨告诉自己糊涂一些,适当宽慰自己不必斤斤计较,看开些、看大些,从而消减自己的烦恼。

第四,培养自信。

如果说理智思考是首要的,那么自信则是关键的基础。应当相信自己的长处,相信自己可以给别人留下好印象,也相信自己可以从别人那里得到真诚和友情。当自信基础充足时,人就不会每时每刻都为自己的行为、言语、形象等担心,也不会总是怀疑别人是否会挑剔、为难自己了。

第五,完善个性、品质。

加强个性、品质的改造,培养高尚的道德情操,净化心灵,拓宽胸怀,提高精神境界,冲破封闭思维的桎梏,排除不良个性品质的消极影响,可以有效消除猜疑心理。

3.给对方一个爱的承诺

张峰和素衣结婚5年了，5年的生活简单平凡。在添了一个可爱的女儿后，张峰和素衣更加尽心地做着自己的事情。张峰在单位工资一涨再涨，素衣把家里收拾得井井有条。朋友来家里了，张峰的朋友会说，张峰娶了一个贤惠的好老婆，素衣的朋友则说素衣嫁了一个优秀的好老公。听大家如此议论，张峰和素衣总是会看一眼对方，相视一笑。

想起刚结婚那阵儿，为了一丁点儿小事，两个人各有各的理，谁也不愿意让着谁，讲不通了便会吵架，到后来愈演愈烈，直至发展到动手，好像两只发怒的小刺猬，竖起满身尖硬的刺儿，要扎痛彼此才肯罢手。在经历了无数个吵架的无眠夜后，绝望的素衣决定和张峰分手，张峰想：摊上这样的混账老婆，还怎么往下过，没劲。素衣却更加委屈：原本以为这辈子找到了一个温暖的依靠，可谁知道生活竟然跟自己开了一个玩笑！

那天晚上，素衣一个人待在卧室，张峰则在沙发上一直躺到天亮。第二天，就在他们走在去民政局的路上时，素衣突然晕倒了。张峰愣了一下，然后发疯般地把素衣送进路边的医院。大夫做完检查后，告诉张峰：素衣怀孕了。素衣身子太虚弱，而且伴有轻度贫血，需要观察几个小时……张峰听到这里惊呆了。他坐在病床前，看着躺在床上面色苍白的女人，不禁深深自责起来。

记得素衣当初和自己这个外地人交往时，她的父母并不愿意，而且百般阻挠。素衣义无反顾地搬离从小到大生活的家，拿着户口本，带着身份证和他偷偷领了结婚证。结婚当天，生气的娘家人没有到场祝福，素衣满脸泪花挽着男人的胳膊走过红地毯。张峰忽然想起，那天，看着

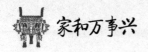

婚纱下素衣泪若梨花的脸，自己曾暗暗发誓，这辈子一定要对素衣好——可什么时候开始，自己竟然忘了这份爱的承诺……想到这，张峰的泪流了下来。

素衣醒了，她看着泪流满面的张峰："对不起，我不应该和你提离婚的，我……"

"不！"张峰一只手轻轻捂住素衣的嘴，另一只手紧紧地握住素衣柔弱的双手，"是我错了！我曾经对自己讲过要一辈子对你好的，我竟然忘了，对不起……"

听他这样讲，素衣舒心地笑了："结婚那天，我也对自己讲要一辈子和你好好的，我也忘了。对不起，亲爱的。"

听她喊自己"亲爱的"，张峰的心再次颤抖起来——以前，都是自己喊她"亲爱的"。他的泪再次涌出来："是的！亲爱的，一辈子好好的，我和你，还有我们的孩子！"

一辈子好好的，这是一句多么宝贵的爱的承诺。素衣轻轻念着这句话，瞬间，泪如泉涌，但很快就笑逐颜开。

给爱一个承诺，就像给露珠一抹阳光，给花朵一缕轻风。就像男人和女人一样，在经历了风雨之后，生活终将会带给你绚丽的彩虹和甜蜜的芬芳。给对方一个承诺，就是给对方一份安全感。安全感是人的基本需求，而对婚姻长期性的安全感来自于夫妻双方爱的承诺。在有安全感的婚姻里，夫妻双方才会放心地投入感情，全心全意地奉献。如果没有爱的承诺，夫妻双方更看重的就是眼前即刻的回报，囿于斤斤计较，苛责抑怨。

杰的妻子在一次车祸中丧生，年幼的女儿无人照顾。在亲友的撮合下，杰将为他家服务多年的保姆秀娶进了门。

秀对这位男主人也颇有好感。作为主、雇，他们的关系一直处理得很好，可是一成为了夫妻，他们就开始不断地争吵，特别是秀，一改以前的温顺、贤惠，变得非常敏感、尖酸、挑剔。杰对此很苦恼。

元旦，杰的单位举办活动，要求带家属参加。在活动中，杰参与了一个游戏：给爱人写一句情话。杰顺手写下：愿意和你白头偕老，相伴永远。主持人将这张字条送给了秀。令杰奇怪的是，自从这个晚会之后，秀的态度大变，对杰特别细致、温柔。

一个偶然的机会，杰发现了秀的秘密：她将那张他顺手写下的字条宝贝似的珍藏着。杰便问她，秀说道："你以前从来没对我说过关于我们未来的话，我不知道你心里到底是怎么想的。当我明白了你愿意和我相守的心思后，我心里才有了一种安全感。"

由此看来，承诺是送给爱人的最好礼物。给他一句承诺，让他知道，不论贫穷还是富有，不论健康还是生病，你都会永远和他在一起。这会让他感到安全，从而全身心地投入婚姻。

承诺是一种责任，一种义务，意味着一句古话"言必行，行必果"。有人说，承诺是夫妻关系的黏合剂，它能让双方明白——我们是否可以彼此信赖、互相支持，直到永远。承诺的性质和深度会影响夫妻双方在婚姻生活中是全心全意还是斤斤计较，而给爱一个承诺，这不仅是给对方一个定心丸，同时也是给自己一个提醒：我必须和他在一起，不会再有其他选择。这种提醒会促进你更多地为爱奉献。双方对爱奉献得越多，幸福感就会越强。

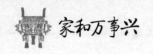

4.给对方一点空间,给彼此一个机会

爱情是这个世上最私有的东西,生活的诱惑常常使得处在婚姻中的人感到不安。人们爱得越深,就越不希望有阻碍的人或事出现在自己的爱情中。于是,为了维护这份私有,很多人总是会选择未雨绸缪,以防万一:或者要求另一半下班后必须马上回家,或者嘱咐对方不准和异性有过多的交往……更有甚者,不惜浪费精力去窥察对方的隐私,以期能够随时掌握另一半的动向,将爱情紧握在手中。

然而,我们在这样做的同时,过多地考虑了爱情,却忽略了被爱着的另一半的感受。任何人都希望有一个属于自己的空间,一旦这个空间遭到别人的入侵,就会感到很不舒服。

所有苦守、执著于"禁锢"对方的做法往往都不会有好的结果,反而会将爱情推得更远。

一个女孩在出嫁的前夜向母亲询问:"妈妈,您一辈子都和父亲没发生过争吵,一向夫妻恩爱。能告诉我婚后把握住爱情的秘诀吗?"

"去院子里的墙角处捧一些沙子回来。"母亲并没有回答,而是让女孩去做了这样一件事。

不一会儿,女孩捧着沙子回来了。

"现在抓一把沙子在手上吧。"母亲微笑着说。

女孩接照母亲的话抓了一把沙子。一开始,女孩的手握得并不紧,沙子反而没有散落多少。

"握紧一些试试看。"母亲说道。

女孩握紧了手掌,沙子却开始散落下来。并且握得越紧,沙子流下来的就越多。当女孩再次张开双手时,那捧沙子已经没剩多少了。

"这捧沙子就像婚姻一样,你越是紧握,它就越是难以把握。"母亲说道。

女孩听了母亲的话,顿时明白了。

有一个关于刺猬取暖的故事:冬天的寒风里,两只小刺猬决定依偎在一起相互取暖,但是每当他们拥抱的时候,身上的刺就会把对方扎得很痛。于是,它们一次次的尝试,最终找到一个合适的距离,既可以取暖,又不会把对方刺痛。夫妻关系也需要有一点空间和足够的信任,这样才不至于在刺痛对方的同时也累垮了自己。

佛说:"情执是苦恼的原因,放下情执,你才能得到自在。"要知道,一切皆缘,该留的,不会走;要走的,留不住。既然如此,又何必劳神伤心呢?

似乎自从成为一家人的那一天起,夫妇二人的争斗就没有断过。而吵架的根源基本上都是相似的原因——女人是个醋坛子,对男人看得太紧,而男人则觉得应该有自己的天地,因此郁闷不已。

这天晚上,二人又吵了起来。原因是男人在外与朋友饮酒回来晚了,女人自男人走进家门的一刻起就不断地审问男人因何晚归,都去了哪里。最终,男人被问得烦了,便发脾气与女人吵了起来。

女人觉得男人蛮不讲理,男人觉得女人小题大做,不解人情。说着说着,就偏离原来的话题而互相指责起来。女人历数了男人的种种不是,男人也对女人身上的各种缺点表示了不满。两个人越吵越凶,嗓门也越来越大,说出来的话也越来越恶毒。最后,男人气不过,转身拂袖而去。

就这样,男人一夜未归,女人一夜未眠。第二天下午,同村的一位长者来到他们家中串门,一进门看到了泪眼婆娑的女人,便问了缘由。

待到女人说完之后，老者没有忙着安慰劝说，而是问了她一个问题："假如有一辆装满粮食的车要钻过一个山洞，但是山洞的高度却略微低于粮食一些。在不卸下粮食的情况下，你能告诉我怎样才能使车子顺利经过山洞吗？"

女人想了半天也没得出正确的答案。

"你有没有想过可以给轮胎放点气？"老者提示道。

"对啊，我怎么就没想到呢？放点气，车子就会矮下一些，不就可以过去了吗？"女人恍然大悟。

"这就如同你们二人的生活一样，车子的轮胎气充得太满，会影响车子的顺利通行。生活的轮胎气充得太满，也会影响夫妻间的感情。你们可以回头想一想，之所以会常常闹别扭，是不是因为你给生活的轮胎中充入了太多的'气'，以至于让对方觉得没有一点空间了呢？今后，试着在适当的时候放放气吧，这样你们的日子才会好过。"

当一对相爱的男女携手走入婚姻的殿堂时，他们实际上是将自己将来的幸福的一半责任交给了对方，这种信任自然是很深的。在夫妻之间，信任是维系夫妻感情的纽带，是情感升华必不可少的环节，在彼此决定成立家庭的时候，信任更是一个慎重的选择。

如果一方对另一方的人格持怀疑态度，不相信对方的感情，则另一半的心里一定满是沮丧，会觉得自己在爱人心目中的形象是不忠诚的。而只有彼此以心换心，完全信任对方，才能保持夫妻感情的历久弥新，达到相敬如宾、沟通无极限的至高境界，幸福才会随之而来。

正所谓："结发为夫妻，恩爱两不疑。"携手步入殿堂的人可以说是世上除了父母子女之外最亲近、最值得信赖的人，既然你觉得另一半可以托付终身，也愿意与其终身相伴，那么，你就应该对另一半有足够的信任。

当爱还在的时候，懂得适当地放手，给爱一个空间，是维持它存在的一个基础。如果我们在爱着对方时因为害怕失去他就将其每一寸空间都占据，那么，爱就会失去原本美好的意义。

　　甘露跟丈夫以前曾在同一家公司上班，后来甘露辞职去了另一家公司，之间仍旧保持着联系，对他也颇有好感。甘露的丈夫，是一个很上进的男人，长得英气挺拔，很有女人缘。公司里也有很多女同事向他暗送秋波，但他还是唯独喜欢甘露。

　　后来他们走在了一起，顺理成章地结了婚。他对甘露很关心，甚至比恋爱时更加倍地爱护她。

　　他们都是从外地来京的，他每月的薪水有5000多，加上甘露的工资2000左右，在这个房价高不可攀且高得离谱的城市，房子是买了，不过也是因着七拼八凑，加上这几年的存款，刚好够首付。

　　有了房子，也要过日子。接下来他们都加倍地努力工作，以期更快地结束房奴的日子。

　　甘露理解他的早出晚归，生怕他工作过于劳累而身体累垮。每天下班后甘露就全身心地投入到家务中去，为他做好坚实的后盾，免除他的后顾之忧。终于贷款还得差不多了，他们的身心都渐渐疲惫。原来这些日子，他们都很少交流，甚至都忘记了彼此的存在。甘露感觉到他们之间的距离在日益疏远。

　　那次，丈夫又早出晚归回来后，甘露已经睡下，他慢慢地移步到卧室，然后脱了衣服去洗澡，房间里开着灯，灰暗的灯光就像鬼魅，似乎有隐藏着某种隐隐的恐惧，令人无法言说。

　　甘露便穿好衣服起身，打开他的公文包，翻看了一些他的工作日记。又从他上衣口袋里寻到手机，看到一些短信息都是一些黄色的笑话，便以为他一定跟某个女人保持暧昧，心里便开始五味杂陈，有些痛灼。

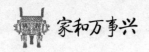

就在这时,丈夫从洗手间走了出来,一眼便看见甘露手忙脚乱,慌乱中将他的手机掉落在了地上,他便明白甘露在打探以此寻找某些留下来的痕迹。

他有些生气,从地上捡起手机,说:"你是不是不相信我,以后没我的同意不要乱动我的东西!"

甘露说:"这些信息是不是一个女人给你发的?"

他说:"是啊,你这么喜欢我外面有女人,那我就去找好了,不然也对不起你的一番猜忌!"

说完便抱起毛毯向沙发上走去。

他在客厅睡下,而甘露泪流满面。

两个人生活在一起,要适当地给对方留有自己的空间。夫妻间切莫强求,尽可能给对方一个空间,因为这是每个人的不同之处。给对方一个空间,并不是放纵,外面的世界再精彩,也只不过是一个小小的驿站,身心疲惫的他,最后的归宿是温馨的家园。

5.允许伴侣有异性朋友

结婚以后的夫妻双方能否与其他异性朋友交往?应该说是可以的。但在现实生活中,一些人不习惯婚后另一半与异性的正常交往,有的人还把这种交往视为"不轨"行为。其实,男女之间除了爱情外,还有同事、伙伴、朋友等社会关系。因此,要支持爱人的社交活动,允许爱人有异性朋友，这是真正的爱情的体现。

雯的老公一直喜欢在同性堆里扎，她也一直没有后顾之忧，可是一年前，情况有了变化。他停薪留职下了海，合伙人中有一女性，他们也成了朋友。

雯刚得知情况时，心里很不舒服，总有兵临城下之感。毕竟，要说对配偶的异性朋友一点芥蒂也没有，作为"饮食男女"，是不容易做到的。但经过一段时间的观察，雯并没有发现老公有什么"异常举动"。于是她想，也许是自己应该调整一下心态了。老公的朋友就是自己的朋友，尤其是异性，更应该让她成为他们俩的朋友。

于是，雯主动让老公邀请她到家里来吃饭聊天，与她谈一些时装、育儿、美食等女人感兴趣的话题，还很谈得来，像老朋友一样。同时，又把家庭气氛营造得温馨而舒适，让她感觉到自己家庭的幸福。雯认为，任何一个善良的女人都不会想去破坏别人的幸福。老公与她谈生意时，她也从不插嘴，只有在休息时，才会适当介入，老公也因为雯的存在而感到放松。现在，他们三个人的友谊已经保持了一年，相信还会更长久地保持下去。

男女之间是平等的。既然社交是生活中不可缺少的活动，那么，爱人交朋友无论是异性还是同性，都应该以平常心待之，并将对方的朋友发展为自己的朋友。

夫妻之间要互爱、互信。有些人不能正确对待爱人的异性朋友，并不是不理解社交的意义，而主要是不相信自己的爱人。这样必然会伤害爱人的自尊心，伤害彼此的感情，从而导致家庭不和、夫妻反目。

男女相爱结成夫妻，双方的朋友就成了一家之客。因此，爱人的朋友也是自己的朋友，应该热情相待，友好相处。对待爱人的异性朋友来家做

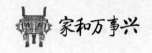

客,礼貌相待,热情周到,还能加深彼此的信任,深化夫妻间的感情,否则就会给家庭生活带来阴影。

赋闲在家做全职太太的徐女士对此感慨颇多。她说她一直是一个比较独立的女性,做事也有自己的主见,可婚后她和异性的交往却受到了丈夫的限制。丈夫比较"小心眼",谈恋爱时看到她和男同事说话他就有抵触情绪,但当时丈夫说那是因为太在乎她。新婚时,她和丈夫的生活简单而又幸福,丈夫的体贴让她很感动,渐渐淡忘了丈夫的"小心眼"。但一件事的发生改变了他们的生活。

那年,她之前认识的一个异性朋友找她办一件事。当时她觉得这对她来说只是举手之劳,便帮了朋友这个忙。谁知丈夫用她的手机打电话时无意间看到了这个异性朋友的号码,便质问她。徐女士把事情的原委告诉了丈夫,可丈夫根本就不相信她的话,一口咬定她和朋友偷偷联系,两人大吵了一架。随后,丈夫对她更是时时监控、处处小心,经常翻看她的手机。更让她受不了的是,每隔一段时间,丈夫就会去营业厅查询她的通话记录,她觉得自己完全没有了自由。关于异性交往这一问题,她也多次和丈夫沟通,但丈夫说:"你是我的妻子,就不该和别人再有联系。"按照丈夫的意思,她辞了职,在家相夫教子。她承认丈夫爱她,但这一方式确实让她无法忍受。

很多人认为,婚后再和异性朋友交往是对爱情不忠,是大逆不道的行为。持这种观念的人,是受封建意识的影响,尤其是丈夫,对自己妻子的异性朋友大发醋意、横加指责,这是错误的。夫妇间需要相互信任、互相谅解、互相尊重。对待一方的异性朋友,另一方应该豁达大度,以完全信赖的态度对待他或她。

余梅是一个很好的女孩子，温柔善良，平时为人处世很不错，人缘极好。她有一个很爱她的老公和一个很懂事的孩子。她常常对别人说，自己很满足现在的生活，很爱自己的家庭，她感觉很幸福。

有一天下班，她习惯性地逛街，打电话给自己的丈夫，问及下班时间，丈夫回道："可能晚一些。"她独自在影院旁边走着的时候，发现一个身影与自己的丈夫一模一样，旁边还有一个女人。她怀疑是自己看错了，也没多想。

结果，几天后的一个晚上，她又一次发现了同样的情形。这次她看得清清楚楚，是自己的丈夫，旁边还有一个很漂亮、很有气质的女人。她很生气，很想走上去给那个女人一巴掌，可她忍住了，没有那么做。

晚上，丈夫回来后，她什么也没有说，照例做好饭菜，和他聊天。十点多钟的夜幕，被街边的灯红酒绿照得闪闪发亮，她发现丈夫回来后没什么变化，而且还一直夸奖她，说最温馨的还是家。许多话被她咽回肚子里，欲哭无泪。

第二天早上，她早早起床，给自己化了一个满意的妆。丈夫笑着说："我记得好像不是结婚纪念日吧。"她什么也没说，只是笑笑，说："不是纪念日，就不能打扮自己了吗？"说完，她径直出了家门。

几天之后，在附近的茶餐厅门口，她又看到了丈夫和那个女人的身影。他们有说有笑，看起来聊得还很投机。撞见了这一幕，她觉得很尴尬，想假装没看见，可是丈夫分明也看到了自己。她大大方方地迎了上去，笑着打招呼："没想到，在这里遇见了，来喝茶的吗？"丈夫的表情有点窘，但还是故作轻松地说："是啊，来喝茶。"她没有多说什么，寒暄了一番便离开了，也没有挑明彼此的关系。

离开的时候，她已经想好，晚上要尽量做好最后一顿饭，然后就和丈夫摊牌。晚上，丈夫回来了，嘴里哼着歌，并没有愧疚的表情。他笑着对她说："没想到，你还挺有修养的。今天我还真担心，你会大发雷霆呢！我没来得及告诉你,那个女人是我们公司的一个大客户,从香港过来的,要跟我们公司签一个大订单。如果能签下来,我就有望升职了。"

听到丈夫这么一说,她突然很想笑,笑自己胡思乱想。笑过之后,她又有些庆幸,如果当时不是自己控制了情绪,表现得落落大方,恐怕对丈夫的事业、对自己的家庭,都会造成不可想象的后果。吃饭的时候,丈夫悄悄地对她说:"今天你走了之后,我突然觉得,现在的你比年轻的时候更有味道了,是一种成熟的美。"

爱情是甜美的酒浆,它是靠相互信任才酿造成的。夫妻之间假如没有相互信任,那么,彼此的爱情也将经不起风雨的考验。和爱人的朋友做朋友,与他交心,不仅会让爱人欢喜,也能打消自己的顾虑,减少不必要的猜忌和怀疑,从而巩固婚姻。

交朋友只是友谊,不等于爱情。妻子或丈夫,无论是在婚前还是在婚后,都可以交异性朋友,建立纯洁的友谊。做丈夫或妻子的,大可不必为此而妒火中烧,甚至不问情由严加追究。这样做,只会淡化或伤害夫妻之间的感情,甚至造成不堪设想的后果。

不过,我们应注意的是,在与异性朋友的交往中,要以高尚的道德标准约束自己,随时用理智的闸门控制自己的感情,划清友情与爱情的界限。同时要注意交往的方式,尽量避免引起对方的疑忌。夫妻间更要相互理解和信任,支持对方的异性交往。当然,这种交往必须是以纯洁友谊为前提的。

6."试探"是用欺骗测试欺骗

有一个世界性难题——"我和你的母亲同时掉进河里，你先救谁？"在这个问题上，不知多少男人被搞得焦头烂额，多少女人对得到的答案怒气冲冲。有人说，是不是真爱一试便知，真爱就要经得起试探！那么我想反问一句，真爱又何需试探？试探是对自己缺乏足够的自信，还是不信任对方，抑或不信任你们之间的爱情？

当欧洲中世纪骑士之风最盛行时，有一个堡主和一个骑士，同时追求一位漂亮小姐，但这位小姐却不知道嫁给谁才好。于是她异想天开，出了一个妙法，把他们带到狮子笼前说："谁要是能进去把狮子杀死，我就嫁给谁。"骑士一看，狮子凶猛异常，不是他玩的，就甘拜下风；老爷却不在乎，进去把狮子打死了。小姐抱着堡主说："我本来就是要嫁你的，杀狮子不过看看你到底是不是真的爱我。"堡主却一把把她推开："我的爱情不受试探。"说罢扬长而去。

堡主为啥不要她了呢？因为他觉得自己不被信任。一腔爱意换不来起码的信任，还有啥好说的呢？这就是试探的代价。

几米的爱情语录中有这样一句话：不要去试探爱情，因为爱情是不堪一击的。你要么从头到尾相信爱，要么就别爱。反复不停地试探，其实是用欺骗来测试欺骗，这样做反而会摧毁信任的基础。

当你爱上一个人时，就意味着愿意去相信对方，虽然相信可能会让你受伤。爱情不就是把人生押在一场结果未知的赌博中吗？唯有时间才是对爱情真正的试探。

生活中，有很多人喜欢用爱情作幌子，把爱人逼到进退两难的境地。那个深夜把电话打到对方酒店房间里的人是你吗？那个稍有机会就偷看对方短信、通话记录的人是你吗？那个不时制造矛盾，让你们的爱"轰轰烈烈"的人是你吗？

女人喜欢试探男人，挖空心思想知道自己在男人心目中的地位，但这常常让男人们反感。聪明的女人不会用这种手段去试探男人，因为这个男人早已被她掌握在手心里了。

爱情的基础是互相信任。给对方足够的空间，还是时刻刺探对方的行踪，把对方死死抓在手心里？充满猜忌、试探和考验的爱情，还能不能叫爱情？喜欢在感情里玩试探游戏的人，一部分属于不安心，不自信，一部分则是喜欢耍小聪明。但不管是哪种，你都需要好好想一想，面对婚姻和爱情，是不是真的值得这样做。

丈夫晚归，没有向她解释半句倒头便睡。她辗转难眠，半夜把他叫醒，追问晚归的缘由。他说她疑心病太重，让他觉得压抑。她觉得和他在一起没有了安全感，两人大吵一架。这是结婚两年多的时间里，他们争吵最激烈的一次。碍于面子，谁也没有先开口说道歉，冷战就这样持续着。

妻子忧心忡忡，感觉丈夫的心已经另有所属，对自己没了兴趣。趁丈夫出差的时候，她申请了一个新的QQ号，请求成为他的好友。他并没有问她什么，很快通过了她的请求。她有些失落，难道只要是陌生女人敲门，他都放行吗？

就这样，两人聊了起来。接下来的几天，她每天都和他在网上聊天。有一天，他告诉她，他和妻子吵架了，她问："可不可以告诉我，出了什么问题？"对方却没有了回音。

然后她发了一条信息：有"爱"在，还有什么问题不能解决？

很快，他的回复来了：你不了解我们的情况。

她说：百年修得同船渡，千年修得共枕眠。好好爱你身边的女人吧。

他回复：我身边的女人，蛮不讲理，让我觉得窒息……

她说：家，就不是个讲理的地方。家是讲"情"的地方。你身边的女人喊你一声"老公"，是让你疼的！

他回复：朋友，我不认识你，你也不认识我。我们因为一个美丽的错误，才有了今天的邂逅。

她想试探试探丈夫，看他是不是喜欢上了别人。于是接着问："你，还爱她吗？"

他回复：我当然爱她，可是不知道为什么会爱得这么痛苦。

当她确定对方还爱着自己的时候，她的心里舒服多了。她仓促下线，以后的日子里，她也尽量表现得十分温柔。似乎他们的关系有所缓和。

不幸的是，有一天，丈夫在电脑中发现了这个QQ号，知道了一切。丈夫顿时觉得自己的尊严受到了挑衅，质问她为什么冒充陌生人来试探他。于是他们的关系又陷入了另一个僵局。

当爱情遇到试探、遇到挑战，是否真的会变得很脆弱？能做到"富贵不淫、贫贱不移、威武不屈"的有几人？其实，爱情被现实折价的事情不止这一出。爱情也许有附属物，也许有附加值，但请找好平衡点，别做无谓的试探。要知道，试探对方等于试探自己的真心。也别有过分的欲望，他人没有义务一味地满足你的需求。

爱情，从来都不是用来试探的。因为他并不知道你对答案的预想，所以很可能给不出你所希望的答案。你因为对方没有给出自己想要的答案，便迁怒于对方，这对对方是不公平的。在婚姻中，信任并尊重自己的爱人，是至关重要的。只有在这个前提下，才能使自己的婚姻更加美满和幸福。

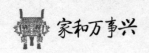

7.再多一点信任不好吗?

夫妻俩幸福快乐地生活着,白天在外边上班,晚上回来享受天伦之乐。妻子林冉一直都认为自己是世界上最幸福的女人:袁贺绝对是新时代的模范丈夫,烧得一手好菜,每天早上起来总会做一个林冉最爱吃的三明治,然后热上一杯牛奶。

袁贺的妈妈要来城里看儿子,要住上一阵子,并再三要求承担家务。看着儿子在外边上班挺累的,婆婆随即对儿媳妇产生了一些不满的情绪,心想做饭是女人的天职,媳妇真是被儿子给惯坏了。

之所以再三要求承担家务,一是实在不忍心儿子一天到晚那么辛苦,二是有意做给儿媳妇看。于是,林冉爱吃的三明治没了,换成了婆婆煮的大米稀饭;原来自由的二人世界没了,换成了整天被婆婆唠叨的场面,尽管大多时候也是出于好心。

这一些变化让林冉有些难以适应,吃不惯婆婆煮的大米稀饭,更不习惯累了一天回到家里还要听老人家的唠叨。大多时候她还是忍着,但她和老人家之间还是免不了产生一些摩擦,而袁贺所能做的永远只是在妈妈和爱妻之间和稀泥。

早上醒来,林冉洗漱完,懒洋洋地坐在餐桌前,接着又看到了大米稀饭,婆婆那期待的眼神又迫使林冉强忍着去尝试。这一次,林冉不知为什么再也咽不下去了,她慌忙跑到洗手间吐得稀里哗啦。当林冉喘息着平定下来时,见婆婆夹杂着家乡话的抱怨和哭声,袁贺站在卫生间门口愤怒地望着她,她干张着嘴巴说不出话,其实她真的想告诉婆婆和丈夫她不是故意的。

林冉和袁贺开始了第一次激烈的争吵，婆婆先是瞪着眼看他们，然后起身，蹒跚着出门去了。袁贺恨恨地瞅了林冉一眼，下楼追婆婆去了。

　　整整三天，袁贺没有回家，连电话都没有。林冉很生气，想想自从婆婆来后，她够委屈自己了，还要她怎么样？莫名其妙的，她总想呕吐，吃什么都没有胃口，加上乱七八糟的家事，心情差到了极点。

　　婆婆回乡下了，夫妻俩开始了无休止地冷战。

　　一次上班中，林冉晕倒了，被同事送进了医院，才知道自己怀孕了。

　　她想回家后就告诉袁贺自己是因为怀孕的关系，所以才吐了婆婆煮的大米稀饭。可是，巧的是夫妻俩居然在医院碰到了，而袁贺身边还跟着一个女人。林冉愤怒了，她想袁贺果然是有了外遇了，所以就没告诉袁贺自己怀孕了。

　　晚上，林冉接到妈妈的电话。妈妈质问林冉是怎么回事，怎么这么不孝顺。原来婆婆回去非常生气，逢人就说自己的儿媳妇有多么多么的不孝顺，自己辛辛苦苦做饭给儿媳妇吃，儿媳妇不仅不感激，反而还嫌弃地将饭给吐了。林冉听后生气极了，都忘记解释了，于是决定要和袁贺离婚。

　　而袁贺在医院里碰到林冉之后，也做出了一个看起来更加过分的决定，和林冉分居，而且还分开了两人所有的日常生活用具。几乎每个夜晚都是独自一个人外出，有时候很晚才回来，而且每一次都带着一些东西。

　　林冉决定和袁贺离婚。于是决定和袁贺摊牌。晚上，她推开袁贺的房间后惊呆了，整个房间里堆满了婴儿的玩具和营养品，正当她沉浸在感动中的时候，她忽然发现旁边桌子上还放着一张病历，原来他那天去医院是看病。

　　林冉激动地冲进袁贺怀里，袁贺抱着她说："对不起，都怪我粗心没注意到你怀孕，那时候我以为你是嫌弃我妈妈，可是我忘记了，我应该相信你的。你不会是这样的人。"林冉也哭着说："我以为你有外遇了，所以

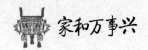
才没解释的。"袁贺紧紧地抱着林冉说:"看来,我们都忘记了信任了。"

　　信任是双方合作的基础,其实就一个家庭的组合而言,就是一种合作关系。夫妻双方在未成家之前是两个独立的经营个体,各自经营着自己的人生。因为婚姻这层关系,才使两个不相干、不相隶属的个体在一起合作经营家庭。如果一个家庭没了信任,双方就会在猜测中度日,这样的日子真的难以想象。做任何事情的基点都是信任,只有信任才会有两颗心灵撞击的火花;有了信任才会有心灵的共鸣。

　　信任是幸福生活的前提,也是幸福生活的基础。夫妻之间,家人之间一旦缺少了基本的信任,家庭裂痕也就出现了。所以,我们一定学会相互信任。多一份信任就会少一份猜疑,也就会多一份幸福与快乐。

第五章

相互理解，用心呵护

要将家庭成员凝聚在一起，最重要的因素是理解。与其只关注自己的悲哀与痛苦，不如多体恤家人的苦处。当你如此去做时，你会惊喜地发现你与家人之间更亲密、更和睦了，从而也就减少了几分烦恼。

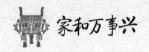

1.站在对方的立场上考虑问题

　　站在对方的立场考虑问题,简而言之即换位思考,是人际交往中必须的,在婚姻与家庭生活中尤其如此。婚姻是两个人的共同体,只用主观的、单一的思路进行思考,必定会产生抱怨情绪,无限地放大对方的缺点,最后只能导致矛盾越来越多。只有一分为二、降低姿态、换位思考,才能做出准确判断,以宽阔的胸襟来理解和对待婚姻中的冷暖、喜悦。既然已经组成了家庭,当遇到问题时,就需要站在对方的立场去反思,那样,所谓的问题也就不是问题了。

　　现代社会的压力一天大于一天,男人和女人都不是"超男"或"超女",只有相互包容、将心比心,才能过滤掉两个人之间所有的不快,冰释前嫌,化干戈为玉帛。在欣赏中产生共鸣,既然选择了对方,就要永远执子之手,与之风雨兼程。让婚姻,在换位思考中日趋成熟。

　　许多人都喜欢站在自己的立场上考虑问题,任何事情都以自己为主而忽略了对方的感受,结果造成了双方的矛盾,所以,我们要学会站在对方的立场思考问题,这样,就能顾虑到彼此的感受,同时也能解决许多彼此间的矛盾。

　　一个好妻子或者一个好丈夫,不仅是传统意义上的妻子与丈夫,也应该是一所学校或是一位老师。夫妻一方的好坏,不仅仅是他(她)本人的好坏,还应该看他(她)为对方做了些什么。

　　有两只老虎,一只在笼子里,一只在野外。在笼子里的老虎三餐无忧,在外面的老虎自由自在。笼子里的老虎总是羡慕外面老虎的自由,外面的老虎却美慕笼子里老虎的安逸。两只老虎经常进行亲切地交谈。

一日,一只老虎对另一只老虎说:"咱们换一换。"另一只老虎同意了。于是,笼子里的老虎走进了大自然,野地里的老虎走进了笼子里。从笼子里走出来的老虎高高兴兴,在旷野里拼命地奔跑;走进笼子里的老虎也十分快乐,他再也不用为食物而发愁。

但不久,两只老虎都死了。一只是饥饿而死,一只是忧郁而死。从笼子中走出的老虎获得了自由,却没有同时获得捕食的本领;走进笼子的老虎获得了安逸,却没有获得在狭小空间生活的心境。

许多时候,人们往往对自己的幸福熟视无睹,反而觉得别人的幸福很耀眼。想不到,别人的幸福也许会对自己不适合;更想不到,别人的幸福也许正是自己的坟墓。而当两人无法达成共识时,不妨尝试一下换位思考,站在对方的角度去考虑问题,也许你会得到很多。

20世纪30年代的一天,英国伦敦一家珠宝店的业务员珍妮在接待顾客时,不慎将一粒价值连城的珍珠滚落到地上。当时,人多手杂,珠子滚到一位男青年脚边时就再也寻不见了。珍妮必须找回这颗珠子,否则她不但要被"炒鱿鱼",而且终生都难以赔偿。

无人能体会珍妮当时的心情。凭眼神,珍妮断定那位装作若无其事的男青年多半是一位失业者。这就意味着,那颗珍珠足以改变他的下一段人生,这无疑增添了珍妮索回珍珠的难度。

珍妮来到他跟前,眼含泪花,轻声地说道:"先生,在这样艰难的时期,找一份工作真是不容易吧?这才是我上班的第三天!"男青年怔住了。细心的珍妮看在眼里,她于是又将这话重复了两遍。终于,男青年将背在后面的手抽出来紧紧地握住了她,等他转身快速奔出大门的时候,珍妮看到了自己手中的那粒珍珠。

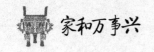
珍妮的意思很明显，就是"请把那粒珠子还我"。但如果她那样说，等于向公众宣布了青年的不义行径，很容易导致意料不到的极端事件，甚至发生不堪设想的后果。此时，珍妮选择的是站在别人的立场博取同情，从而顺利地达到目的，在拯救别人的同时也拯救了自己。

想要生活得幸福，你需要设身处地去了解他人的观点。愚蠢的人常常会想方设法去寻找对方的错误，而聪明的人则会站在对方的角度，努力去了解对方，理解他的行为，进而宽容谅解他。

没有人愿意受到诬陷，当对方没有承任自己错误之前，你千万不要去责备他！愚蠢的人总是喜欢指手画脚，他们喜欢批评，他们喜欢陶醉在这种看似高人一等的自我满足中。聪明的人则正好相反，他们或是沉默不语，或是委婉鼓励。他们经常会去探究别人的心思，认真思考他们当时的处境。然后，努力去了解对方，原谅对方。

如果你能经常对自己说这样一句话："如果我是他，我的感觉将会怎样，我又会如何处理这件事？"那么，你将会节省许多时间，免去很多烦恼！既然对事情的起因已是如此的感兴趣，那么又何必讨厌它所带来的结果呢？这样做的另外一个好处是：你将在生活中活得精彩与洒脱。

当我们希望别人完成一件事情的时候，不妨先闭上眼睛好好想想，从对方的出发点考虑。类似"你为什么要那么做？"这样的问题，我们要尽量委婉地提出来。虽然这样做很费时费力，但这样做的结果却能够使事情向着双方都满意的方向发展。你会发现，即使双方原来有摩擦，也会在不知不觉中消除，收获更多的是幸福！

一位哲人说过：婚姻没有你赢我输，只有双赢或双输。不光是婚姻，在人生的其他方面，这句话同样有效。很多双输者的教训都是一方一味地站在自己的角度去考虑问题，甚至寸步不让，结果导致两败俱伤。而要想实现双赢，方法其实很简单，就是站在别人的立场想问题。这是一种逆向思维，需要拿出过人的眼光、勇气及大度的心胸。

很多时候，如果我们及时调整心态，站在对方的立场思考问题，就会转被动为主动，迅速博得谅解与认同。实践证明：对善于"投桃"的人，现实总会对他"报李"，从而化腐朽为神奇。

2.不要把自己的喜好强加给对方

一年前在西塘古镇浪漫邂逅，秦晓峰与夏天一见钟情。经过一段时间的深入了解之后，两人携手走进了婚姻的殿堂。迟到的幸福让两人一起陶醉。

夏天是瑜伽教练，她独创了一套舞蹈结合瑜伽的锻炼方式，并且深信自己的锻炼方式不仅能强身健体，愉悦身心，还能增进与丈夫的亲密关系，达到身体和灵魂合而为一的最高境界。

为了和丈夫一起练习，她在家里建了一个练功房，天天拉着丈夫一起练瑜伽。由于两个人的年纪都不小了，如此高难度的肢体训练，让丈夫实在吃不消。秦晓峰不仅在家中要按时练习，就算走在街上，也要随时接受夏天的"特训"。秦晓峰虽然难以忍受，但却敢怒不敢言，不得不通过装病的方式来逃避训练，但这个花招很快就被夏天识破了。

秦晓峰说："我的年纪偏大了，这样的'魔鬼瑜伽'不适合我，你就不能为我的身体和健康考虑吗？"

夏天一肚子委屈："我一片好心，为了增进夫妻感情花了多少心思，你却不领情。"

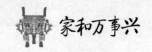

夏天拉着丈夫一起练瑜伽,是一种爱情表达。秦晓峰接受了妻子的这种训练,也是一种爱情表达。但彼此的这种爱情表达,最后却产生了负面作用。夏天爱丈夫,却忽视了丈夫的感受。婚姻中,不要把对方当成了自己,你喜欢的,对方不一定会喜欢。

心理学上有一个概念叫"投射效应",是指在人际认知过程中,人们常常假设他人与自己具有相同的属性、爱好或倾向,常常认为别人理所应当地知道自己心中的想法。

在一些家庭中,我们可以看到这样的现象:男人看电视的时候很专注,不爱说话,而女人则时不时做出一些评论。在压力面前,男人靠抽烟、喝酒减压,而女人则通过吃东西或逛商场减压。女人抱怨男人不够细心,不够体贴,不爱说话,并不会表达爱意;男人则认为女人不讲理,唠叨,废话连篇……男人总是认为自己是正确的,而女人则认为自己才是无可挑剔的。

男人和女人对生活的关注点不同,思维方式也会有差异,因此发生争吵在所难免。发生矛盾时,我们要冷静下来,站在对方的角度去想一想。站在对方的角度,可能你会发现有些事情是合理的,至少可以试着去接受。

苏萨和丈夫小魏谈恋爱的时候,同事都说:"小魏是个很专一的人,他能十几年如一日地痴迷于木雕,对你就更不用说了。"苏萨听了心里暖暖的。两人不久便踏上了红地毯。

婚后不久,小两口在银行按揭购买了一套住房,经济上有些拮据,可是丈夫痴迷于木雕,依旧在雕刻工具和模型上大把花钱。对此苏萨颇有微词。

有一次,家里的电视机坏了,苏萨一连十几个晚上没法看韩剧,心情很不好,她打算叫丈夫把影碟租回来。丈夫下班回来,很兴奋地对苏萨说:"你猜我带了什么好东西回来?"苏萨暗自高兴:"一定是影碟,这呆子原来还是蛮善解人意的嘛!"正想赏他一个吻,突然,电脑荧屏上出现一行字——"民间木雕工艺欣赏"。

苏萨又气又急,张开嘴在他肩上狠狠地咬了一口,趁他还没反应过来,抱着电脑就跑。他忙过来抢,不知怎么把苏萨往外一推,"砰"的一声,苏萨重重地摔在地上,摔得她头皮发麻,眼冒金星。

苏萨借题发挥,坐在地上大哭起来:"你买这些东西有什么用?这东西能当饭吃吗?"没想到丈夫却毫不示弱地说:"我看见它就可以不吃饭!"

苏萨想,这日子没法过了。她爬起来,拿了两件衣服就往外走。看见她要"离家出走",丈夫开始心软,急忙追上来说:"你知道我对木雕很着迷,大不了我把那些都收起来。"说完便跑进书房,把所有木雕的书籍和工具通通装进纸箱里,放到床底下。看丈夫似乎有悔意,她只好作罢。从那天以后,丈夫把家里的财政大权也交给了苏萨。

自从丈夫与他的爱好"划清界限"之后,就像变了一个人似的。整天一副闷闷不乐、心事重重的样子,吃不好,睡不香,整个人瘦了一大圈。问他是不是病了,他总说没事。苏萨担心他的身体出毛病,想办法找机会跟他沟通,但双休日他总也不待在家里。

一天,苏萨接到朋友打来的电话:"晚间新闻看了吗?你们家小魏周末在给一所职业学校上课呢!好羡慕你哟,嫁了一个这么优秀的老公!"

放下电话,朋友的话一直萦绕在苏萨耳边。丈夫在朋友眼里那么优秀,而她却只看到他的不足。供房与他的嗜好之间没有什么必然的矛盾,都怪自己小题大做。

忽然之间,苏萨有了一种感悟:"爱他,就不要改变他,而是应该试着去接受他,欣赏他。"她忙从床底下的纸箱里,把丈夫的那套心爱之物都

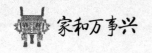

搬了出来,分门别类地重新放上书架,让那些根雕、树雕"重见光明"。

有些人不明白爱人为什么总是埋怨自己,指责自己,而自己的努力对方却视而不见,以至于夫妻双方都很苦恼。其实双方的出发点都是为了家庭着想,只是采取的态度和方式不能让对方接受,因此才会导致矛盾发生。这些问题产生的原因,除了少数确实无法调和,更多的是婚姻中一方只是站在自己的角度看问题,忽略了对方的想法和感受。

比如,作为丈夫,要求妻子做到忠贞不二,抚育子女,孝敬老人,却从来没有想过自己对妻子付出了多少,对这个家庭付出了多少,对她的家人如何。作为妻子,要求丈夫一生一世只爱自己一个人,却从来没想过自己是否让丈夫感受到了他需要的爱,自己是否经常对他疑神疑鬼,自己对他的家人如何。

夫妻双方都应该试着站在对方的角度去考虑问题,感受到对方的艰辛,了解对方的需要,这样才能以更体贴、更温柔、更自信、更乐观的态度去调节好婚姻生活,塑造好丈夫或好妻子的角色,让家庭成为夫妻避风遮雨的港湾。

夫妻之间需要坦诚相待,更需要换位思考。只有不断地换位思考,才会相互理解,相互尊重。只有在不断磨合的过程中,夫妻的兴趣、志向、价值取向、生活习惯才会越来越一致,婚姻生活才会越来越融合。学会换位思考,以一颗平常心去面对婚姻中的一切变化,你会有意外的收获。

3.成为对方事业的亲善大使

如果把婚姻比喻成一张白纸，那么，夫妻是两个画家,重要的是看你在自己的白纸上涂抹什么颜色。是画龙点睛，还是画蛇添足，全看两个人的兴趣和修养。如果夫妻双方共同努力，心往一处想，劲儿往一处使，有相同的构思，有精致的笔墨，有和谐的色彩，一起规划美好的未来，那么婚姻这张图画会越来越精致，越来越美丽。

现在是两性平等的社会，男女双方都要努力缔造前程，彼此相互提携，为了共同的方向一起努力迈进、享受成果，这是人生最美好的事。其实，家庭就好比是一辆行驶在路上的马车，有时会陷入泥潭、沼泽，此时你就应当承担起做爱人的责任，及时调整自己，给心爱的人添一份哪怕是微薄的力量。

一天早上，电车里的乘客都突然伸长脖子，注视着一个活泼敏捷、衣着入时的漂亮女士——她扛着一把猎枪跳上了车。

这是个广告噱头？或者她是个怪人？许多乘客内心都感到隐隐的不安，直到这位女士到站下了车，大家才松了一口气。其实，这只不过是丽亚在帮她丈夫的客户的忙，把这支赊账买来的猎枪送回到原来的店里去。

她的丈夫梅尔是一家家用电器厂的优秀推销员，丽亚曾经想出许多方法来帮助他拓展业务，由此她被自己的先生戏称为他的"星期五女郎"。

"我先生对工作充满了热情和活力，甚至连他的日常生活，包括吃饭、睡觉与呼吸也都是如此。"丽亚曾自豪地对朋友说,"而我自然也感染到这令人振奋的激情。过去几年来,我曾经想出各种办法来帮助他。直至今天,我一直都很喜欢帮他做些力所能及的事情。"

丽亚认为,让丈夫把全部精力都用到业务的拓展上去十分重要,为此,她就设法不让丈夫为琐事分神。她相信,如果她能够帮助丈夫处理一些细小却又必要的杂务,她的丈夫就能更好地集中精力做事,发挥出他最大的潜能。

由于梅尔先生有许多信件,必须带回家里处理,所以丽亚很快就学会了打字。开车跑遍30多个州,对一个男人来说是很费精力的事情,所以丽亚也学会了开车。"我曾开车把梅尔从纽约时报广场接送到旧金山金门大桥。"丽亚骄傲地说,"对他来说,这是一件很简单的事。对我来说,可就是一个很奇妙的体验了。"

看得出来,丽亚即使是培养嗜好,也都是在为她丈夫的事业着想。她收集了许多旧熨斗,有些甚至已经有上百年的历史了。她还为先生画了许多彩色海报,准备在销售会上将它们展览、陈列出来,这当然也会收到不错的效果。

由于丽亚为自己丈夫的事业付出了不少心血,所以她能从丈夫的成功之中获得更多的成就感。难怪当梅尔先生在田纳西州的一次销售会上发表演说以后,听众中就有人问他:"我不知道,今天晚上谁对你的演讲最感兴趣?是推销员还是你的太太?"

每个人都无法预料未来会发生什么意想不到的事情,使家庭的经济来源突然中断。面对突如其来的变故,贤惠的妻子不应用谩骂、争吵和指责来解决家庭问题,而应与丈夫一起承担起家庭的责任,不退缩、不逃避。调整方向,目标一致,夫妻才能一起走过生活中的风风雨雨。

在南方某村有一对恩爱的夫妻,他们心往一处想,共同谱写了一曲和美的家庭之歌。他们的真情故事在村中广为流传,成为全村的榜样。提起他们家,人们都会情不自禁地交口称赞。是什么让这对夫妻相濡以沫,共同面对生活中的点点滴滴,一起创造甜蜜、幸福的生活呢?

　　每当问起他们是怎样把夫妻关系处理得如此美好时,他们都会不约而同地说:是彼此对对方的真爱,是心心相印的恩爱,让他们和睦相处,共同建设着这个家。

　　美国前总统富兰克林的妻子——安娜·埃莉诺·罗斯福是一个不同寻常的女人,她从本质上改变了白宫女主人的传统形象,成为各种社会活动的积极倡导者、政治活动的热情参与者、丈夫事业的有力支持者和政治合作伙伴,这种现象是前所未有的,并为后来的第一夫人们所效仿。

　　作为一名政治家的妻子,埃莉诺全力支持丈夫的一切活动。1910年,她支持丈夫竞选成功,当选为纽约州达奇斯县的参议员。1912年,富兰克林由于帮助威尔逊竞选成功而被任命为海军助理部长,政治前途一片光明。此时,埃莉诺认为自己更应该助丈夫一臂之力,当好他政治上的助手。

　　1928年,富兰克林在埃莉诺的帮助下当选为纽约州州长。从富兰克林瘫痪到当选为纽约州州长的7年里,埃莉诺的政治贡献和出色的组织才能使她成了纽约有重大影响力的政治家之一,她的务实精神在民主党内及妇女政治组织中引起了人们的注意。

　　在富兰克林任纽约州州长的4年中,埃莉诺和富兰克林学会了在政治上互相帮助,接近于一种两个政治家间的专业合作。为了保住丈夫的政治生命,埃莉诺成了他政治上的代言人。在为共同事业进行的奋斗中,他们的夫妻关系变得日益融洽、和谐起来。在4年的州长夫人生涯中,埃莉诺成为富兰克林的"耳目",及时向他汇报各地的情况,并提出解决问题的办法。这也使埃莉诺在政治上日渐成熟起来,为她12年的第一夫人

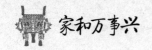
生涯做了充分的准备。

有人形容,夫妻就像筷子,谁也离不开谁,酸甜苦辣一起尝。对于志趣相投、学习与发展途径兼容者,不是简单的夫唱妇随,而是彼此互相协助,共同发展进步。即使不同行,也有许多夫妇从年轻时期就携手共创事业,在编织美丽的梦想后,全力以赴,互相勉励与坚持,这也是值得钦羡的模式。携手共同创业,终必卓然有成。

4.记着对方的好,忘记对方的错

通常情况下,婚姻是需要夫妻双方共同来维护的,只有彼此间的信任与坦诚、深入地沟通才能持久,相互斗气并不养家,更不能因为一些小误解而断送美满的婚姻。

小秦和小丽结婚3年了。3年来,他们之间经常为一些鸡毛蒜皮的小事吵吵闹闹。

有一天小丽回娘家,小秦下班回来发现钥匙弄丢了,进不了门。他费尽周折,最后才在邻居那里找来一个特别瘦小的孩子,让孩子从防盗窗的空隙钻进去,打开房门。

小秦知道小抽屉里还有一把备用的钥匙,他拉开小抽屉,可钥匙却不见了。等妻子回来,小秦就问:"小丽,小抽屉里的钥匙呢?"小丽不高兴地说:"我把钥匙给我父亲了。怎么,这你也要管?怕我父亲开门来偷东西？你放心吧，我父亲不是贼。"小秦本来想告诉妻子说自己今天丢失了钥匙，可听到妻子一开口火气就这么大，他就懒得说了。

小丽的嘴爱说话，把小秦追问钥匙的事告诉了母亲。小丽的母亲赶紧对丈夫说："老头子，你快点把钥匙还给小秦，万一他家里丢了什么东西，你跳进黄河都洗不清。"小丽的父亲生气地说："我要他的钥匙是为了送米给他的时候方便进门，谁偷他的东西啦？"

小丽的父亲终于把钥匙还给了小秦。从此以后，他不再送米到女儿家了。小丽的父亲心中愤愤不平，一见到熟人就把他送米给女婿反而被女婿当做贼的事讲一遍，讲完后总是叹气说："唉，我真是瞎了眼，把女儿嫁给这么缺德的人。"

不久，小丽父亲的话不知怎么传到了小秦的耳朵里，于是他气呼呼地去质问："岳父你怎么骂我缺德？"小丽的父亲说："你就是缺德！我当初让小丽嫁给你真是瞎了眼。"小秦说："嫁错可以离婚嘛！"小丽的父亲说："离就离！"

小丽却不想离婚，她拉住小秦的衣袖说："如果你改正，我愿意跟你过一辈子。你快向我爸认个错吧。"小秦说："你们把污水泼在我身上，还要我认错，岂有此理？"小丽生气地说："你不要抵赖了，现在谁不知道你把我父亲当做贼？"小秦说："算了算了，我怕你，我走。"

离婚后的小秦和小丽静下心来想想，到底为什么俩人会离婚呢？好像只为一把钥匙，又好像为了很多。

对小事的疏忽往往是危害婚姻生活幸福的原因。夫妻间的快乐，是非常细致的结构，决不可以草率地处理。婚姻就好比是株敏感的植物，它甚至经不起粗重的触摸；它是朵娇贵的花，漠然会使它冷却，猜疑则使它枯萎，必须淋以温柔的情爱，借亲切欢乐的光辉而开放，并以牢不可破、坚不可摧的信心之墙为其守护。

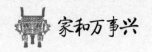

秦可冉正在筹划结婚一周年纪念活动的时候，看到丈夫的包里有一张请柬，原来丈夫的初恋情人正好将在这一天举行婚礼。她想，既然他想去，就让他去吧，于是她放弃了自己筹划的结婚周年纪念活动。

接下来几天，她都不见丈夫有什么动静。婚礼前一天，丈夫打电话给秦可冉，让她一起出席婚礼，并希望她准备一份恰当的礼物。秦可冉假装很大度地答应了。看着她穿高跟鞋跑了几家商场挑选礼物，丈夫心疼极了，回家时一直把她的手攥得紧紧的。回到家，秦可冉又给礼物包上了漂亮包装。一向木讷的丈夫还破天荒地对她说了几句感谢的话。

等到丈夫去洗澡时，她才忍不住哭了出来。丈夫为初恋情人的婚礼那么尽心，做妻子的怎么能不难过呢？

第二天，秦可冉陪丈夫去参加婚礼。丈夫看到穿着婚纱的新娘，还是多少有些失态，喝了好多白酒，还抓住新郎的手不放，要他这辈子好好照顾新娘子。秦可冉明白丈夫心中的失落，也就没有劝他。这一晚，丈夫喝得酩酊大醉。

一大早，睡眼朦胧的秦可冉起床后，看到餐桌上放着一份煎蛋。丈夫系着围裙从厨房出来，对她说："谢谢你陪我告别一段初恋！以后我的人和我的心都完完全全地属于你了。"

秦可冉听后，流着眼泪开心地笑了。

维持一段婚姻，需要双方的共同努力，离不开双方的相互理解和相互宽容。理想的婚姻要经得起岁月的考验，夫妻双方也要有包容的胸怀，给彼此一点儿空间，同时还要有共患难的心理准备。夫妻之间要经常进行换位思考，从而加深理解。同时也要加强沟通，把自己的想法如实地告诉对方，这样会减少很多矛盾和误会。只有亲身感受到对方为你做出的努力和牺牲，才能深刻明白对方的爱与关怀。

婚姻不是一个人的事情，婚姻里的人都要对婚姻负责。有这样一句妙语:"婚姻是唯一没有领导者的联盟,但双方都认为他们自己是领导。"试想,婚姻中一对陌路相逢的男女,要在同一屋檐下风风雨雨几十年,而且又有着各自的个性。当个性冲突时,往往带来了家庭的摩擦,很多家庭因个性冲突亮起红灯,此时,更需要彼此的理解和包容。爱情如水,婚姻似杯,当爱情沉淀的时候,当婚姻出现了波折,我们该轻轻地摇摇杯子,用理解和包容来沉淀。

　　既然要理解对方,就不能只停留在口头上,还要表现在行动中。一个幸福、和谐的家庭,需要双方共同努力,所以记着对方的好,忘记对方的错,关键时给予理解和容忍。

5.婆婆和媳妇都没错

　　世界上没有一百分的婆婆,也没有一百分的儿媳,假如婆婆是50分,儿媳也是50分,做一个加减法,如果合在一起,加起来就是百分百的婆媳关系,如果相减就是0,所以婆媳要明白这种加减法,这是一个很明显的道理,婆媳之间如果互相指责,那么这是在做减法,家庭的甜蜜就是这样一点一滴的被减掉了,今天减一分,明天减一分,都减掉了。如果婆媳之间互相体谅、互相理解,那么是在做加法,而幸福的家庭就是这样一点一点建立起来的。

　　苏姗的婆婆曾经强烈地反对过苏姗和儿子薛亮的婚事,她瞧不起苏姗出生农村,瞧不起苏姗务农的父母。结婚有了孩子后,她又对苏姗没能

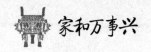

给她生个孙子耿耿于怀。生活在一起后，她还看不惯苏姗不喜欢收拾屋子，常常支使老公做家务。

但是她从不在外人面前把这种不满表现出来。只要薛亮不在家，只要别人不在场，她对苏姗完全就是另一种态度。她看电视、打牌、逛街，对又要带孩子又要做家务的苏姗置之不理。有时苏姗忍不住喊她帮帮忙，她说你还出生农村呢，怎么这么娇气？更厉害的是她时间观念特别"强"，基本把自己的劳动时间都定在薛亮要下班的时候。薛亮一进门，看到的准是她又洗尿布，又拖地板，又做饭菜，累得满头大汗的样子。就觉得苏姗太偷懒，要苏姗帮婆婆，婆婆却通情达理地说："你看你的电视去，我一个人够了，家务事累不死人的。"让苏姗哭笑不得。

婆婆这种做法不仅让苏姗在邻居心目中留下了不好的印象，更严重地影响了苏姗和薛亮的夫妻感情。

一次，苏姗给孩子洗澡，脱了衣服才发觉水凉了点，要婆婆帮舀一点热水来。婆婆极不情愿地倒了一瓢水过来，从老高的地方往盆子里一淋，地上溅得到处都是。孩子都吓哭了。苏姗说了几句，没想到婆婆把门一撞，就跑出去了。

一会儿，退休在家的老教师杨爷爷按响了苏姗家的门铃，告诉苏姗，婆婆坐在小区的石凳上哭得很厉害，问她什么也不说。

苏姗气极败坏地抱着孩子去找她，几个老人正围着她劝，看到苏姗来了，一位老婆婆马上教训起苏姗来，说小辈要对老人好一点，以后自己的孩子才能对自己好。苏姗知道婆婆是在故意制造众怒，掉头走了。

薛亮进门时，苏姗正在哄孩子睡觉。他一把将苏姗拖起来，质问苏姗："妈呢？"苏姗知道，邻居们在他跟前已经做过详细描述了，再复述毫无意义，便说："不会丢的，很多人保护着呢。"苏姗的话还没落音，脸上已经挨了丈夫重重一巴掌。

苏姗想到了跟薛亮离婚。但是，孩子才七个月，能让她从小就生活在一个残缺的家庭里吗？不行！就算要离婚，苏姗也不能背上一个恶媳妇的名声。

苏姗决定对婆婆的做法予以还击。

机会终于来了。薛亮因为赶一份策划，通宵达旦工作了四天。老总放他三天假，让他在家好好休息。苏姗故意没有告诉婆婆，对丈夫说："薛亮，这三天你不跟妈说你在家，你观察她的一举一动，就知道我有多冤枉。"

第二天下午，薛亮在书房里上网，婆婆坐在客厅里看电视。苏姗带着孩子在卧室里午睡，突然孩子拉大便了，苏姗的衣服全弄脏了，稍一动就会擦到被子上。苏姗连忙喊婆婆："妈，你帮我一下，宝宝拉大便了。"婆婆不理苏姗。苏姗提高嗓门又喊了两声，她还是装没听见。苏姗气极败坏只好抓起一条枕巾裹住孩子的屁股就往浴室跑。

薛亮看不过去了，走出来站在客厅门口问："妈，苏姗叫你，你怎么不吭声啊！"

婆婆赶紧说："哦，看电视看迷糊了，没听到！叫我干嘛？"

薛亮不悦地说："我在书房都听到了。"

婆婆连忙自我解嘲："我是老人，老人的耳朵怎么有你们年轻人好使。"

第三天上午，婆婆以为薛亮上班走了，开始就前一天的事向苏姗发难："你不就是想让儿子站到你一边？你们好一起对付我吗？我告诉你，休想。"

苏姗没有理他，她知道薛亮在书房，他能清楚地听到他妈妈说的话。

婆婆怒气冲冲地出去，晚上才回来。拉着一张脸提着一袋子菜进门，看到薛亮在，马上又转了笑："今天怎么回来得这么早啊！"薛亮说："今天我没上班，在家休息。"婆婆脸上顿时很尴尬，进厨房的时候回过头来狠狠地瞪了苏姗一眼。

"妈妈她为什么要这样呢？"晚上睡觉时，薛亮皱着眉说。苏姗知道丈夫开始对婆婆的举动不满意了。但是她并没有得理不饶人。

趁着和婆婆一起喂孩子牛奶时，苏姗跟婆婆说："妈，你认识院子里的林荫两口子吗？听说离婚了，是婆媳关系不和。"

婆婆吃惊地看着苏姗："平时没听她婆婆说她什么啊！好像关系挺不错的。"苏姗说："不能看表象，有的人不愿意家丑外扬，喜欢什么事都闷在心里头。"

看婆婆若有所思的样子，苏姗装着开玩笑地问："妈，是不是每个当婆婆的都不愿意自己的儿子跟媳妇关系太好？林荫跟我说，她婆婆就是老吃她的醋，觉得儿子娶了媳妇后心眼里只有媳妇，没有她这个妈了，所以处处生是非，搞得小两口不和的。您跟我说句实话，你有时候是不是也希望我和薛亮离婚啊？"

"你这是什么话啊？哪个当父母的不希望自己的孩子夫妻和睦，过得好啊？"婆婆差点跳了起来。

"可是，他在的时候你对我很好，他不在的时候你就跟我作对，还常常让他误会我，让别人误会我，我有口难辩，里外不是人。夫妻感情是很脆弱的，一旦破裂了，就难再修复了。"

"我破坏了你们的夫妻感情？"婆婆气得满脸通红，"你们结婚后，他的心就全在你那儿了。他每天进门第一件事是找孩子，然后是问妻子，眼里哪有我这个娘的存在？你嫁到我家什么都没要你操心过，你怀孩子时我是寸步不离地侍候着你，可你念过我的好吗？孩子满月时你妈妈来了，你对她那样的孝敬。她不就给孩子做了几双虎头鞋，织了几件小毛衣吗？你就感激成那样，给她买衣服，买营养品，那我为你做的呢？"

苏姗委屈地说："妈，你平时不是对我给你买的什么东西都不满意吗？我就只好给你钱让你自己去挑选了。"

"不说你们不会自己去想吗？根本就是懒得花那点心思。"婆婆还是愤愤不平，但是语气里少了火药味。

苏姗有点明白了。

接下来,她从薛亮那里得知婆婆最喜欢吃鱼,就买了一本烹调书,天天跟婆婆研究鱼的做法。在相互协作的过程中,苏姗和婆婆增进了感情。婆婆的生日苏姗不再给她两百块钱让她自己去买礼物,而是带她到商场帮她挑。从外面带了什么好吃的回去,首先就喊婆婆来尝尝,听到哪里的衣服鞋子打折第一个就向她汇报。出门时不忘说一声:"妈,我出去一下,很快回来。"进门时亲昵地招呼一句:"妈,我回来了!"

做到这一些其实很简单,可是收获却不小。婆婆感觉自己受到了重视,不再把苏姗视为"侵略者"了。她们的关系越来越融洽。婆婆很少出门打牌了,常常跟苏姗粘在一起做家务、带孩子,还常常跟苏姗讲年轻时和公公的浪漫往事;薛亮进门的时候,不是看到苏姗在探讨育儿经,就是照着食谱制作凉菜,乳豆腐,剁辣椒,或者拿着某个超市塞进门缝的广告在研究采购方案……

无论当媳妇或者当婆婆的,都要认识这个问题,时时提醒自己:多一点宽容与理解,要相互去除戒心、猜疑。婆媳之间应尊重各自的生活习惯、消费方式和兴趣爱好,尽可能地给予对方适当空间。

婆媳双方以平等的心态相处才不会把自己的观点强加给对方,因为两人毕竟来自不同的家庭,生活习惯肯定有不同之处,不能强求一致。但只要双方均能从心理上接受对方,给对方提供方便,那么,经过一段时间的磨合,双方的相互理解和相互尊重将不断加深,家庭的关系自然也会逐步地融洽起来。

对此,掌握以下几点原则是很重要的。

1.坦诚相待

媳妇进了婆家的门,和婆家的人打交道就多了。懂事明理的儿媳待公婆会像对待自己的父母一样周到。公婆不喜欢冠冕堂皇、油嘴滑舌,他

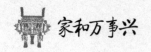
们需要的是坦诚。儿媳在公婆面前,不可能保证不出差错,而对这些差错,公婆往往又比较敏感,这就要求儿媳及时弥补过失。公婆能够真心实意把儿媳视为亲生女儿,以情换情,儿媳自然也会把婆婆当作亲生母亲。聪明知理的婆婆还要注意尊重儿媳妇的人格,讲究说话技巧,学会运用夸奖这一魅力无穷的艺术。当然,婆媳接触频繁,儿媳有欠缺之处,婆婆说几句也未尝不可。但要记住,怒气冲冲的批评可能会伤害对方的自尊,而情热语妙的批评却能感化对方。总之,坦诚是亲情相处的重要基础。

2.相互理解

婆媳间贵在相互理解,相互尊重。儿媳到婆家后,要克制自己,入乡随俗。有的婆婆长期在农村生活,当住在儿子家时,她与儿媳的一些生活习惯就会有所不同。婆婆有些习惯不够讲究,不够卫生,儿媳不要嫌弃,要忍耐、宽容。要设身处地地想一想,婆婆大半辈子形成的生活习惯,怎么可能一说就改变了呢? 当儿媳的还是不说为好。必要时,可让丈夫出面说一说,而且还要策略一些,否则婆婆就会多心了。相反,农村来的婆婆也会有对儿媳看不惯的地方。如儿媳爱穿戴,爱唱爱跳,爱花钱,早晨睡懒觉,儿子起来做饭,等等。实际上,在城市里这些情况到处皆是,婆婆根本用不着看不顺眼,不能要求媳妇按自己当年的所作所为办事,把她塑造成像自己一样的人。有时,做媳妇的往往觉得,知识层次越高的婆婆,关系越不好处。实际上,婆婆懂得多、教养深、见得广,儿媳应不耻多问,热情顺应,这样处好关系就不难。知识层次高的婆婆也应该注意,不要自以为是、指手画脚,以为多读几年书就一定能同儿媳相处好,其实未必。如果不注意自己的言行,对儿媳冷冷漠漠、居高临下,只能刺伤儿媳的自尊心。知识层次高的婆婆应该懂得,你和儿媳相处好的武器不是自己的专业,而是你对儿媳的爱心。

3.保持宽松的心态

婆媳相处,彼此间都应持一种宽松的心态,不要有见外心理。如果婆婆认为儿媳是外人，难以与之真心实意地相处；儿媳认为自己与丈夫过日子，婆婆是另外一层，这样处处设防，就会埋下矛盾冲突的导火线。由于种种原因，婆媳间总会存有一定的差异。婆媳双方都要对自己有所约束。婆婆不能要求儿媳完全按自己的一套行事，儿媳也不能奢望婆婆完全认同自己的意愿，互相不要强求。这样做可以避免不少矛盾和冲突。

婆媳间不要随意责怪。婆媳间遇事要多考虑对方的情况，不要责怪。如婆婆要儿媳去做的事，儿媳一时未能做到，婆婆就应该想到儿媳的难处，家务多、工作忙，一时办不过来，可以再等一段。儿媳上班，婆婆照看孩子，如果孩子碰伤了，闹病了，儿媳应体谅婆婆年事已高，精力有限，难免在带孩子时出现差错，不要为此埋怨婆婆。婆媳双方都能为对方考虑，许多矛盾就不会发生了。

婆媳间不要横挑鼻子竖挑眼。婆婆年纪大，经历多，深知生活艰辛，往往对年轻儿媳大手大脚花钱、美容化妆、进出舞厅看不惯。儿媳则认为婆婆观念陈旧、思想保守，不懂得年轻人的生活情趣，不体谅现代人追求时尚的心情，对婆婆爱答不理。对此应注意以宽松的心态相处，婆媳不必过多干涉对方的生活爱好，求同存异，多交流，取长补短，就能进一步融洽关系。

4.相互帮助

婆媳相处，双方都要有互助的意识，儿媳敬重婆婆，婆婆爱护儿媳，以心换心，婆媳才会相处得和睦融洽。作为小辈，儿媳要注意礼貌和分寸，跟婆婆说话要心平气和，态度诚恳，不可口是心非，出言不逊。遇事多与婆婆商量，在婆婆比较关注的事情上，尽可能与婆婆保持一致。婆婆上年纪了，干活吃力，儿媳下班回家后，尽量多承担些家务劳动，以减轻婆婆的劳累。如果与婆婆不住在一起，也要抽空去帮婆婆干些家务。孩子是紧绷在婆媳头上的一根很敏感的弦。儿媳在婆婆面前少打骂孩子，更不要借打骂孩子发泄对婆婆的不满。

俗话说"树老根多，人老话多"。婆婆年老，行动不便，与外界接触少，

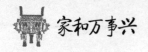

与别人交流少,只能跟家人唠叨。做儿媳的应明白这一点,耐心听婆婆唠叨,满足其倾诉的愿望,而不是一听就烦,一烦就顶。再说婆婆喜欢与儿媳唠叨,说明她把儿媳视为知心人,做儿媳的应该为此高兴。婆婆遇事要与儿媳商量,如添置家电、赠人礼品、招待亲友、教育孩子等,要协调一致,把事办好。特别是在对孩子的管教上,要与儿媳口径一致,不要在儿媳批评教育孩子时袒护孩子。

6.血肉之情多呵护,体谅理解是根本

《礼记》中有"父子笃,兄弟睦,夫妇和,家之肥也"的说法,说的是"家和万事兴"的道理。对于中国人而言,和睦的家庭环境是一笔巨大的财富。家人互敬互爱,相互理解与体谅,真情仁爱而不自私狭隘,日子过得和和美美,自然就能不断走向"万事兴"。

老话常说:"十年修得同船渡,百年修得共枕眠。"人们将组成家庭视为一种极为珍贵的缘分,这种缘分美好而单纯,可它又十分脆弱,时刻需要人们的细心呵护。

早在两千多年前,孔子就提出儒家"和而不同"的思想、"和为贵"的原则,这些思想中的"和"字,充满了智慧,它包含了理解与体谅。

老王是小镇上方圆百里的大名人,他子孙满堂,一团和气。

老王不是本地人,他是晚清时期要饭才来到这个小镇上的。那时他还不到12岁,可怜巴巴的,当地赵善人收留了他。他18岁的时候和同来逃荒的一个女人结了婚,后来生了7男2女。老王带着妻子儿女开垦荒山,放羊养牛,生活慢慢好了起来,有了几十头牛和百亩耕地,还盖了8间新瓦房。

他的9个孩子个个孔武有力,而且能识文断字,孩子们之间相处和睦,同外人交往通情达理。当地的村民然是羡慕,尤其那些家庭关系紧张的村民,更加羡慕。有好事的村民悄悄打听到一个秘密:老王是有来头的,他本来是关东一个大户人家的少爷,老王的父亲生意遍布天南海北,他是父亲最小的孩子,也是最招父亲疼爱的。就在老王父亲的生意做得顺风顺水的时候,八国联军入侵了,他父亲就收了生意养老。可是一闲下来,他父亲的身体越来越差,老王的9个哥哥因为疏于管理,也一个个好吃懒做,吃喝嫖赌,回到老家的父亲看着一个个不成材的孩子,总是忍不住动气,终于在老王10岁时就撒手归西。父亲很喜爱当时的老王,就立遗嘱给他家产的1/4。可老爷子一走,哪还由得了遗嘱啊,哥哥们都忙着争夺那庞大的家产呢。他们钩心斗角,明争暗斗,其中5个哥哥被害死了,另外4个,想争夺更多的份额,就把目标对准了老王和他的母亲四太太。四太太在争夺中不堪受辱,上吊自杀了,撇下孤零零的老王。眼看着老王也要被几个哥哥加害,他的私塾老师偷偷给了他点盘缠,让他到外面投奔亲戚。老王没有找到亲戚,但很幸运地来到了这个小镇,渐渐安顿下来。老王目睹了一个大家族因为彼此的贪婪与缺乏互相体谅而衰败的场景,所以就把治家放在了第一位。他经常给孩子灌输家和的重要,每个孩子到8岁时都要讲家族史,然后要拿出一根筷子折,又拿出一把筷子折,让他们体会团结和睦的力量。

说来也怪,老王的几个儿子找的媳妇,有大户人家的,有贫穷家庭的,有温柔的也有倔强的,但到了这个家都变得知书达理,30多口人的家庭总能和睦相处,他的儿子们勤劳本分,与人相处,容人让人,也有一技之长。老王这个外来户在当地享有很高的声誉,成了当地人教育孩子的典范。

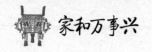

　　俗话说得好："家家有本难念的经。"每个家庭都会有避免不了的争争吵吵。其实,有时候有些矛盾的发生是必然的,因为存在不和谐的因素。当遇到矛盾时,我们要做的不是逃避,也不是激烈的争吵,而是以和谐的姿态,相互换位,相互理解,相互宽容,这才是齐家的根本智慧。

　　小红的奶奶有两个孩子,也就是她的爸爸和姑姑。姑姑家过得紧巴巴的,总让奶奶惦记。

　　一天中午,父母休息了,奶奶装好两个西瓜悄声对小红说:"别让你娘知道,赶紧把这两个西瓜给你姑姑送去。"姑姑家离小红家很近,小红一溜儿小跑来到姑姑家。

　　姑姑看到西瓜很高兴,赶忙接了过来。突然间想起什么来似的,问小红:"这事你娘知道不?"小红说:"放心吧,姑姑,我娘不知道。"姑姑笑了笑,说:"一会儿我跟你一块回去,正好看看你奶奶。"

　　姑姑把两个西瓜重新放好,又装了些别的东西就跟小红一块回去了。到了家,姑姑立刻递上口袋说:"咱娘越来越糊涂了,背着你让小孩给我送西瓜,我这是专门给你说清楚来了。"

　　小红母亲说:"嗐,我当多大的事呢,送去就吃呗,西瓜能多金贵啊。"

　　姑姑说:"西瓜不值钱,可这事这样办不好,咱娘老了,糊涂了,你别往心里去啊。"

　　小红母亲也笑起来,"咱娘就你一个闺女,不疼你疼谁啊!我才不会争哩。妹子,你坐,我给你倒水去。"

　　小红母亲一离开,姑姑就对小红奶奶说:"娘,你别老这样!时间长了,嫂子怎么看待我?"

　　小红母亲进来,说:"妹子,你来了就给娘脸色看,不知道的还以为我这个嫂子多不懂事呢。"说得姑姑也笑了。

就这样，一场看似要起的风波，在三个普普通通的家庭妇女之间，说说笑笑中就无影无踪了。

　　人们常说"三个女人一台戏"，这大概是说女人的心思比较多，容易惹是非吧。但是故事里的这三个女人却是如此智慧，也许他们没读过什么书，也没有圣贤的教导。有的只是对生活的深刻理解和对人生的体悟。她们相处的法宝是"和为贵"。凡事只要讲一个"和"字，便能站在对方的角度出发，理解包容对方。

　　"以和为贵"是中国文化的优秀传统和重大特征。如佛、道、墨诸家，也大都主张人与人之间、族群与族群之间的"和"。佛教反对杀生，主张与世无争；道家倡导"不争"，以"慈""俭""不敢为天下先"为"三宝"；墨家主张"兼相爱，交相利"，尤为反对战争。荀子甚至把是否"和"作为世间万物生与死的关键；孟子则有"天时不如地利，地利不如人和"的著名论断，这些思想至今仍闪烁着哲理的光辉。

　　中国人处世性格的显著特征是"和"，它的立足点在于相互理解与体谅。在中国古代的经典论述中，"和"的基本涵义是和谐、调和。

　　古人重视宇宙自然的和谐、人与自然的和谐，更注重一个家庭中人与人之间的和谐。

　　在一个家庭中，或者一个企业中，甚至是一个国家里，要做到以和为贵，家和才能万事兴。最重要的是理解。理解，是一种品质修养。它主要涉及对不同观点和不同意见的自制和忍让，也包括对冲突双方的体谅。理解会使人生得到升华，在升华中找到平静，在平静中得到幸福。

　　一个家庭，成员越多，就越需要一种核心凝聚力——理解。理解万岁，因此想要家和一定要先学会互相理解。这就像一个强大的磁场，把每个家庭成员都牢牢地吸住。将这种以和为贵的思想一直传承下去，这个家庭就会生生不息，欣欣向荣。

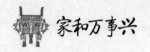

7.无法选择家人,但可以选择去爱

亲情的力量能够跨越时间而存在,终生温暖着我们的心灵。无论距离有多远,都一定要记住关爱自己的家人,因为他们是你永远的庇护者,永远都站在你身后不远的地方,关注你的每一次成功与失败。

在现实生活中, 父母亲人是我们无法选择的, 但不管是什么样的家庭,家人有这样或那样的缺点和不足,我们都应该选择去接受,去爱。

事实上,没有矛盾的家庭是不存在的,无论是大家庭还是小家庭,也不管你经济条件是好还是差, 都难免会出现这样或那样的家庭矛盾,只不过是矛盾的成因或大小有所不同而已。一个家庭有了矛盾并不可怕,可怕的是不能及时有效地化解矛盾,让矛盾不断地积累和升级。

周朝的鲁国,有个姓闵名损,字子骞的人。他小的时候母亲就不幸去世了。父亲又续了后妻,后妻又连续生了两个弟弟。人都有私心,因为不是自己亲生的,所以后母对待孩子就有很大的差别。后母平时对子骞很不好。严冬,后母给自己亲生的两个孩子穿着棉花做的棉衣,两个小孩子就算是在户外玩耍小脸也是红扑扑的。但是,子骞却裹在单薄的芦花做成的衣服里。数九寒天,寒风刺骨,子骞经常被冻得四肢僵硬、脸色发紫。就是在这种极大的差别中,子骞也从来没有一点怨言。假如今天是你,在这样的家庭生活中,是不是能够承受?是不是有勇气继续生活下去?今人或许没有办法,可是对子骞来讲,他一点都不感到难过,一点也不抱怨他的后母。

在一个寒冷的冬天,子骞的父亲外出办事,要子骞驾车。冰天雪地,子骞身上芦花做的衣服哪能抵挡住冬天的严寒！双手被冻僵了，嘴唇冻紫了。一阵寒风吹过，子骞剧烈抖动的身体实在无法抓紧缰绳，一失手，驾车的辔鞍就掉了，这引起了马车很大的震动。

坐在车里的父亲身体猛晃，非常生气，心想：这么大了连马车都驾不好！便要下车呵斥。正要斥骂时，突然发现子骞脸色发紫，浑身颤抖。很是奇怪，便上前扯开子骞的衣襟，顿时脸色大变，眼睛湿润：原来，子骞的"棉衣"里全都是一丝丝的芦苇絮，没有棉花的影子！这样寒冷的天气，子骞怎么能忍受得了呢。让孩子在三九天里受这样的冷冻之苦，是自己没尽到做父亲的责任啊！这时，父亲火冒三丈，想不到同床共枕的妻子竟然这样恶劣，居然对一个孩子都如此狠毒。当即决定把妻子赶出门去。子骞听后扑通一声跪在地上，含泪抱着父亲说："母亲在的时候，只有我一个人寒冷，可是如果母亲不在的时候，家里的三个孩子就都要受凉挨饿了。"他的这番话使父亲非常的感动，于是就不再赶他的后母了。看到闵子骞一点都不怀恨于心，后母深受感动，她对自己的行为感到相当的后悔，最后也把子骞看成和自己的小孩一样的爱护。

子骞一番挽留后母的话，非常凄凉、非常恳切，而且非常悲悯，完全是肺腑之言，连铁石心肠的人听后，都为之声泪俱下，他的天性是何等孝敬、纯洁，何等淳厚、善良。

在当时，假如子骞的父亲一怒之下把后妻赶出家门，那么可以说，这个家庭从此以后就不再有天伦之乐，取而代之的是妻离子散，这是何等的悲惨！可是因为有这样一位孝子子骞，才使整个家庭为之转变，从可能沦落到悲惨境地的家庭转变为幸福温馨。

只有善于谅解作为父母的一时过失，才能够保证自己的家庭永远和睦、幸福、温暖。要知道，母亲能够给我们生命，这已经是莫大的恩惠了。闵子骞连后母都能够原谅，何况是我们的亲生父母呢？谅解母亲的过失，

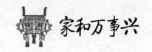

其实也是在向父母感恩，是在尽自己的一份孝心。

俗话说：家和万事兴。清官还难断家务事呢，每个人都有自己的立场和出发点，公说公有理，婆说婆有理。但要知道，家里是讲情的地方，而不是讲理的地方，讲理的地方叫法庭。每个家里都会出现大大小小的矛盾，大到家里添置大件，孩子上学、就业，小到洗衣做饭等，今天这个问题解决了，明天那个矛盾又出现了，想要完全没有矛盾几乎是不可能的。这是因为每个人所接受的教育程度及自身修养的不同，其世界观和道德观也不可能完全相同，最终对待一个问题的认识和决策也不可能是完全一致的。所以，在家里，不要总是纠缠于"孰是孰非"，因为这点永远都纠缠不清。而事实上，在因爱而建立起来的家庭关系中，有什么真正的深仇大恨？又会有多少真正不可宽恕的错呢？

家里一旦产生矛盾。处理得好，就皆大欢喜；处理不好，夫妻之间、父母与子女之间互不理睬，甚至闹得夫妻离异、父母与子女老死不相往来的事情屡见不鲜。那么如何处理这些家庭矛盾呢？

首先是要放下那些不该有的要求。即使亲密如家人，也没有谁有责任和义务一定要为你做某些事。没有谁规定父母的财产一定要留给子女、公婆必须给媳妇带孩子，也没有谁规定丈夫必须让妻儿住上好房子。如果家人给你做了这些事，你要心存感恩；如果没有，那也要坦然地说："我能理解。"即使是家人，收下他们为你所做的一切也要懂得说声"谢谢"，没有做也要坦坦然然，放下你那些非分的要求。其实生活所能给我们的，往往比我们想象的要多得多。

其次是要沟通与交流。家人之间的矛盾都不是什么原则问题，都只是一些谁浪费、谁懒惰了、谁天天洗头了等鸡毛蒜皮的小事，真正在大是大非问题上不一定会有什么矛盾。其实这些区区小事只要心平气和地坐下来好好交流，说开就完事了。家庭矛盾就像微软的系统漏洞似的，要在不断出现中及时弥合，千万不可积攒太多，否则最后修补不过来，只能全面崩溃。

第三是要有一个宽容的心态。人非圣贤,孰能无过？我们都有可能犯这样或那样的错误,没有谁能永远正确。所以,以一个宽容的心态去对待家人和家里的事物,看开所有的问题,矛盾也就相对少得多。

对家人多一些理解,少一些怨恨;多一些感恩,少一些指责,我们的日子就会过得舒坦许多。我们无法选择家人,但可以选择去爱他们。

第六章

学会尊重，握住幸福

　　一位作家曾经说过，被别人尊重是一种幸福，能够尊重别人则是更大的幸福。要想做一个幸福的人，就要懂得尊重别人，而尊重又是相互的，当你主动尊重别人，给人以真诚、温暖与鼓励的时候，别人也将用同样的方式对待你。

　　所以，要想家和一定要学会尊重对方，这样做等于向家人表明：你的幸福，即使在最微小的方面对我都至关重要。

1.尊重是演绎幸福的前提

中国自古就有"举案齐眉""相敬如宾"的佳话,尊重是两个人相爱的前提,正像《简·爱》里简·爱对罗切斯特所说:站在上帝的面前,我们两个人的灵魂是平等的。

夫妻之间相互尊重,是爱情存在的基石,是产生爱情的根源。夫妻之间没有相互尊重就不可能拥有真正的爱情,夫妻之间没有相互尊重也就无法建立和谐幸福的家庭。相互尊重是夫妻相处中不可忽视的重要因素,要想使家庭幸福,婚姻美满,夫妻之间就必须学会互相尊重,不能盛气凌人,更不能轻视对方。

白曼是一个端庄文雅、温柔沉静的传统女子,她10年前就读于本市的重点大学,知识分子的家庭培养了她知书达理的气质。她的同班同学李冰是一个来自农村、学习刻苦、品学兼优的男孩子,正是被她恬静内秀的气质所深深吸引,并萌发了爱情,对她穷追不舍,他的诚意深深地打动了白曼。毕业后,在白曼父母的帮助下,李冰留在了本市工作,并抱得美人归。

婚后,李冰觉得自己来自农村,却娶了一个城市姑娘为妻,而且岳父岳母世代书香门第,均为大学教授,实在是既体面又自豪。因此,他对妻子十分关心和爱护,寻找一切机会陪妻子上街购物,参加各种聚会,出门旅游,为妻子购置高档服装、化妆品,在家里抢着做家务。

李冰的仕途也是一帆风顺,他在单位不仅工作出色,而且很会"来事儿",人缘极好,深得领导赏识,刚28岁时就被提拔为科长,成为管理人员

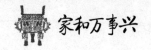

中的后起之秀。但是,随着地位的变化和社交圈子的扩大,李冰的心理也起了变化,家务活做得越来越少,对妻子、儿子也逐渐失去了耐心,科长的派头时不时带进了家中。白曼对此十分敏感,对丈夫的变化早有体察,偶尔用一句"你以前不是这样的"来提醒丈夫但并未见效。

一次,单位来了一个检察团视察工作,领导指名让李冰带家属一同作陪。酒席上,李冰逢迎周旋,很得客人欢心,领导也非常满意。这样的场合白曼感到说不上话,要么冲客人笑笑,要么静静地坐着。回家后,李冰埋怨白曼:"这么重要的场合,你怎么一声不吭?""跟他们又不熟,我想说话也不知该说什么。"白曼淡淡回道。李冰勃然大怒,手指头几乎指到了妻子的脸上:"女人是男人的门面。你那样傻乎乎的,能给我挣什么门面?该说什么说什么,你长的是猪脑子啊?"白曼不再答话,忍气吞声地照顾儿子上床睡觉。

吵归吵,李冰在衣食用开支上对妻子仍然十分大方,各种新潮服装、高级化妆品源源不断,补得白曼那种端庄秀雅的气质更是出色夺人。李冰曾对来访的朋友说:"咱不乱搞别的女人,老婆是咱的门面,爱护不够,是给自己抹黑。"白曼听在心里,却无可奈何,无以辩驳。几年来,丈夫在事业上的进步,对自己的诸般好处都是有目共睹,世间少有的,又有几个人能够理解自己的苦衷呢?

一天,白曼陪着儿子练电子琴,儿子缺乏兴趣和耐心,与白曼讨价还价。李冰坐在一旁冷言冷语地说:"教孩子练琴也不会,你还能干啥?"白曼正在气头上,听丈夫这么说,狠狠地抽了儿子一巴掌,儿子哇哇地大哭。李冰霍地一下站了起来,冲过来挥了妻子一个大嘴巴,指着门大吼道:"教不了孩子就给我滚蛋,大不了我再找一个!"白曼痛哭失声,冲出家门,躲回了娘家,抱着被子哭泣了大半宿。第二天,在岳父岳母的劝说下,两个人又和好了。

但李冰的心理并没有改变,不是说白曼靠他养活,就是骂白曼拿不出手。白曼矜持内向，生性不会斗嘴，面对各种委屈、不平，只是泪往肚里流，为此苦恼不堪。闹到最后，白曼只好与李冰离了婚。

在家庭中，如果一方盛气凌人，轻视对方，会极大地伤害另一方的自尊。台湾著名作家柏杨先生曾说过："男女之间，获得爱容易，获得尊重困难。夫妻之间如果仅仅有爱而无敬，那种爱再浓也没有用，总有变淡变无的一天。尊重和轻视只隔一层薄纸，一旦瞧不起，便再也爱不起来。"

只有当你以一种平等的眼光看待爱人，把自己和对方摆在同等的位置上，不轻视、不压迫、不伤害、不利用爱人时，才能说你给了对方基本的尊重。尊重，是爱的体现，只有尊重才能还原爱的本质。

人们常说："前世的五百次回眸，才换来今生的一次擦肩而过。"每一对夫妻能走到一起十分不易的，既是缘分，也是责任。所以彼此珍惜，坦诚相待非常重要。

在夫妻生活中，要把握好双方的本性，把握真情，需要用心，需要对爱的含义有深刻的理解，需要体现对对方的尊重，也需要体现一些表达的艺术。

夫妻之间爱的演绎是一种互动，是一门需要不断学习的学问，我们不妨参照下面的做法以演绎我们所要的理想的夫妻之情。

1.找时间体会并分析自己内心的真正情感感受，并将这些情感用适当的方式向爱人表达。有众多的女性朋友会表现为"刀子嘴豆腐心"，心里是喜欢的，但从嘴里说出来就变成骂人的语言了。有些女性朋友在与夫君交流的时候往往显示出一副凶婆的样子，而在自己同学面前或是同事面前又在千方百计地赞扬自己的先生，这倒并不是说在故意张扬，或是为了满足自己的虚荣心，实在是在内心很是欣赏自己的先生。当然，也有绝然相反的案例存在，即心里不爱，而满嘴地说爱你、想你之类的话。爱与不爱都要通过适当的方式表达，如爱，当然更加要表达；不爱，也要表达,这是对另一方的尊重。爱需要尊重,这是对爱的最高境界的理解。

2.无论有多忙,无论有多么艰苦,夫妻双方都要安排一定的时间相互沟通。可以选一个温馨浪漫的场合,倒不一定要花大把的钱去高级场所,也可以选择逛马路沟通,至少每周都要安排时间进行完全属于二人世界的沟通。

3.不要忘了在对方的生日或是共同的纪念日时作一次用心的安排,不一定要破费,只要用心就可以。当然,最好是符合爱人的接受方式,以符合爱人的喜好为主,不要自我主张而不顾及爱人的嗜好。当爱人对你有这样的安排的时候,一定要把喜悦表现出来,也要表达自己的内心感受,让爱人知道你的内心体验与感受。

4.假如爱人本是个浪漫的人,那么你要顺着爱人的喜好共同演绎浪漫,不要太计较花费金钱的问题,也暂时不要去担忧孩子的管理问题及家庭事务的处理问题,双方最好能定期到一个心仪的地方去度假。当然,这个是比较理想化的建议,但只要有心,是一定能实现的。假如你的爱人本不是个浪漫的人,那么在爱人可接受的范围内安排相对比较浪漫的活动,也让爱人渐渐从浪漫的举动中体现到乐趣。有时候爱人表面上看上去虽然比较古板,似乎不热衷于这些浪漫的事,但内心还是喜欢的,只是不善于表达而已,因为,人都是情感的动物。

5.不要将家务事看得过分重要,当然,也不要全然不管家务事。多关注爱人,及爱人的家人、朋友等等,让爱人深深感受到来自你的用心的爱。

2.爱屋及乌,善待对方父母

婚姻真是一件错综复杂的事情，当亲情和血缘关系发生碰撞的时候，更是问题诸多，欲理还乱，弄不好还会导致亲情疏远，家庭破裂。《圣经》上讲道："要想让别人怎样对待你，你就要怎样去对待别人。"要想使你的婚姻更加稳固，最重要的一条就是要学会尊重。只有懂得尊重对方，你才能得到对方的尊重。同时，不仅要尊重对方，更要紧的是要爱屋及乌，尊重对方的父母、兄弟姐妹以及对方的亲朋好友。

当年，阿芸才貌双全，阿轩千辛万苦才把她追到手。虽然也是爱他才肯嫁的，但婚后，芸却不接受阿轩的乡下婆家人，说他家的人粗鲁，没文化、没素养。吃饭有声响，不太讲卫生，坐相也不好看……

她瞧不起婆家人，便不屑与他们交往，还不准儿子和婆家人来往，唯恐"近墨者黑"。偶尔遇婆家人上门，她会用一次性碗筷招呼他们。等他们前脚才出门，她马上就让钟点工过来全屋大扫除，哪怕是昨天刚刚搞过卫生。有时，伯伯或小姑的孩子过来玩耍，小孩子天生好动调皮，总会弄脏地板或弄坏什么东西，她就不留情面地责怪。渐渐地，婆家人都怕了她，几乎没有亲友敢登门了。

时间长了，阿轩变得沉默寡言了。也不知道婆家人都对他说了什么，反正，每次他回老家后，回来就起码有半个月不做声，每天只是默默地吃饭，默默地看电视，躲在书房上网，就连平时最爱和儿子开的玩笑都没有了。

家里冷冰冰的感觉让人窒息。一天，他对阿芸说："离婚吧，我们感情

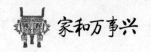

不合。"

芸气愤地责骂他:"离婚没门儿,我不想让儿子在单亲家庭中成长。当初那么多人追我,你给了我誓言的,说死也不变心。你能讲出我在家里有什么地方做得不好,只要合情合理,我就同意离婚。"阿轩欲言又止,离婚便不了了之。但阿轩却总是很不开心的样子,问及原因,他又总是沉默不语。

去年的"六一"儿童节,阿芸无意中发现了秘密。那天,她选了两套童装准备送朋友,但买错了型号。为免浪费,她回家做了个顺水人情,对老公说:"我买了两套童装给你妹妹的儿子,你带回去吧。"想不到,阿轩即刻喜形于色,久违的笑容又重现了。当晚,他也没有躲进书房上网,而是和儿子在客厅滚作一团。睡觉时,他还破天荒地主动给阿芸抓痒,次日早上又帮她冲牛奶……

此时,阿芸才突然醒悟,原来自己一向冷落了他的家,不尊重他的家人,伤了他的心。手心手背都是肉,两边都怪他,做了夹心饼,左右为难,怎么会开心呢?

自我反省后,阿芸马上采取补救措施,逢年过节积极主动地购置礼物回婆家;母亲节时,请公婆去酒店吃饭;两老生日时,送他们衣服鞋袜,每年还给乡下80多岁的太婆婆送钱;婆家人登门时,她热情接待……

阿芸想通了:你对婆家人不尊重,不尽责,最终也不会得到老公的尊重。搞不好,连婚姻也难保平安呢!

对自己的父母好,善待自己的父母亲是理所当然的事,所谓百善孝为先。但很多夫妻,在涉及对方的父母亲人时,往往没有一碗水端平,有着明显的偏袒。对自己父母好,对丈夫或妻子的父母则是另一副面孔。殊不知,瞧不起他/她的父母显然就是瞧不起他/她,侮辱他/她的亲人就等于是侮辱他/她。要知道,一个人的父母是他心底永远的柔软之处,所以,既然爱对方，那就要爱屋及乌，关注并善待对方的父母亲人。

爱情不仅仅是夫妻两个人的事，它会牵扯到父母、亲人、朋友，你不可能在你与爱人之间只维系一条红线，而斩断其余的线。所以，要处理好与双方相连的诸多关系。

法国著名化学家巴思特的求爱方法非常独特，他没有直接深入，而是转了一个弯。1849年，巴思特到斯特拉斯堡大学任化学教授。他悄悄地爱上了校长的女儿玛莉·罗伯特，却不知玛莉是否也爱他。于是他便写了一封信给未来的岳父，对自己作了坦诚的分析，不隐瞒出身的低微和贫困。通情达理的校长深受感动，并把信转交给玛莉，让她自己做主。但是巴思特其貌不扬，不修边幅，第一次见面使玛莉小姐很不满意。巴思特对自己真挚的感情充满信心，他直接给玛莉写了封信："我所要请求于你的是：不要过于匆忙地作出判断，判断太匆忙了，可能会有错误。时间会告诉你，在这个冷静的、含蓄的、令你厌恶的外表里面，有一颗纯净的心。"最后，俩人终于结成伴侣。

巴思特的做法一反常规，他先去征服岳父，再去说服岳父的女儿，其实，他是挺聪明的，至少，他第一封信，使玛莉的父亲不再干涉此事，甚至他会成为巴思特的一个好帮手。然后，他放下心，满怀信心地去追求玛莉，这不能不说是一种技巧。

小说《错，错，错》中描述了这样一位姑娘，她总把自己想象成冰清玉洁的"霓裳仙女"，祈望有一位宠爱她的白马王子，自己不愿再承担任何义务和责任，终日生活在浪漫中，其结果自然是一种悲剧。她不应忘记，她的白马王子也有父母。

真爱无敌，要说一个家庭没有矛盾与纠葛，爱人与自己的家庭之间没有碰撞与摩擦，当然是很不现实的。但尊重是爱的前提，只要爱人对自

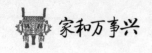

己的家人没有逾越这个底线，就不要太在乎表面的形式。

爱屋及乌，这是人之常情。在对待对方父母的问题上，首先要明白他们是长辈、是老人、是辛苦拉扯子女长大的人，更是给予你深爱的人生命的老人，善待他们，就是善待你深爱的人。善待爱人的父母，就是善待了对方对你的爱情。当爱人拉着你的手走入婚姻殿堂的那一刻，对方的父母就已经是你的父母了。所以，善待爱人，善待爱人的父母，也就是善待自己。

3.尊重并认可对方的价值

婚姻质量上升到更高层面就是对对方价值的重视。美国著名婚姻问题专家温格·朱利的《幸福婚姻法则》有两个经典的定律。太太定律：第一条，太太永远是对的；第二条，如果太太错了，请参照第一条执行。孩子定律：第一条，孩子永远是孩子，丈夫也是孩子；第二条：当丈夫引起你的不满时，请读三遍第一条。

"所有的事情都可以顺着你，你可以不听取我的意见，但是你一定要重视我的付出和劳动"，这可能是很多人的心声。

刘亦婷最近有了一个惊人的发现：忠厚老实的丈夫孙强竟然有了外遇！

最近一个多月，孙强的行为的确有点"鬼鬼祟祟"：每天晚上很晚才回家，回家了什么家务都不干，却直喊累；双休日一大早就出去"加班"，可是月底发工资，却交不出"加班工资"。为此，刘亦婷很气愤，孙强支支吾吾，无法自圆其说。更令人愤慨的是，昨天晚上，刘亦婷竟然在孙强的裤兜里发现了一块粉红色的手帕——这就是孙强外遇的证据。

在刘亦婷的"威逼"下，孙强终于坦白了他"外遇"的经过。原来，在家里，刘亦婷总是以家长的身份和口吻斥责孙强没出息，不会挣大钱，孙强深感自卑。一个月前，孙强的单位组织员工去做义工，献爱心，孙强因此走进了一户单亲贫困家庭，女主人是盲人，孩子8岁，患有小儿麻痹症。孙强在他们家干了一下午的大清洁，那对孤儿寡母对好心大哥的帮助感激不尽，这让他感受到了一个男人的自信。因此，他开始热爱这个"萍水相逢"的家，没事时他就喜欢往这个"家"跑。他拿着钉锤、老虎钳在那个破旧不堪的家里修修补补，即使他只是擦擦玻璃、扫扫地，那家的女主人和坐在轮椅上男孩也会对他表示深深地谢意。这更激发了他爱"家"的热情。昨天下午，他为他们修理衣橱的时候，不小心钉子扎进了手，他大叫一声，那个女主人忙将手帕递给他，他止了血后，随手将手帕揣进兜里……

原来如此，此情不关风月，只关一个人的尊严与价值！

很多人总是在不经意间剥夺了对方的尊严，比如，不屑、控制、轻蔑。轻蔑可能是最具有杀伤力的，很多人却常常不经意间用这把最锋利的刀子伤害了同一个锅里吃饭的亲密爱人。

在《中国式离婚》这部电视剧中，林晓枫总是要求宋建平辞职去合资医院工作，宋建平总是以各种理由来推脱。因此，林晓枫对宋建平有了看法，言语间总是透着一股轻蔑的味道。

林晓枫：我算看透你了！

宋建平：看透我好呀！看透我这人清心寡欲？淡泊名利？

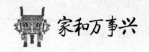

林晓枫：哼，美得很！清心寡欲，淡泊名利！你出趟国你就高兴得不知道东南西北了。淡泊名利？用错词了吧？你这叫胸无大志！

宋建平：对对，是胸无大志，昏庸无能，不思进取，你将所有这些这样的词都用到我身上，又能怎么着？

林晓枫：我能怎么着你？我一个小老百姓能怎么着叫你宋一刀？

宋建平：你说话怎么这么酸啦，现在？

林晓枫：我真奇怪当初怎么看上你了。

宋建平：后悔了？后悔了可以离啊！离了去圆你的梦，找你那个高飞去吧！

林晓枫报给宋建平轻蔑的一瞥，转身背对他。

一个人的聪明之处在于他们都知道他们的爱人最看重的是什么，愚蠢之处却是他们会恰当好处地刺杀对方最看重的东西，还自鸣得意与自己说话"恰到好处"，一语中的："我看不起你这样的！你太怂了！""当初我是怎么想的，竟然看上了你？"

人最大的心理障碍就是怕配不上自己所爱的人。如果他/她没有这样的自信，会努力爱他/她，除了自己，谁也不在乎，于是他/她开始冷漠、自私、狭隘。这是每个人都不愿面对的婚姻"悲剧"。即使没有到分道扬镳的那一步，这也是悲剧，因为婚姻的根基——爱已经松动，甚至已经枯萎。

宋颖和刘鑫共同打拼，创办了以他们两个人名字命名的"颖鑫"广告公司。宋颖33岁的时候退出了商场，回归家庭，开始幸福、爱心地生儿育女。儿子出生了，宋颖当起了全职妈妈。宋颖一直认为，他们的这种生活是最幸福、最理想的家庭模式：丈夫在外挣钱干事业，妻子在家里全力支持，消除他的后顾之忧。可是，宋颖却发现，事实上，她并不幸福。

刘鑫和她的谈话越来越少，常常是话不投机，三言两语就吵起来，对她渐渐没了好脸色。宋颖想,他可能是工作太累,影响了心情。可是,有一天他们再次吵架了,吵得非常凶。宋颖一气之下说:"我要出去玩几天,我太累了,想换换心情。"刘鑫却不以为然地脱口而出:"那没有什么大不了的,我请一个保姆都比你做得好!"宋颖的心猛地一沉,她忽然间感到一种从未有过的悲哀。

最终,他们离婚了,是宋颖提出来的。很多人都无法理解,说:"你们男主外女主内不是很好吗?"对于离婚,刘鑫也不理解,总是觉得她是身在福中不知福。但是宋颖自有她的道理。她说,他们的婚姻缺乏尊重,这是人与人相处最根本的东西,如果连这最根本的东西都没有了,怎么还会有爱?所谓的爱,不过是同情和施舍的代名词。

也许,在真实的婚姻生活中,对"价值的尊重"需求并不像我们前文中所阐述的那样具有广泛性,但是并不等于这并不重要,只不过它转移到一个更敏感的层面,那就是对尊严的重视。

4.亲密有间,尊重对方的自由

一位名人说过:"生命诚可贵,爱情价更高,若为自由故,两者皆可抛。"这首诗是对自由最好的诠释,点明了自由在人生一世中举足轻重的地位。

夫妻之间也要给对方留出适当的空间,给对方一部分相对的自由。要想夫妻之间和谐相处,就要接受、尊重这个自由的空间。一个好的另一

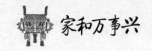

半应该清醒地认识到，人是独立的个体，没有哪个人可以真正地、完全地理解另一个人，即使相爱的人也是这样。谁都需要一片心灵栖息地，在心灵深处，栽种一棵往事树，流淌一条心情河，在倦了、累了的时候，靠在树下，听着潺潺的水声，寻找片刻的宁静。就像女孩有本神秘的日记一样，你的爱人也需要有一个洗涤心灵的地方，有时候是你的肩膀，有时候就是这个自由空间。双方都要接受并尊重这个空间，不要总是急切地追问："心中那片森林何时能让我停留"？换句话说，就是要给对方一定的自由，并尊重这份自由。

公园里，一位老人坐在长椅上，一副悠然自得的样子。

他惬意地叼着烟斗，有时微笑着和路人打着招呼，有时一个人静静沉思。他有一个规律：总是在下午4:00左右来到，在5:00左右离开。

"您为什么每天都来这里坐一小时？"一个住在附近的青年好奇地问老人。

老人微笑着说，"结婚五十三年六个月两个星期零两天的人，最低限度也有权利每天过上一个小时的单独生活吧！这是我和老伴的共识。"

有位社会学专家曾经这样论述爱情："相爱的人给予对方的最好礼物是自由。两个自由人之间的爱拥有必要的张力，这种爱牢固而不板结，缠绵而不粘滞。没有缝隙的爱太可怕了，爱情在其中失去了自由呼吸的空间，迟早要窒息。"每个人在生命历程中，或大或小总有一块属于自己独占的领地，承认、尊重和保护这块领地，是维持夫妻良好情感的必要因素。

妻子这些天也不知道在忙些什么，每次问她都说没事。妻子经常不在家，在家时也一个人坐在那里想事情，又不肯明说。今天他实在忍不下去了,大声对妻子喊到:"你还当不当我是你老公?"

妻子也火了,说:"我已经够烦的了,你还添什么乱?"

"你不说出来,谁知道你心烦?"

"我想说的时候自然就说了。"

这样一来二去就吵起来,丈夫一甩袖子出了门。

一个人来到海边透透气。一群孩子正在用沙子筑城堡,细密的沙粒在他们手里显得很温顺。

在沙滩上,他受了孩子们的感染,也蹲下身,抓了一把沙子在手里,沙粒稳稳地留在他摊开的掌心里,只有表面的一点滑了下去。他慢慢地攥紧拳头,手里的沙子都从指缝里漏掉了。他重复着这个动作,若有所思。自己和妻子的感情不就是手里的沙子吗?他刚才握得太紧了,妻子说她想说时自然会说,而他却一再逼问,所以发生争吵。他拍拍手上的沙子,回去向妻子道歉。

后来,妻子告诉他,她想自己做些事情,这些天一直在做计划。以前有父母帮她,现在有丈夫帮她,她实在想为自己做些事情,而且计划得差不多了。看着妻子眼里闪动着熠熠的光芒,他也为妻子高兴。

爱就是你手里的一捧沙,千万不要把它握得太紧。好伴侣要给对方相对独立的空间,不要事事都过问,时时都要知道他/她在哪里、做些什么,不要要求对方总是和你同步,别计较他/她偶尔没对你说的心事,也别过多地盘问他/她的朋友等等。你可能只是出于关心,但对方不是小孩子,很多事情她自己能够处理,等他/她不能应付时,自然会求助于你。有些文学作品把相爱的两颗心描写得"天衣无缝"时,请别忘记:在燃烧的木柴之间留出一些空隙,火才会更加旺盛!相反,如果时时刻刻毫无遮掩,完全显露在别人的注视之下,这种生活也许够真实,但绝对不轻松。

赫尔岑说过一句至理名言:"人们在一起生活太密切,彼此之间太亲切，看得太仔细、太露骨，就会不知不觉地，一瓣一瓣地摘去那些用诗歌和娇媚簇拥着个性所组成的花环上的所有花朵。"今生的同床共枕，是几世修来的缘分，夫妻双方也应该为此感到开心。但同时也不要时刻都黏在对方的身边，要给彼此留一定的个人空间，使得各自都有一些自由，这样既保持了双方的神秘感和美丽，也可以使得婚姻的马拉松完美地达到终点。

刚结婚时，田莎莎常常要求丈夫李峰陪她，陪她一起散步，一起打球，一起看电视，即使是李峰不喜欢的韩剧，田莎莎也要他陪自己看完。因为田莎莎认为相爱的夫妻就应该这样形影不离、亲密无间。那时李峰离开田莎莎哪怕一分钟，田莎莎都会紧追在后边问："什么事情？"或者是"到哪儿去？"

田莎莎的过度依赖，很快便使李峰难以忍受，于是李峰下班后总是宁愿加班也不愿回家。即使在家，他也总是很晚才睡，他希望田莎莎睡了以后，自己可以安安静静地享受独处的静谧与放松。

李峰的做法让田莎莎感到很受伤害，她忿忿地问李峰："为什么要有意地疏远我？"

李峰沉思了一会儿，回答说："平常在外面，每当一有约朋友的念头，我就会想到你的'电话追杀'，于是我马上就打消了这一念头。你知道吗，你的过分关怀几乎让我不能呼吸了……"

田莎莎听后顿感不妙，她可不想因为自己的过分关怀影响夫妻感情。于是，反躬自身，田莎莎赶紧做出保证："从现在开始，我们要做到亲密有间，让你的身心都拥有一定的自由。"

"真的吗？"李峰用带着怀疑的眼光问道。

田莎莎用极其肯定的语气回答说："当然是真的！"

从此，田莎莎不再要求李峰把所有的业余时间都留给自己，李峰下班回来后田莎莎也会收起自己的好奇心,绝不再"严格审查"。

而田莎莎给李峰自由的同时,也给自己了一点空间,下班后她不再着急回家做饭,而是约上三五好友不时的小聚一下,亦或者给自己奖励一顿大餐。渐渐地,田莎莎发现,她和李峰仿佛又回到了谈恋爱时的浪漫感觉,而他们的生活也越来越幸福。

两情若是久长时,又岂在朝朝暮暮! 夫妻双方在不影响彼此感情的基础上保留自己各自的空间,这才是最好的选择。所谓的距离产生美,就是适当拉开你们之间的距离,给彼此一些空间,才会让你们感情的氧气更加充足,如果跟得太紧,总有一天会让对方感到窒息,让爱枯萎。

当然这种"独立"并非冷漠或者隔阂的产物,而是生命本身的需要,是使心灵释然的需要。当然,夫妻之间能亲密无间自然是好事,但如果你的妻子希望保留那样一个空间,请你尊重并容纳它。妻子会在这样一个空间里静静思考、完全放松或靠自己的力量解决一些事情,然后以更积极、自信的状态投入生活,同时也给你同样的自由。这段"距离"不会影响你们的感情,给彼此一点距离、一份宁静,就像在夏日的午后懒懒地打个盹儿,相信会有更高品质的爱。

5.每个孩子的梦想都值得尊重

人类最可贵的本能就是对未来充满幻想, 对明天充满激情——尽管这些幻想有许多不确定的因素, 尽管有些梦想永远都不能实现,但是，每一个人都在憧憬着未来，并为着或远或近的"未来"投入他们全部的努力。

孩子天生都有梦想，童年是多梦的季节，童年是梦想的故乡。梦想是鸟儿飞翔的翅膀，不展开翅膀，你永远不会知道自己究竟能飞多远。一个人心中拥有了梦想，就会在希望中生活，并不断地创造生命的奇迹。

许多年以前，一位穷苦的牧羊人带着两个年幼的儿子，靠为别人放羊来维持生活。一天，他们赶着羊来到一个山坡。这时，他们看见了一群大雁，鸣叫着从他们头顶飞过，并很快从自己的视野中消失了。

"大雁要往哪里飞？"牧羊人的小儿子问他的父亲。

牧羊人回答说："为了度过寒冷的冬天，它们要去一个温暖的地方安家。"

"要是我们也能像大雁一样飞起来就好了，那我就要比大雁飞得还要高，去天堂看妈妈。"他的大儿子眨着眼睛羡慕地说。

"做个会飞的大雁多好啊！可以飞到自己想去的地方，那样就不用放羊了。"小儿子也对父亲说。

牧羊人沉默了一下，然后对儿子们说："如果你们想，你们也会飞起来。"两个儿子试了试，并没有飞起来。他们用疑惑的眼神看着父亲。

牧羊人说，看看我是怎么飞的吧。于是他飞了两下，也没飞起来。牧羊人肯定地说："可能是因为我的年纪大了才飞不起来，你们还小，只要不断努力，就一定能飞起来，去你们想去的地方。"

儿子们牢记着父亲的教导，并一直不断地努力。等他们长大以后终于飞起来了，他们就是美国的莱特兄弟，他们发明了飞机。

黎巴嫩著名诗人纪伯伦说："我宁可做人类中有梦想和有完成梦想愿望的、最渺小的人，而不愿做一个最伟大的无梦想、无愿望的人。"

面对孩子的梦想，很多父母会说那是不切实际的"好高骛远"，他们不明白，正是有了梦想，不切实际才有可能变为实际。梦想就像人体成长所需要的微量元素与氨基酸，缺少它，大脑的营养就跟不上，思维就会迟钝，没有想象力、创造力。父母要学会给孩子以梦想，让孩子在无数个梦想中，充分发挥想象力与创造力。

　　比尔·克利亚是美国犹他州的一个中学教师，有一次他给学生布置了一道作业，要求学生就自己的未来理想写一篇作文。

　　一个名叫蒙迪·罗伯特的孩子兴高采烈地写，用了整整半夜的时间，写了七大张，详尽地描述了自己的梦想，梦想将来有一天能拥有一个牧马场，他描述得很详尽，画下了一幅占地200英亩的牧马场示意图，有马厩、跑道和种植园，还有房屋建筑和室内平面设计图。

　　第二天他兴冲冲地将这份作业交给了克利亚老师。然而作业批回的时候，老师在第一页的右上角打了个大大"F"，并让蒙迪·罗伯特去找他。

　　下课后蒙迪去找老师："我为什么只得了F？"

　　克利亚打量了一下眼前的毛头小伙，认真地说："蒙迪，我承认你这份作业做得很认真，但是你的思想离现实太远，太不切实际了。要知道你父亲只是一个驯马师，连固定的家都没有，经常搬迁，根本没有什么资本，而要拥有一个牧马场，得要很多的钱，你能有那么多的钱吗？"克利亚老师最后说，如果蒙迪愿重新做这份作业，确定一个现实一些的目标，可以重新给他打分。

　　蒙迪拿回自己的作业，去问父亲。父亲摸摸儿子的头说："孩子，你自己拿主意吧，不过，你得慎重一些，这个决定对你来说很重要！"

　　蒙迪一直保存着那份作业，那份作业上的"F"依然很大很刺眼，正是这份作业鼓励着蒙迪，一步一个脚印不断超越创业的征程，多年后蒙迪·罗伯特终于如愿以偿地实现了自己的梦想。

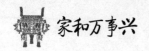

当克利亚老师带着他的30名学生踏进这个占地200多英亩的牧马场，登上这座面积达4000平方米的建筑场时，流下了忏悔的泪水："蒙迪，现在我才意识到，当时我做老师时，就像一个偷梦的小偷，偷走了很多孩子的梦，但是你的坚韧和勇敢，使你一直没有放弃自己的梦！"

有梦才会有期望，有期望才会有拼搏和激情，守住自己的梦，勇敢地走下去你就会比别人提前到达成功的彼岸。家长和老师不妨反思一下，我们是不是常常按照大人的主观意识，按照我们自己的社会经历和经验去要求、约束孩子们。一旦遇到孩子们超常的想象，就会批评、否定、指责他们没有遵循常理。其实，我们如今的社会太现实了，缺乏的正是想象力。作为家长和老师，我们要鼓励孩子们不仅要有想象，还要敢于遐想，甚至于瞎想。一个对任何事情想都不敢想的人，还有可能付诸行动吗？

以后，只要他想象，就让孩子放开想吧。以后让他做什么事情，也不可以再给他太量化了，告诉他要去的地方，走哪条路，让他自己随自己的意走吧。一个真爱孩子的父母应当精心保护孩子的梦想，让梦想的种子长成参天大树。

每个人都有自己的童年，童年的生活是美好而又令人难忘的，犹如生命溪流最初泛起的浪花。童年充满着梦想，天空中，到处都挂着诗意的彩虹，儿童的艺术、儿童的诗歌、儿童的游戏，都是一个独特的存在，一百个儿童有一百个世界去梦想，他自由地涂鸦、吟唱、表演、装扮，在这梦想的王国，他是实实在在的国王。

很多家长习惯了为孩子规划未来，然而在这个过程中，家长们会不经意地嫁接自己的梦想或者扼杀掉孩子自己的梦想。事实上，作为家长最该做的事情，应该尊重孩子的梦想，引导孩子的发展，帮助孩子在追梦的路上奔跑。

1.父母价值观靠边站。孩子在每个年龄阶段，都将不同程度地学会与现实社会所关联的规则。你不妨回忆一下自己的成长历程,会发现树立规则和边界一方面来自父母,另一方面则来自自我模仿。专家指出,孩子对世界的态度,自己的解释方式和行动方式,是天赋、环境交织的结果,因而他们会选择不会危及自身的探索方式,固定为自己的理解及行动模式。如果一定要将成人的价值观全盘加诸在孩子身上,除了会让孩子失去童年的欢乐之外,成年后也会深受个性压抑之苦。在孩子的成长过程中,每个阶段都伴随着其独立人格的逐步完善,所以一旦他们有了自己的梦想,你参与其中的只能是分析、评估和协助,而非武断地替他们决定或立即阻止,最后一切还得按你的那套来。

2.为梦想言传身教。对于孩子的梦想,要让它们生动起来就必须参与其中,也就是俗话说的,言传身教。当孩子有了自己的思维,开始向你表露他们的兴趣时,你就不难从中发现他们的梦想。如他们坦率地表示"我想干吗"这种行为你早有所觉,而你要做的,就是留意这些并身体力行地予以支持。

3.让孩子成为自己。无论哪个年龄段的孩子,他们的梦想都弥足珍贵,让孩子保有自己斑斓的梦想,才能开拓属于他们的人生路。父母切记所有的梦想都需要一个渐进的过程,不能轻视孩子的梦想,也不能暗示孩子急功近利,每一个幼小的梦想,都是从一个初步设想到牢固树立的过程。在它萌发之初,需要父母有一双发现的眼睛及十足的耐心,及时实施积极的点拨和引导。对孩子刚刚萌发的梦想之苗,动辄苛以参天大树般的要求,这无异于揠苗助长,容易让孩子有沮丧感。如果父母们都用这样的态度来对待孩子的梦想之苗,那么,也许孩子永远也不可能树立起坚实而稳固的梦想。而梦想的进一步稳固期,则需要家长有一颗恒心和耐心以及博大的爱心,即帮助孩子为自己的梦想,持之以恒地付出自己的努力。行动上的帮助和不断的精神鼓励是必备的,在孩子遇到困难时,应该帮助孩子克服困难,并在适当时候,给予积极正面的精神支持。当

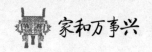

然,梦想也有结果的时候,父母应当大力地赞扬和肯定,让孩子树立起自信和品尝到梦想创造的真正乐趣。如果确定了明确的目标梦想,清楚孩子最想成为什么样的人,那么就通过集中孩子的想象力、注意力来使其变成能够实现的目标。这样,梦想才会成为一种激情和决心,将最大限度地激发孩子的潜能。

6.放手让孩子去做力所能及的事情

我国教育家陈鹤琴先生说:"凡是孩子自己能做的事,让他自己去做。"美国心理学家戴尔说:"孩子需要一定的空间去成长,去试验自己的能力,去学会如何对付危险的局势。不要为孩子做任何他自己能做的事。如果我们过多地做了,就剥夺了孩子发展自己的能力的机会,也剥夺了他的自立及信心。"这些都是符合教育规律的至理名言。

淘淘聪明伶俐,活泼可爱,经常愿意当妈妈的"小帮手",可是有时,他的"帮助"可得不到妈妈的赞赏。这不,星期天,淘淘又给妈妈"帮忙"去了。

午餐前,他看见一摞小碗放在厨房的台上,他踮起小脚,拿起一个碗,小心翼翼地捧着它,接着,他走到餐厅的餐桌前,把小碗摆放在餐桌上,并且嘴里说着:"一个"。然后像刚才来的时候那样又返回去。当他回到原来的地方后,又用同样的方式拿起了第二个碗,极小心地捧着它并沿着同样的路线行走,来到餐厅的餐桌前,把手里的碗摆在第一个碗之上，又说了一遍："一个"。

就这样，他重复着这项工作，直到把所有的碗都"运完"为止。然后，他把这个过程倒过来，一个一个地又准备把所有的碗都放回原来的地方。就在这时，妈妈出来了，看到淘淘捧着小碗，急忙制止淘淘不许玩碗，妈妈随手将碗从淘淘的手里"抢救"了下来。但这种行为却使得淘淘伤心极了，甚至感到受了屈辱，坐在地上哇哇地哭起来。

事后，妈妈承认她的行为给淘淘造成了痛苦，但她认为，她的做法是正确的。她说，虽然她认识到孩子正在做的事情是出自他的内在需要，但是，她又觉得，如果放任不管，淘淘可能会把所有的碗都摔碎的！

在现实生活中，一些父母看到孩子做事情时，总是习惯于上前包办或者帮忙，殊不知，这些不经意的帮助或限制会挫伤孩子探索的积极性和独立的意识，同时也会挫伤孩子的自尊心。这样做的结果会造成今后孩子在处理一切事物时认为自己无能，不愿意去尝试，甚至逃避，进而产生自卑心理，对自己丧失信心。

这些父母之所以这么做，是害怕累着孩子，怕孩子做不好，自己重新再做太麻烦；还有一些父母认为，吃饭、穿脱衣服等生活技能是不用训练的，因为孩子长大自然就会。其实这些观念都是不正确的。从儿童发展的观点来看，不给孩子锻炼的机会，就等于剥夺了孩子自理能力发展的机会，久而久之，孩子也就丧失了独立能力。

希尔顿是美国希尔顿饭店的创始人，他很小的时候，父亲就注重培养他的劳动实践能力。

有一天，天刚亮，父亲就把希尔顿叫起来，把一个大约两米长的草耙交给他，并且用愉快的声调说："你可以到畜栏里工作了。"小希尔顿接过这个比他的个头高两倍的草耙，开始了他人生中的第一次劳动。就这样，希尔顿少年时代便在父亲的带动下，边读书边干活，养成了勤勉和善于经营的本领。

希尔顿上学后，父亲专门开辟了一块地给他，让他自食其力，学会耕种赚钱。他在地里种上青菜，每天放学后就跑去松土、浇灌和施肥。等青菜收获了，他便拿到市场上去卖。这时，他的第一个顾客往往是他的母亲。当他接过母亲手中的钱时，他总是深深地感受到收获的喜悦和成功的快乐，同时也对自己的劳动成果倍加珍惜。

学校放假时，小希尔顿就跑到父亲的商店里去打工，跟父亲学做生意。父亲教他如何处理各种各样的业务，如何衡量信用，如何与顾客讨价还价，如何揣摩顾客的心理需求，如何进货退货，以及如何在紧要场合保持心平气和。有一次，父亲让他帮助进货。他一个人跑到离家几百里的地方，一去就是十几天。在这样的磨炼中，他得到了许多经验，胆子也越来越大，迅速地成为了一个出色的小生意人。正是这些必要的训练和宝贵的经验促成了他日后的成功。

培养孩子是每个父母的责任，但父母的责任不是将孩子牢牢地抓在手里，让他们无法动弹，而是对孩子适当放手，让孩子在自由的空间里翱翔。因此，在保证孩子安全的前提下，放手让孩子去做力所能及的事情。

任何一位父母，都不可能包办孩子的一生。孩子的将来，包括学习、工作以及事业的成功，都要靠他们自己去闯、去努力、去奋斗。而这一切，没有自立自强的意识和精神，是很难取得满意结果的。父母应该明白，独立既是生存的需要，也是孩子成长中的必然一课。

罗伯特·汤森说："人最终要独立地走向社会，就必须拥有自主独立的能力。因此从小就培养自我意识，培养自主、自立、自强的精神，认知和实践能力。自我发展本身也是个人对自身的一种反思。正是从这种反思中人才不断地找到自我，超越自我，实现自我。"独立就是自我生存的意识和能力。只有一个人具备了独立的意识和能力，才能比较容易地适应社会，摆脱逆境，把握机遇，发展自己。所以，父母应该重视对孩子独立性的培养，在孩子很小的时候就有意识地培养他们的独立性。

另外，做家长的需要注意的是，小孩子无论做什么事情都有一个规律，即从不会到会，从做不好到做的好。所以，在看到孩子做的不好时，不要求全责备，也不要看到孩子做不好就去代替他，这样等于剥夺了孩子锻炼的机会。

家长们要看到在孩子自己做事的过程中获得了发展，这是价值所在。孩子只要自己愿意做事，不管做得如何，家长都应该鼓励他，孩子获得鼓励后就会感到自己有了自信，这种感觉非常重要，它是培养孩子独立性的一种动力。

7.彼此的朋友也需要尊重

曹磊和欣然结婚12年了，曹磊常年在外地工作，欣然则在后方辛苦持家，尽管相隔遥远，他们却一直是互敬互爱的模范夫妻。

可是，有一段时间，这对模范夫妻却闹了很大的矛盾，甚至把离婚闹到了法院。在法庭上，欣然哭诉："结婚12年，他一直在外地工作，我独自一人在家，既要侍奉老人，又要教育孩子，样样为他做得周到、圆满，让他没有后顾之忧。他归家探亲期间，我特意向单位请了假，在家陪他，做他最喜欢吃的菜，给他按摩腰肌劳损的患处，家务活一样也不让他沾，只是一心让他得到最多的休息和快乐。他归队时，我把家里的全部积蓄给他

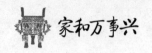

带上，生怕他出门在外受罪。然而我就一句话没合他的胃口，他就扇了我一个耳光……他没有人性。我要和他离婚！"曹磊则申辩道："我远在边防时，常常想家，尤其想她。她对我的好，如电影般一幕幕掠过眼前。只有想到她时，我才能在寒冷、没有人烟的边防站不觉得冷，不觉得孤独。那时，她在我心目中是最完美的女人，她没有一点点缺陷，真是怎么想怎么好！可没想到，在我回家探亲期间，有一个已经转业的战友从郊区专程来看我时，只是在我家喝酒时间长了点儿，她就当着我的面，摔盆砸碗，满脸不高兴。我小声提醒她，她反而大声批评我的战友没素质，闹到最后，大家不欢而散。没想到，她这么庸俗，没教养，不宽容别人，和她这样过下去，还有什么意思？"

其实，这完全是一个可以调解的纠纷，双方都有错误。一方面，丈夫的错误就在于没有顾及妻子的感受。仅有的几天相聚，对深爱他的妻子来说，是十分珍贵的。在妻子看来，她已经尽到妻子的责任了，热情款待了他的战友，只是他这个战友实在不知趣，没完没了地喝酒畅谈，把本应属于妻子的时间夺走，她自然不会高兴。另一方面，妻子的错误在于没有包容丈夫的感受。男人对女人最大的要求就是接受，接受他这个人，就必须接受他的一切，无论好的坏的。在丈夫看来，战友来看他，是对他的重视，是他们男人间友谊的体现，无论战友做了什么，都是应当接受的。所以当妻子发泄不满当众反对他时，便惹恼了他，使他觉得自己在战友面前很没面子。

也许你并不喜欢你的爱人和朋友黏在一起；或许你本来就很看不惯对方朋友的为人；可能，你的妻子太过大嘴巴，把夫妻的隐私大方地分享给闺蜜；可能，丈夫和哥们儿相处确实过火，把夫妻的私人空间都挤占了。可是你发火也不能发在别人身上，这样不但解决不了问题，还可能引发夫妻之间更深层次的矛盾。如果你有什么不满，不妨找个合适的机会找你的爱人谈谈,这才是最成熟的做法。

　　下班了,高阳兴冲冲地进了家门:"我大学同学周末约我去游泳。"

　　听了高阳的话,甜甜的脸一下子沉了下来:"你们不是一个月前学校校庆才见面的吗?这中间你们还一起参加了一个婚礼,怎么老见面啊!说好了这个周末要给我重装电脑的,我的电脑都慢死了!"

　　可到了周末,不管甜甜百般不愿意,高阳还是会他那些哥们儿去了。

　　甜甜一个人在家赶一份紧急的文件,刚工作了一会儿,电脑又死机了。这文件领导可是让晚上发过去看的。她想想老公一大早出去,这都下午三四点了也该玩的差不多了,干脆打电话叫他回来修。电话接通了,正和哥们儿豪饮畅谈的高阳哪顾得上和甜甜多说,三两句话应付便挂了电话。

　　这么多年来,高阳一向视哥们儿如手足,大凡是哥们儿的事从不怠慢。

　　甜甜越想越生气,于是,从开始的问问什么时候回,到不停地打电话催他赶紧回。高阳被甜甜不停地逼问与催促搞得异常尴尬。几个哥们儿也很同情他,还没尽兴便让高阳提前回家了。

　　回到家里,两个怒火中烧的人终于爆发了一场家庭战争。

　　高阳的同学聚会其实是一个导火索,甜甜一直为高阳与哥们儿来往过多而感到不满。男人与哥们儿相处,总是希望自己的爱人持一种支持与肯定的态度,甜甜在高阳的同学聚会时频频打电话催促,无疑会让高阳难堪,同时,他的哥们儿也会感到不被接纳。可能,老公和哥们儿相处确实有点过火,把夫妻的私人空间都挤占了。但是,无论如何把自己的情绪发泄在他哥们儿的身上可不是一个好办法。这不仅无益于问题的解决,反而有可能激化夫妻的矛盾。还不如你主动请缨在家里搞他们的同学聚会,老公一定会为这个聚会忙前忙后,会因为有你这样的老婆而感到在同学面前特有面子。而且聚会是由你召集的,那么召开的频率自然由你定,这样不是就有了你们相处的大把时间吗?

听着徐璐和她的闺蜜郝雯大侃购物和珠宝,闫磊觉得没意思极了,他总是不明白,为什么女人要花大把的时间耗费在购物上呢。而且闫磊本来就对郝雯没有好感,总觉得这个女人太拜金,所以一路上都没有好脸色,不停地催徐璐快点回家。

回到家后,闫磊就冷着脸说:"你看你交的什么朋友,整天就知道购物,多俗气。"

徐璐本来就因为闫磊在自己的闺蜜跟前没有给自己面子而生气呢,特别是听了这话,徐璐更是气不打一处来,两人为此吵了起来,徐璐一气之下就回了娘家。

常言道:多个朋友多条路。你不尊重对方的朋友比不尊重她还要让她恼火,朋友是她交的,你诽谤她的朋友就是在诋毁她的眼光,她交什么样的朋友都自有她的道理,只要你爱着她,只要不太过,多交一些朋友有什么不好呢?

所谓朋友多了路好走,你们俩是要在一起生活一辈子的,如果少了朋友这种颜料,你们的生活岂不是会缺失很多颜色?

所以,聪明的伴侣,不但要尊重对方的朋友,更要积极地融入对方的朋友圈子。只要你明确立场,多动动脑筋,就一定能在爱人和他/她的朋友之间处理得游刃有余。这样,你不仅是多了一些朋友,这些朋友还会成为你和伴侣之间婚姻的保鲜剂。况且,常言道:送花的人周围都是鲜花,种刺的人身边都是荆棘。爱他/她,就学会尊重他/她的生活,更要学会尊重对方的朋友,因为尊重别人就是尊重你自己!

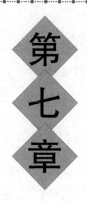

第七章

掌控情绪，身心俱安

如果说，面对生活中的种种不顺心，一个不会生气的人是庸人，一个只会生气的人是蠢人，那么，一个能够驾驭自己情绪，做到尽量不生气的人是聪明人。

受情绪控制，只能让你成为情绪的奴隶，让你常常失去自我。掌控情绪，做情绪的主人，当你战胜了你的情绪，你必然就可以掌控自己的人生。

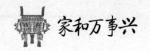

1.相爱不是用来生气的

婚姻生活中,难免有勺子碰到锅的一天,吵架似乎不可避免。情感也在一次次争吵中渐渐褪色,失去了原有的色彩。无论是怒火中烧的气话,还是隐忍不发的积怨,不及时加以控制,最终都将成为一把把锋利的匕首刺伤两个深爱的人。

当时,冯亮和马丽结婚才刚满3个月,但是却已大吵了19次,打了5次架,比恋爱时还要多出2倍。

马丽很苦恼,于是对冯亮喊着说:"你说,叫我怎么跟你过一辈子?"

马丽终于向冯亮提出离婚,那天是个万里无云的好日子。

"我们到婚姻登记处办手续吧。"马丽说。

冯亮窝在沙发里看书一句话也没回答,只是抬头看了一眼妻子,再低头看那本半天看不完一页的书。

妻子提高嗓门又说了一次:"我再说一遍,离婚!你别以为我又是在闹情绪,我已经考虑很久了,我们别再互相折磨了!"说着,她拿出了准备好的离婚协议书,递到丈夫面前。

他怔了一下,被妻子的有备而来给吓着了,沉默了半晌,脸色渐渐凝重起来,呼吸也明显加重了,过了好一会儿才挤出两个字:"不签!"妻子把离婚协议书收回,又拿出一份打得工工整整的正式文件:"婚前财产登记表"。

丈夫顿时又傻了眼,妻子一步一步地把丈夫逼进了死胡同,她知道丈夫真的紧张了,双眼只盯住表格的某一点,仿佛影片定了格,手上的书轻轻颤抖着。

妻子觉得很满意，这就是她要的效果。丈夫在妻子咄咄逼人的威吓下，终于开了口，他说："这样吧，我们让上天来决定好不好？如果今天晚上十二点之前不下雨，我答应你，要我签什么字都行，而且房子归你；如果十二点之前下雨了，我们就和好如初，不再提'离婚'这两个字，好吗？"

丈夫的提议出乎妻子的意料。

她逐字逐句地推敲丈夫的话，怕里头藏着玄机，仔细研究了半天，她想，天气这么好，怎么会下雨？白痴才不敢打这个赌，于是她点头答应。晚上，她躺在床上，不知不觉回忆起过去和丈夫的一些恩爱、甜蜜的日子，算起来，他也算是个好丈夫，两人的争吵，多数是自己的无理取闹。想着想着，心里忽然骚动起来，看着窗外月朗风清，天气真好！她内心深处纠缠着一个个理不清的心思。

看看手表，已经十一点多了。秒针一跳一跳地走着，她再也坐不住了，披上衣服走到窗前，盯着毫无动静的天空，莫名其妙地焦急起来。

再看看手表，十一点三十分。

都怪那个家伙，人家耍脾气说要离婚，你说两句好话哄哄我不就行了？干吗要打这个赌？明知天气那么好，不可能会下雨，分明是他自己想要离婚，好不容易逮到机会了吧？她越想越委屈，想得都快要哭出来了。

忽然，窗外屋檐上"嗒！嗒！嗒！"轻轻地响着，分明是水滴声。真的下起及时雨了！她心情立刻由冷转热，高兴得差点要放声大叫。可是，奇怪！这雨好像不大对劲，一会儿紧凑，一会儿稀疏，再走到客厅开窗一看，咦？这边怎么没下雨？

她蹑手蹑脚走上楼顶，眼眶不禁湿了。只见她丈夫正从水桶里舀起水，小心地浇在卧室窗户的外边，让往下滴落的水形成人造雨。看到这一幕，妻子什么话也说不出来，悄悄地回到床上，在淅淅沥沥的"雨声"中甜蜜地进入了梦乡。

有缘千里来相会,无缘对面不相逢。烟雨红尘,茫茫人海,人与人之间,因缘际会,相牵相知。一个缘字,便把远在天涯海角的两个人,紧紧地连接在了一起,从此,绵绵情思,沉沉爱意。人与人在世间的相遇、相恋已是不易,将此看作一场美丽的缘分,用真心来对待,共同叙写一段爱的乐章。

公车上,乘客很多。一对上班族男女也被拥挤在车厢中间。

可能因为人多,男孩将手臂围挡在女孩的腰上,怕后面的人挤到了她,并轻声地问:"累不累?待会想吃些什么?"

只见女孩不耐烦地回答:"我已经够烦了,吃什么都还不先决定好,每次都要问我。"

男孩一脸无辜地低下头,而后说了一段令人印象深刻的话:"让你决定是因为希望能够陪你吃你喜欢的东西,然后看着你拥有满足的笑容,把今天工作中的不愉快暂时忘掉。你工作上所受的委屈我没法帮你,我所能做的也只有这样。"

女孩听了后,满怀愧疚地说声对不起。

男孩这才似乎重燃信心般说:"没关系,和你相遇不是用来生气的,只要你开心就好。"而后亲吻了女孩头发。

公车到站,男孩牵着女孩的手下了车,依旧小心翼翼地保护着女孩。

说得多好呀:"和你相遇,不是用来生气的。"

两个人相恋,多么来之不易的缘分,何苦要用生气来抹杀所有的幸福。即使当爱情面临小小的险阻,我们也要心平气和地对待对方,然后用爱和勇敢去化解,而不是用生气的方式来鲁莽对待。

在日常生活中,我们也许就是太在意对方,太在意情感得失,我们害怕失去，而产生情绪高低起伏。仔细想想，生气真的能解决问题吗？还是只能让矛盾更尖锐，更伤害彼此的感情？不如放开心胸，看花开花落。

一对夫妻之前经常吵架，乱丢的袜子、没有归位的书本、没摆整齐的拖鞋，都成了吵架的导火索。丈夫在妻子眼中有诸多不是，妻子在丈夫眼中是无理取闹。

这一天，夫妻两人去朋友家做客，看到已经结婚多年的朋友跟丈夫相处得如此融洽，他们彼此欣赏，朋友的丈夫给他们介绍妻子泡的咖啡如何好喝，朋友夸丈夫如何幽默。他们说话时面带笑容，彼此的眼神经常碰撞在一起，。

这位妻子看到朋友的婚姻生活如此甜蜜，非常羡慕，就在帮助朋友洗碗的时候向她讨教。

朋友告诉她，其实刚结婚的时候自己也常常会为两个人的生活习惯不同而生气，但渐渐地她发现，生气只会让问题越来越糟，根本得不到解决，于是，她就选择每个周末的晚上，两个人在彼此冷静地情况下，诉说对方惹自己生气的原因，告诉对方，自己需要对方的谅解、需要对方的帮助，并及时赞赏对方做的让自己高兴的事情。这样丈夫才能知道妻子生气的原因，才能帮助妻子更好地解决问题。

回来的路上，妻子没有再像往常那样，埋怨丈夫开车速度太快，选择的路线不对，而是推心置腹地跟丈夫说，自己心情不好的原因，丈夫的哪些举动激怒了自己，丈夫的哪些举动让自己很高兴。

丈夫听到妻子真诚理性的诉说，而不再是以前的大声斥责、埋怨，也觉得非常亲切，他很抱歉自己的一些举动伤害了妻子，并说了妻子的很多优点。

那段四十多分钟的回程，让两个人都觉得很愉快，回到家的时候，丈夫发现，妻子今天格外美丽，娇羞的脸和满含爱意的双眼如此动人，与平

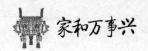

时那个动不动就眼冒怒火,大声喊叫的妻子简直判若两人。

在和亲爱的人生气之际,我们如能多想想"我不是为了生气而和你相遇的,而是为了一场美丽的相约",那么就能为我们烦恼的心情辟出另一番安详。当自己快抓不住情绪时,想想这句话,或许会让幸福中多增加一些甜蜜的因子吧!

百年修得同船渡,千年修得共枕眠,两个人相遇、相知、相爱不是为了生气的。

2.你感受到幸福了吗?

如果有人问你:"你们的婚姻幸福吗?你们每天都过得快乐吗?"估计很多人并不一定可以很理直气壮地回答。在世界各地,每天都有很多对青年男女开始他们的婚姻生活,同时又有很多对夫妻结束他们的婚姻。有很多人对他们婚后的生活并不满意,认为进入婚姻以后的生活质量远远没有达到他们预期的目标。

丈夫会抱怨说:"她常批评我在工作上和身为父亲角色上的表现……她从来不说感谢的话,也不肯定我的辛勤工作,总是在孩子面前贬损我。"另一方面,妻子也会说:"他娶的是他的工作而不是我,他从来没有花时间在我身上……回到家后他常常忽略我,只知道看球赛,却希望我像个保姆一样忙家务。"

诸如此类的抱怨没完没了,每个人都诉说着对方如何糟蹋了婚姻,当配偶双方都过着以自我为中心的生活时，彼此之间的罅隙就会越来越多。

事实上，很多夫妻，特别是那些已经结婚很多年的夫妻，对待婚姻往往是一种"勉强"的态度。他们的婚姻没有激情、没有快乐，也没有新鲜感。对他们来说，婚姻的长短不过是代表着时间的推移，并没有任何意义。

导致这一现象产生的根本原因，就是我们对婚姻缺乏一个正确、透彻而又清醒的认识。或是把婚姻看得过于浪漫，或是把婚姻看得过于理性，于是"婚姻文盲"这一词也就随之诞生了。

"看他俩多幸福！"我们耳边常常会听到这样的声音。幸福的婚姻不是凭空而来的，而是需要心态的改变。通过改变心态，我们才能采用正确的方式看清楚并解决问题。

成功的婚姻不是偶然发生的，不要把婚姻中的一切视为理所当然，也不要认为婚姻就应该是"从此王子和公主过上了幸福的生活"，如果这样想，婚姻很可能会让我们失望。爱和幸福不是从天上掉下刚好砸到了我们，而是先由我们付出，经过精心培育，再获得的回报。

有一个年轻人，刚结婚时逢人便说有了家庭生活是多么美好、惬意。单身时，回家吃泡面，现在一回到家，大门一开，笑容可掬的太太提着拖鞋让我穿上，一进到屋子里，可爱的小狗围着我汪汪叫，餐桌上菜香四溢。你看人生多么美好，拥有家庭是多么幸福！

一年后，他逢人便诉苦有了家庭的烦恼：现在一回到家，太太不再拿拖鞋给我穿了，而是换成小狗衔拖鞋给我。我的太太要求我分担家事，要求我懂得投资之道，要求我准时回家……一年后，浪漫的烛光晚餐不见了，温柔可人的太太变成管家婆，结婚这么不自由，简直像个牢狱一般。

年轻人心情苦闷，跑到寺庙向一位法师诉苦。法师听完年轻人的话，告诉他："你大可不必再苦恼，你仍然可以过着幸福快乐的日子。为什么呢？你的拖鞋一样有善解人意的小狗给你衔来，太太对你要求的声音，就当作一首又一首的幸福乐曲。你的生活,还是和以前一样美满。"

婚姻的好坏,在一定程度上决定了你的幸福感。然而认为自己婚姻幸福的,又有多少人呢?不妨问问自己这些问题:在婚姻中,你开心的时刻多吗?另一半和孩子,你更爱谁?你认为自己的婚姻存在哪些问题?当婚姻出现问题时,你认为最好的解决办法是什么?你相信你能同爱人白头偕老吗?

如果这些问题你从来没有认真思考过,那么只能说明,你对婚姻不幸福的感受是不客观的,或是你从来没有想过如何获得幸福的婚姻。

曾经有一个女士找心理专家求助,她说她刚刚离婚。离婚的原因是,他的前夫非常不好,脾气不好、工作不好、学历不好……什么都不好。

心理专家微笑着在纸上写下一个大大的"人"字,在一边写上"魔鬼"两个字,在另一边写上"天使"两个字。她很惊奇,不明白心理专家是什么意思。

心理专家向她解释:"每个人都有两面,一面是天使,一面是魔鬼。你只看到他魔鬼的一面,每天为他的'魔鬼'浇水施肥,所以,他不好的一面就越来越厉害。你可以假设一下,要是你注意留心他天使的那一面,每天浇灌他的'天使',支持他,鼓励他,他会变成什么样子呢?"

的确,这个世界怎么改变并不重要,重要的是我们内心的世界。

每个人都有长处和缺点。有的人能获得幸福,有的人却不得不面对不幸。这不是由于遇到的人和事不一样,而是因为每个人面对它们的心态不一样。对方是天使还是魔鬼,有时候是由心态决定的。

心理学家把幸福感解释为满足感和成就感。也就是说,婚姻是否幸福,主要是一种感受,一种个人体验。只要自己感觉良好,内心满足,这样的婚姻就是幸福的，它与物质条件优裕或贫困，社会地位高低，并无直接的联系，也不成正比。真正白头到老的婚姻，是令人羡慕的，我们可以向往和珍惜，但不必刻意追求。

幸福是一种能力，没有人能保证自己一辈子事事称心，但拥有幸福能力的人，却可以使自己不至于在不幸的泥淖中越陷越深，甚至会让曾经遭遇过的灾难成为日后被人羡慕的一笔宝贵财富。当婚姻出现问题的时候，有能力的人知道如何处理，如何清除婚姻中的各种隐患。

一位研究婚姻家庭问题的专家，在一个讲座上向在座的听众提出了一个问题："谁对自己的婚姻非常满意，请举手！"结果没有一个人举手。接着，他演示了一个实验：往一只装满清水的玻璃杯里滴了几滴墨汁，墨汁在清水中缓缓沉入杯底，一会儿，杯子里的水又恢复了清澈。

接着，他又用一根筷子搅动清水，杯底的墨汁马上向上翻腾，杯子里的水马上变成了黑色。停止搅动后，杯子里的水经过很长时间才恢复了清澈。

随后，专家将清水倒入另一只杯子中，墨汁便与清水分隔两杯之中了。

专家说："滴入婚姻清水中的墨汁，是人性的弱点，是个人的性格、脾气，也是日积月累的困难、挫折和生活压力。阻止墨水滴入或许不可能，但是我们可以不去搅动它，让它沉淀。事实上，在婚姻的清水里滴入墨汁并不可怕，可怕的是你不去思考怎样将两者分离，而是不停地搅动，这就是目前大多数人的婚姻状况。"专家接着说，"家务常常成为家庭战争的导火索，特别是有了孩子之后，再好的夫妻也会吵架。夫妻之所以感到不如意，是因为你们把注意力集中于婚姻中一些微不足道的瑕疵，却忽略了身边最重要的幸福。"

即使是相似的婚姻，每个人对婚姻的感受也是不一样的。有的人感受到痛苦,有的人感受到幸福,就像瓶中的墨汁和清水一样。如果你不断地搅动墨汁,当然会使你的婚姻生活变成一片黑色。再美满的婚姻,也会有不如意,不如让水恢复平静,此刻才会有清澈和透亮。

人生麻烦虽无可避免,而心态却关系到我们对事情的看法。两个人透过监牢的栏杆往外看,一个人看见了泥巴,一个人看见了群星;一个人咒骂,另一个人却是祈祷——不同之处就在于心态。所以说,幸福婚姻的密码是良好的心态,有了好心态,才能创造出美好和谐的婚姻生活。

3.进家门之前,先丢下烦恼

世界上最值得珍惜的情感莫过于与家人的关系,家庭的温馨和亲情的深厚永远是我们最渴望、最迷恋的生活内容。不管你在外面如何风光或是受到何种委屈,你都会想到家这个宁静的港湾。所以,我们每个人都要用心去营造它。进门前,请丢掉烦恼,把快乐带回家。

如果把外边的烦恼带回家,会给你的思想继续增加负担。把外边的烦恼带回家来,会直接影响家庭成员的思想情绪,增添你的烦恼。把外边的烦恼带回家的次数多了,无形中会在家中产生不良的氛围,会使家成为产生烦恼和爱发牢骚的市场,这势必会影响全家人的心理健康。所以,不要把烦恼带回家,这是有积极的意义和作用的。

有一个水电工有一天被农场的主人请去修理管道,到了那儿以后,发现所带的工具不知什么时候坏了,等修工具的时候又不小心把手割伤了。好不容易忍着伤痛修完管道,要开车回家的时候却发现车子不能发动了,只好打电话请修理厂把车拖走去修。总之,这一天倒霉烦心的事全都被他遇上了。

农场主看到心情沮丧的水电工,便好心地开车送他回家。为了表示感谢,水电工邀请农场主到家里坐坐,喝杯咖啡。这时,农场主发现,水电工没有直接进家门,而是先在门口旁的树上用手摸了一会儿,嘴里还不停地念叨着什么。然后,农场主又惊奇地发现,那个本来一脸愁绪的水电工突然变得心情愉快,脸上露出了喜悦的表情。紧接着,水电工打开家门,高兴地呼喊着妻子及两个女儿的名字。农场主非常好奇,心想,这棵树难道有什么魔力不成?于是,他随着水电工也一起进了家门,并和开朗、好客的一家人愉快地聊了起来。最后,与他们共进晚餐。

晚餐过后,农场主准备回家,水电工出来相送,农场主便把心里关于那棵树的疑团对他讲了。水电工微微笑了笑,说:"其实,那是我的烦恼树。因为工作的关系,我经常会遇到一些烦心的事情,可是我又不想每次都把烦心的事带回家,让家人也跟着一起不开心。于是,我想了个办法,每次遇到烦心事,在回家之前,先把它们'寄挂'在那棵树上,等到了第二天出去工作的时候再来取。可后来我发现,再来取那些烦恼的时候,它们已经不在了。"农场主听了之后,被他的这种精神所深深感动,心里也很钦佩。

心理学家们认为,近年来,人们的心理危机越来越多,经常处于一种竞争激烈的环境之中,一旦遇到某种挫折,就意味着对自己那种"高标准、严要求"目标的否定。而此时所处的高位使他们难以找到可以倾诉和求援的知心朋友,负面情绪难以排解。因而,在事业上取得成就的人,更容易发生心理危机,在工作上、事业上铸成严重错误或给原本幸福的家庭带来不幸。

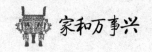

有个人去一个朋友家做客，出了电梯，赫然见门上挂了一方木牌，上面写着两行字："进门前，请脱去烦恼；回家时，带快乐回来。"他久久凝视，细细品味。进屋后，男主人一团和气，孩子大方有礼，一种看不见却感觉得到的温馨、和谐，满满地充盈着整个房间。

女主人对木牌是这样解释的："其实也没什么，一开始只是提醒我自己，身为女主人，有责任把这个家经营得更好……有一次我在电梯的镜子里看到一个充满疲惫、灰暗的脸，一双紧锁的眉头，下垂的嘴角，忧愁的眼睛……把我自己吓了一大跳。于是，我开始想，当孩子、丈夫面对这副愁苦暗沉的面孔时，会有什么感觉？假如我面对的也是这样的面孔，又会有什么反应？接着我想到孩子在餐桌上的沉默，丈夫的冷淡，这些在我原来认为是他们不对的事实背后，隐藏的真正原因竟是我！当时我为自己的疏忽吓出一身冷汗。当晚我便和丈夫长谈，第二天就写了一块木牌钉在门上提醒自己。结果，被提醒的不仅是我自己，而是我们一家人……"说完，她幸福地笑了。

其实有很多时候，人们都没有很好地控制自己的情绪，一旦在工作中遇到了不顺心的事，就板着一张苦脸回家，而且有时候还把怒火转移到家人身上。而家庭中不管是年迈的双亲还是幼小的子女，可能正需要你的安慰和关心。你的工作烦恼，不良的情绪会给他们带来更多的担心和牵挂，有害无益。

所以说，不管遇到什么烦心事，都要控制好自己的情绪或想办法把它们统统消灭掉，不把它们带回家。要带回家的，只能是快乐。要明白，家人的快乐，才是自己最大的快乐。

生活中有许多事情我们是无力改变的，唯一能改变的只有心情。遇到不如意的事情时，要积极调整自己的心态，不要让自己的不良情绪影响到身边的人。对待自己冷静一点,对待周围的人宽容一点、和气一点,给自己的心情铺一条平和的路,烦恼就不会再整天跟着自己,这样做,你会发现生活中到处都充满阳光。

4.不要为生活琐事生气

来自两个不同家庭,拥有不同生活习惯的人,要生活在一起,除了朝夕相处的甜蜜外,必然也有许多生活上的碰撞。比如有些男人喜欢抽烟,不小心就会在衣服上烧个洞,或是在沙发上留个疤。还有的是因为忘记了结婚纪念日,忘记了生日,便被认为是不重视对方,不爱对方了等等。生活中这样无伤大雅的小错误并不少见,那么,我们该如何正确看待呢?

许多婚后的年轻人大都有这样的疑惑,为什么丈夫在婚前殷勤体贴,嘘寒问暖,上下班接送,鞍前马后的,不管是情人节还是圣诞节,该备的礼物一应俱全,还不时地制造些小惊喜。可是一到婚后,就像变了一个人,再也找不到当年的影子了。而女人因为心思细腻,就会胡思乱想,以为不再受到重视,被忽略了。陈小姐的事情就是一个典型的例子:

"我们还在谈恋爱时,老公对我极其关心。记得有一次我过生日,直到晚上,我老公神秘兮兮地失踪了一整天后,才约我出去吃饭。可是从吃饭开始到结束,他什么都没有说,还强调一会儿有事要忙,吃完饭就送我回家,结果我很是郁闷,但又碍于自尊,不肯提醒他一句,就这样一直到

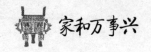

他送我到家门口，说'再见'转身的时候，他突然从背后抱住我说：'老婆，生日快乐！'我一惊喜，转身后，看到他手里多了一副金灿灿的耳环，还有我喜欢的花儿。他说这是他今天特意找首饰加工店做出来的，为了给我惊喜，就一直没有告诉我。那一刻，我觉得非常感动，看到了丈夫的一份真心实意。"陈小姐说这些事的时候，脸上流露出幸福的样子。

说完这些，陈小姐停顿了一下，收起了笑意："可是，自从婚后，我就再也没收到过他主动送的礼物了，倒变成了我经常出其不意地给他制造些惊喜，他反而忽略了。我生日的时候，他也忘记了，或者是干脆说，你喜欢什么，我给你钱，自己去买吧。听了这样的话，我宁可不过这个生日了。

"现在我自己想通了，在一起生活不仅仅是因为他的浪漫。工作的劳累，家庭的琐碎，也让我们失去了许多寻找浪漫的机会。碰上特殊节日，我就自己上街买几枝花回家，他看见了也会问，我便轻描淡写地告诉他。他也觉得不好意思，便会在其他方面更体贴了，这样的生活也很不错。"

平淡而琐碎的生活会让人慢慢变得更加真实。的确，我们只要不拿放大镜审视对方的缺点，把那些无伤大雅的小过错当做生活的调味剂一般，轻松放过，做个坦然、宽容的人，生活便能如我们预期的一样美好。

夫妻生活，贵在和睦，每天不是你皱眉，就是我生气，或是赌气、冷战，对谁都不好，更不利于婚姻长久。生活本来就是琐碎的，两个不同生活习惯的人走到一起，难免有矛盾。而对于那些生活中的琐事，没必要生气。两个人相互理解，相互帮忙，凡事为对方考虑，既然只是琐事，必定也无伤大雅。如果事事计较生气，最后就会影响到感情的稳定。

很长一段时间，陈先生都选择在办公室度过他的夜晚，而不是回家，理由是家里太烦、太乱。他一回去，就看到客厅摆满了玩具，衣服堆满了洗衣房，餐厅、厨房到处都是吃剩下的或是没有收拾好的食物。孩子的吵闹声本来是悦耳的音符，此时却也变成了杂乱的嘈杂。

面对这样的环境，陈先生忍不住大动肝火，他觉得自己一天到晚在外面打拼，那么辛苦那么累，家里却不像个温馨舒适的家，进而指责太太不能好好照顾孩子和家庭。而陈太太也觉得委屈，自己放弃工作，做他背后的女人，不仅要打理他的生活起居，让他光鲜体面地在外面赚钱，还要照顾大女儿，看住小女儿，收拾了主卧，客厅又乱了，喂饱了大的，小的又哇哇叫，自己也是焦头烂额，进而指责陈先生一点不顾家。

这是生活中常见的例子。每个人都不是那么完美的，如果说陈先生在商场上打拼异常疲惫，那陈太太做家务也同样辛苦。两个人应该互相体谅，各说一句辛苦了，而不是互相指责、生气。孩子本是夫妻生活的黏合剂，如果陈先生能正确看待家庭琐事，回家后帮老婆带孩子，这样也就可以其乐融融了。

所以说，每个家庭成员都不要为生活琐事生气，那样只能伤害家人，伤害自己，伤害家庭的稳定。

一天，李先生的老婆做错了事，被李先生奚落了一顿后，心里特别不高兴。饭吃了一半她就不吃了，噘着嘴在那里上网。李先生一看就知道自己错了，就开始哄她吃饭。他说："快吃饭吧，你看噘着嘴多难看。"并且把手里的镜子放在她面前。谁知她拿过镜子，一下子摔得粉碎。这时，李先生的心里特别不好受，只好摔门出去了。

晚饭的时候李先生回来了，地上还是那个样子，她还在上网。李先生不想把关系搞得太僵，先示弱了。他开始慢慢地扫地，然后把东西全部收拾干净。但李先生一直没有跟她说话，等晚上出去再回来时，老婆已不在家了。李先生没有多想,最近她的好朋友来这里出差,老婆一定是去那儿了。

这一去就是三天没有回来。李先生有一点着急了,怕她觉得委屈而憋坏了身体,又开始给她打电话。电话响了很久她才接。他的口气不敢有丝毫的强硬,问她在哪里。她说她已经回到家了。李先生赶紧挂了电话回家寻找。看见老婆后,李先生说:"都是我不好,我请你去外面吃饭,想吃什么吃什么!"这一招还真的管用,老婆起来梳了头并换上了衣服。

等吃完了饭,两人都特别高兴。李先生趁机说:"老婆,咱们以后都不要摔东西了,好吗?"

"我摔的又不是值钱的东西!"她还是有一点不服。

"其实不在于东西本身值不值钱,关键是这个习惯不好。"

结果,几个月以后,老婆再没有摔过任何东西,也没跟他吵过架。她已改掉了乱摔东西的坏习惯。

在愤怒的情况下,特别容易让人做出失去理智的举动,而且通常这样的伤害都是没有办法弥补的。其实,只要自己忍耐一下,很多事情都会轻而易举地解决。所以,我们在矛盾面前,一定要保持冷静,学会稳定情绪,并且客观地作出分析和判断。

生活中,常见到身边的朋友因情绪失控就勃然大怒、破口大骂、乱摔东西。怒目而视或是沉默不语,这些表现都是不理智的,因为事情只会因为这些极端的行为变得更加难以解决。在许多场合中,因为不可抑制的愤怒,使我们失去了解决问题和冲突的良好机会,而且,一时冲动的愤怒,可能意味着事过之后付出高昂代价去弥补。

事实上,极端愤怒是一种精神错乱,每当我们不能控制自己的行为时,便有些精神错乱。愤怒情绪对人的心理没有任何好处。我们都知道,愤怒使人情绪低沉,陷入惰性。从病理学角度来看,愤怒还可导致好多疾病,比如:高血压、溃疡、皮疹、心悸、失眠、困乏甚至心脏病。愤怒可能会破坏情感关系、阻碍情感交流、导致内疚与沮丧情绪。总之,愤怒使会我们不愉快,失去健康。

很多发怒的人往往认为可以通过愤怒来控制对方,这种想法是狭隘的,因为无论你怎么对人发怒,都无法改变别人的行为,只能使别人继续自行其是。

有一位母亲,她的愤怒根本控制不了。每当孩子淘气时,她总是大发脾气。可是,她越是发脾气,孩子们就越淘气。她惩罚他们,把他们关在屋里,大声叫骂,愤怒不已。她这样做就像带兵打仗的将领。她光知道大声叫骂,一天下来,犹如从战场归来,累得筋疲力尽。

人们有时在愤怒情绪的支配下,往往不顾及别人的尊严,并且严重伤害了别人的面子,损害他人的感情和自尊无异于自绝后路,自挖陷阱,所以我们一定要切记要学会给愤怒降温。

首先,不同的怒气区别对待。

怒气的来源是不同的, 如类似上班前孩子的吵闹影响了你的情绪,或者是路上塞车导致迟到又被老板批评而心情糟糕。这种在焦虑下引发的怒气,来得快去得也快,负面效应较小,一些简单的方法就可以化解,比如早点起床,妥善安排孩子,避开上班高峰期。

但是,另外一些怒气就比较难化解了,就是那种压抑很久的情绪,一触即发,已经到了忍无可忍的地步,杀伤力很大。若是这样就找个妥帖的方式,将其发泄出去,比如找个空旷的地方大喊,千万不要拿别人当出气筒。

其次,转移注意力,暂时置身事外。

当你因某事烦恼时,最好努力使自己暂时忘记它,转移注意力,或者干脆暂时放下手上的一切,舒缓一下紧绷的心情。如你可以花些时间,到公园或树林里走一走,享受林间、溪流或池塘的安详与静谧。或者,你也可以轻轻松松地享受清晨的沐浴,让清水流过脸颊,滑过身体,驱散所有的烦闷,仿佛重新获得了快乐……

第三,可以使用"情绪温度计"法。

我们知道体温计,情绪温度计没有卖的,需要你自己设定,你可以将其刻度设定在0~10分。从早上开始根据自己情绪变化的大小记录自己的得分情况,比如你因为起床晚迟到了,老板说:"怎么搞的,我都看见你迟到好几次了。"你一边暗喊倒霉,一边给自己打出了2分。上午工作出了一个差错,被老板狠狠批评了一顿,还说要扣除你这个月的奖金,你给了自己6分。

这样忠实记录自己一天的情绪波动,并把具体原因写下来,记录久了,你会发现每天导致自己情绪波动最大的原因是什么,是外界的因素,还是自己主体的原因,然后可以对症下药,克服自己的弱点,加强对情绪的控制力。

另外,建立自己的情绪温度计,更能掌握常生气的时段和原因。一旦接近情绪高温期,可以赶紧做准备,可以远离人多的地方,去安静的地方待一会儿。

第四,好心情也能"装"出来。

很多时候,坏情绪不会无故找上门,多是自己将负面情绪揽在身上。心理研究发现:如果一个人老是想象自己进入某种情境,感受某种情绪,这种情绪十有八九真的会到来。反过来,如果你想象自己的心情很好,并且作出高兴的样子,那么你的心情就会真的变得明媚起来。

5.保持积极的"家庭情绪"

生活中，人人都会有坏情绪。所谓坏情绪，即负面情绪，指人们在不利的外界环境以及不利的自身条件下，产生的苦闷寂寞、忧郁悲伤、失意痛苦、愤怒嫉妒、紧张不安、恐惧憎恨等不良情绪。心理学家研究发现，坏情绪和细菌病毒一样具有很强的传染性，而且传播速度极快。

美国心理学家做过一个实验。让一个开朗乐观的人与一位愁眉苦脸、抑郁难解的人同处一室，结果不到半个小时，这位原本乐观开朗的人也开始长吁短叹起来。经过进一步的实验，科学家得出结论：只需要20分钟，不良情绪就会在不知不觉中传染给别人。

女人常常会被一些琐事困扰，情绪波动也比较大。比如因为妒忌、虚荣、自卑等心理，诱发许多坏情绪。这种"情绪传染"在家庭中最为常见。因为做家务生气，因为性格不合生气，因为孩子生气，因为工作不顺心生气……总之，一些鸡毛蒜皮的小事都会生气。因为情绪传染，不但自己没有好心情，家里人的情绪也会受到影响。严重的还会导致夫妻不和，波及老人和孩子。

如果坏情绪长期存在，不能及时地宣泄和处理，轻则使人失眠焦虑，精神不振，注意力不集中，工作学习效率低下，重则让人悲观消沉，精神抑郁，给身体和心理带来较大的伤害。

秦思雨和丈夫于炜青梅竹马，大学毕业后顺理成章结了婚。尽管妻子偶尔会闹点小情绪，不过新婚生活还算甜蜜。都说夫妻"床头吵架床尾和"，可到后来，秦思雨一闹起情绪来，就会特别偏激，不能自控，很小的

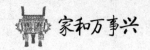

一件事情,她也能闹得满城风雨。

三个月前的一天,于炜所在的部门完成了一个大项目,全体同事一起出去庆祝,所以直到凌晨才回家。秦思雨看到丈夫满身酒气,非常生气,训斥他心里根本没这个家。于炜觉得妻子是无理取闹,连跟同事之间的正常交往都要管,所以也非常生气。一场唇枪舌剑就此展开,一直持续到天亮。

第二天,丈夫下班回到家,秦思雨又为这件事情接着吵。于炜厌烦不已,气急之下说:"离婚算了。"秦思雨听后,情绪非常激动,随手拿起一把水果刀就往左手腕上划了一刀,顿时鲜血直流。

从此以后,于炜尽量克制自己,能让就让着她。每天晚上睡觉,他都会担心,不知道明天妻子又要做出什么样的事情。周末去爬山,他都怕她跳崖。就连走在大街上,于炜都担心妻子会往车前面撞。

于炜天天都过得提心吊胆,为妻子的症状担忧,以致他内心非常不安,甚至还出现了失眠、焦虑症状。更糟糕的是,到了公司,于炜也会特别容易激动,有些神经质。

秦思雨情绪低落,确实很容易做出极端行为。于炜也被妻子的坏情绪影响,生活状态十分糟糕。这就是不良家庭情绪造成的后果。在家庭中,每一个成员都会不自觉地体验到其他成员的情绪,并随其改变自己的情绪状态,这就叫做情绪感染。

一个人的情绪难免有好有坏,无论好与坏,我们都要坦然面对,勇于承受。即使出现了坏情绪,也要想办法控制。平时注意加强品格和心性修养,少一分冲动,多一些理性,学会克制自己,千万不要将自己的坏情绪传染给家人。

也许有的人会说,生活对我来说充满曲折和坎坷,磨难一个接着一个,幸福于我总是遥不可及,我怎么可能拥有快乐,怎么能不发脾气呢?

其实快乐与人生的顺境和逆境无关，只与人的愿望和努力的方向有关。

你也许有一个不幸的童年：幼年丧父或丧母，甚至是一个父母双亡的孤儿，可是你幼小的心灵里充满了不甘示弱的倔强，你当哭就哭，当笑就笑，用一种勤奋和韧性代替了心中的幽怨和委屈，就像磐石底下拱出的一棵嫩芽，不停地将弯弯曲曲的细长身体顽强地向上伸展着，去竭力争取得到阳光雨露的滋润，于是它的根在挣扎着生长的过程中深深地植入大地的胸膛，饱饮泉水和养分；它的躯干和枝叶迎着灿烂的阳光茁壮而蓬勃地繁茂着；即便是在风雨中它也在不停地歌唱，所以童年不幸的你，完全可以像这棵嫩芽一样，用坚强和乐观洗去脸上的阴郁和眸子里的泪光，一步一步扎实地向前走，最后你一定会长成一棵参天的大树。

也许你在情感的道路上突然遭受了一场严重的伤害，你的心被摧残得支离破碎，你觉得就像灵魂已经飞走了一般，但是只要你心中还有一丝快乐残存，那么它就会慢慢治愈你心头的创伤，使你那颗被情爱迷惑的心重新复苏，让你感觉到天涯处处有芳草，快乐会帮助你重新找到属于你的爱。

也许健康的你突然遇到一场飞来横祸，变成了残疾；也许原本家财万贯的你突然破产，一夜间变成了个一贫如洗的穷光蛋；也许聪明好学的你竟然高考失利……总之世事无常，命运多舛，任何人都可能在任何时间和任何地点，遭受到不同的打击和挫折，但是，任何事情的本身都没有快乐和痛苦之分，快乐和痛苦是我们对这件事情的感受，同一件事情，你从不同角度来看待，就会有不同的感受。

比如兢兢业业工作着的你突然失业，你可以抱怨命运的不公平，可以痛恨上司的无情，可以忧伤得一筹莫展，但你也可以这样想，命运又成就了我一次选择职业的机会，也许从此我的生活会变得比以前更充实、更富裕，于是你心情轻松地踏上了求职的道路。一切的不愉快都不必挂在心头,更无须梗阻于喉,那样只能伤害身体,酿成顽疾。你要相信,一切都会有的,面包会有的,牛奶会有的,总之工作是会有的,一切都会有的。

再比如,你不小心丢失了一件价格不菲的皮大衣,你可以对自己的粗心懊悔不已,可以对拾金而昧者耿耿于怀,但是你也可以这样宽慰自己:从此一个衣衫褴褛的穷人不再惧怕冬天的严寒了,于是你就有了一种助人为乐后的快慰。既然一切都不会失而复得,也就财去人安乐吧!

再比如,孩子拆坏了你精心收藏的一块钟表,你可以痛心疾首地揍孩子一顿,于是孩子哭,大人骂,家里顿时硝烟弥漫,可是你是不是也可以在片刻的痛心之后,马上这样一想:孩子在实践中又长了见识,于是你亲切地摸摸孩子的头:"孩子,你能把它再重新装起来吗?"笑一笑,自己乐,孩子乐,何乐而不为?

事本无异,异的是心情。

迈克和汤普森几年前跟人合伙做生意,运货船突遇风浪,他们所有的财产包括梦想都沉入了海底。迈克经不起这个打击,从此一蹶不振,整天失魂落魄,神思恍惚。可是汤普森却活得有滋有味,他每天白天去码头做搬卸工,晚上还要去图书馆看营销方面的书籍,生活得很充实、很快乐。于是迈克就去问汤普森,为什么经历了这么大的磨难,他还能乐得起来,汤普森说:"你咒骂,你伤心,日子一天天地过去;你快活,你高兴,日子也一天天地过去,你选择哪一种呢?"他还劝迈克说:"你每天早晨起床前、晚上睡觉前,都花一些时间重温当天发生的美好事情,这样坚持下去试试。"

果然通过这种方式,迈克很快就培养起了对生活的积极态度,从而变得日益快乐起来,不久他就振作起来,在家人和朋友的帮助下,又开始从小生意做起,现在他已经成了一个成功的商人了。

一个人快乐与否与物质和社会环境无关，生活在和平、繁荣国度里的人不一定就更快乐。大量资料表明，第二次世界大战以来，人们的生活质量在诸多方面有所提高，然而自认为生活快乐的人并没有增加。相反，现代人拥有坏心情的机率却增加了10倍。金钱和财富似乎能够带来快乐，然而当收入能够满足基本需求之后，金钱就不再是快乐的源泉。人们对优越的生活条件习以为常后，就缺少了对生活的新奇感，从而也就远离了快乐。

快乐，其实是一种境界、一种追求、一种憧憬，快乐也是一种情绪，懂得了控制情绪的方法，你就已站在了快乐的一方。

谁都无法"平安无事、无忧无虑"地过一辈子，谁都可能遇到不是那么尽如人意的事儿，有的人往往能从挫折中了解人生的真谛，从困难中取得生存的经验，从而欢乐常有，勇于奋进，终于到达成功的彼岸；而有的人则把苦难和忧愁闷在心上，整日里阴云淫雨，烦恼不尽，不能自拔，不仅难点照旧，事业无成，而且累及身心健康。

因此可以说，一个人快乐与否，不在于他是否遇到什么困境，而在于他怎样看待困境。也就是说，消极心态与快乐是无缘的。

星期天，你本来约好和朋友出去玩，可是早晨起来往窗外一看，下雨了。这时候，你怎么想？你也许想：糟糕！下雨天，哪儿也去不成了，闷在家里真没劲；如果你想：下雨了，也好，今天在家里好好读读书，听听音乐，也很不错。这两种不同的心理暗示，就会给你带来两种不同的思考方式和行为。

你可以选择一个快乐的角度去看待生活，也可以选择一个痛苦的角度。鱼在水里游来游去，那么从容，那么自在，它的快乐全部弥漫在水中，而我们人类的快乐全部藏匿在生活的每个角落，它们是那样的简单，简单到只需人们用心去细细地品味。只要我们有一颗细细品味幸福的心，快乐自会萦绕在我们身旁。

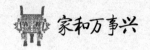

6.掌控情绪,别让怒火烧了理性

一位哲人说过:上帝要毁灭一个人,必先使他疯狂。因此我们必须学会控制自己,才能把握人生。

很久以前,有一个波斯男人,渴望获得世界上所有的智慧,于是他用30年的时间周游各地,增长学问。第30年结束的时候,他认为自己已经学到人间全部的智慧,便踏上返回故乡的归途。

半路上,波斯人遇到了一个农民。农民听到陌生人讲述自己30年获取人生智慧的经历,便问道:"我的朋友,这些年你都做了什么?"

"增长智慧。"旅行者说。

"很好,那么请告诉我智慧是什么?"农民问。

波斯人立刻发表了一段关于智慧的演说,用自己的方式解释智慧的含义。

听完他的长篇大论,农民说:"你还没有学到最重要的,既然你已经花费了30年的光阴,何不再用两年的时间和我在一起,我来教你学习一种智慧。"

波斯人心想:反正30年已经过去了,又何必在乎再多两年呢?于是便同意在农场住下来,继续求学。

农民每天都把波斯人带到农田里干活,日复一日,转眼好几个月过去了,农民并没有给波斯人上一堂课。每当波斯人沉不住气的时候,就会牢骚满腹。

"继续干活,我的朋友。"农民只是这么简单地说一句。

两年里，波斯人时常抱怨，而农民始终用同样的方式回答他。

两年期满的那一天早晨，农民帮波斯人整理回家的行囊，这时波斯人心中懊悔不已。

"你是一个骗子！"不过片刻之后，他马上平静下来，他对农民说，"你答应教我一种智慧，可是你却让我在农田干活，不曾讲过一堂课。"

农民微微一笑说："你在我这儿已经学到了非常重要、非常有价值的一课，你学会了忍耐。"

波斯人离开农民，带着疑惑重新踏上归程。但他回到家乡，来到自家宅前的时候，他看到自己的妻子正在阳台上拥抱一个年轻男子。

波斯人怒火中烧，他掏出腰间的手枪，毫无疑问，他准备射击站在阳台上的人。这时，农民的声音仿佛从背后传来，他又将手枪放回了原处，来到附近的寺里做祈祷。

祈祷做完出来后，他假装陌生人向邻居们打听："住在那栋房子的女人和年轻男子是谁？"

"哦，"有人告诉他，"很多年前住在那栋房子的男人远走他乡，他出发前，他的妻子已经怀孕，那个年轻男子是她的儿子。"

在恼怒的时候请先冷静下来，想想你看到的是事情的本质吗？不要让愤怒之火冒然喷出造成无法挽回的伤害。

我们常依着错误的认知在行事，其实不该如此确定自己的看法是正确的。当看到美丽的太阳，你可能相信太阳就是现在这样子，但是科学家会告诉你，那是它八分钟前的样子。因为太阳与地球相距遥远，阳光需要花八分钟才能到达。又如当看着天上的星星时，你相信它就在那里，但事实上它可能在一千年、两千年或一万年前就已经消失了。

我们必须非常小心地看待自己的认知，否则就会因此而受苦。你可以试着在纸条上写着："你确定吗？"然后贴在房间，这将对你有很大的帮

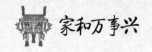

助。你是否曾经注意到在大型医疗院所里，也开始挂上这样的标语："即使你很确定，请再检查一次。"这是提醒病人愈晚发现疾病就愈难治疗的警语。虽然医院所关心的是那些潜伏的疾病，而非内在的心行，但我们还是能利用这标语提醒自己："即使你很确定，请再检查一次。"我们常因错误的认知而使自己痛苦，也把所爱的人一起推入痛苦的深渊。因此，问问自己，你确定自己是对的吗？

有些人因为错误的认知而痛苦了十几、二十年，他们相信别人背叛或厌恶他们，即使对方可能只是出自一番好意。一个错误认知的受害者，不但使自己痛苦，也连累周围的人。

一个人要有所成就，就不能随心所欲、感情用事，应严格克制自己的言行，这样才不致犯下大错。哪怕是对自己的一点小的克制，也会使人变得强而有力。德国诗人歌德说："谁若游戏人生，他就一事无成，谁不能主宰自己，永远是一个奴隶。"要主宰自己，必须对自己有所约束，有所克制。

那么如何做到掌控自己的情绪呢？

1.体察自己的情绪。也就是，时时提醒自己注意：我现在的情绪是什么？例如：当你因为朋友约会迟到而对他冷言冷语，问问自己："我为什么这么做？我现在有什么感觉？"如果你察觉你已对朋友三番两次的迟到感到生气，你就可以对自己的生气做更好的处理。有许多人认为"人不应该有情绪"，所以不肯承认自己有负面的情绪，要知道，人一定会有情绪的，压抑情绪反而带来更不好的结果，学着体察自己的情绪，是情绪管理的第一步。

2.适当表达自己的情绪。再以朋友约会迟到的例子来看，你之所以生气可能是因为他让你担心，在这种情况下，你可以婉转地告诉他："你过了约定的时间还没到，我好担心你在路上发生意外。"试着把"我好担心"的感觉传达给他，让他了解他的迟到会带给你什么感受。什么是不适当的表达呢？例如：你指责他："每次约会都迟到，你为什么都不考虑我的感觉？"当你指责对方时,也会引起他负面的情绪,他会变成一只刺猬,忙着防御外来的攻击, 没有办法站在你的立场为你着想, 他的反应可能是："路上塞车嘛! 有什么办法,你以为我不想准时吗?"如此一来,两人开始吵架,别提什么愉快地约会了。如何适当表达情绪,是一门艺术,需要用心体会、揣摩,更重要的是,要确实用在生活中。

3.以合宜的方式纾解情绪。纾解情绪的方法很多,有些人会痛哭一场,有些人找三五好友诉苦一番,另一些人会逛街、听音乐、散步或逼自己做别的事情以免老想起不愉快,比较糟糕的方式是喝酒、飙车,甚至自杀。要提醒各位的是,纾解情绪的目的在于给自己一个理清想法的机会,让自己好过一点,也让自己更有能量去面对未来。如果纾解情绪的方式只是暂时逃避痛苦,尔后需承受更多的痛苦,这便不是一个合宜的方式。有了不舒服的感觉,要勇敢地面对,仔细想想,为什么这么难过、生气? 我可以怎么做,将来才不会再重蹈覆辙?怎么做可以降低我的不愉快?这么做会不会带来更大的伤害? 根据这几个角度去选择适合自己且能有效纾解情绪的方式,你就能够控制情绪,而不是让情绪来控制你!

7.每天找出一件快乐的事

你可以一文不名,但你不可以拒绝快乐。"清风明月不用一钱买",大自然赋予一切生灵平等的待遇。快乐,带着欣赏的眼光去发现。西方有句哲言:"快乐就是'我的思想愉悦时的一种心理状态'。"

人生是快乐史,也是烦恼史。生活中,每个人都会感受到快乐,也会

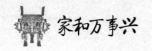

感受到烦恼。不同的是,有的人快乐多于烦恼,有的人烦恼多于快乐。

快乐的人不是没有烦恼,而是善于排除烦恼,化消极心态为积极心态,尽可能保持乐观的心情。烦恼的人并不是命运不好,家庭不好,而是自己的心态不好,快乐的事到了他那里也会变成烦恼!

有一个年轻人到了服兵役的年龄,他被分配到了最艰苦的兵种——海军陆战队。年轻人为此非常的忧虑,几乎到了茶不思、饭不想的地步。年轻人有个深具智慧的祖父,他见到自己的孙子整天都是这副模样,便寻思着要怎样好好地开导他。

这天,老祖父对这位年轻人说:"孙子啊,其实这没有什么可忧虑的。就算是当了海军陆战队,但到部队里,还是有两个机会,一个是内勤职务,另一个是外勤职务。你有可能被分发到内勤单位,这就没什么好忧虑的了!"

年轻人却并不是这么乐观,他还是忧心忡忡地问道:"那如果我被分发到外勤单位呢?"老祖父:"那还有两个机会,一个是可以留在本岛,另一个是被分发到外岛。你如果被分发在本岛的话,那也没什么可忧虑的呀!"

年轻人又问:"那如果我不幸被分发到外岛呢?"老祖父说:"那不是还有两个机会吗,一个是待在后方,另一个是被分发到最前线。如果你是留在外岛的后方单位,也是很好的,也不用忧虑啊。"

年轻人再问:"那如果我被分发到前线呢?"老祖父说:"那还是有两个机会,一个是只站站岗卫,平安退伍,另一个是会遇上意外事故。如果你只是站站岗,依然能够平安退伍,这也没什么可忧虑的!"

年轻人仍然问道:"那么,如果是遇上意外事故呢?"老祖父说:"那还是有两个机会,一个是受轻伤,可能把你送回本岛,另一个是受了重伤,无法救治。如果你只是受了轻伤,被送回本岛,也不用忧虑呀!"

年轻人最为恐惧的地方就是这,他颤声地问道:"那……如果是非常不幸是后者呢?"老祖父大笑起来,然后说道:"若是遇上那种情况,你人都死了，更是没有什么可忧虑的！忧虑的倒该是我了，那白发人送黑发人的痛苦场面，可并不好玩哟！"

所谓快乐的人，不是处在某种特定情况下的人，而是持某种特定态度的人。在生活中，每个人都会遇到快乐和不快乐的事情，但是决定你是否快乐的不完全是外界环境，而是你的心态。如果你有一个乐观向上的心态，那么，无论遇到什么困难、挫折、失败，甚至是失败，你都可以保持快乐。

有一位年轻人他总觉得自己是最不幸的人，快乐与自己无缘无分。分配不理想，婚姻不顺利，事业不如意，如今又鬼使神差应聘到大漠边城工作，随着隔三差五的风沙天气，他的心情也时好时坏。一个偶然的机会，他和一位老新疆人同室办公，大家都称呼那位老新疆人为老魏，老魏的非凡经历，让年轻人对快乐有了真正的理解。

老魏高中毕业后，就来到了大漠边缘的小县，先在一个距离县城50多公里的乡村种地，后来到乡农技站工作，又当了民办教师，再后来通过考试上来师范，当了小学校长，直到最后调到了县教育局当秘书。而老魏无论做什么工作，都去认真的对待，尽善尽美地完成，从不怨天尤人。

工作之余，他和老魏闲聊的时候，半开玩笑地说："按照一般的规律，你应该由秘书升为主任，由主任升为副局长，由副局长升为……"老魏听后爽朗地笑道："高官不如高薪，高薪不如高寿，高寿不如高兴，我觉得人过得快乐与否，不在于你官位的高低，金钱的多少，而在于你对待事情的心态。"在以后的工作和生活中，这位年轻人就试着用积极的心态去对待工作中的挫折，渐渐地，他也看到了工作中的阳光雨露，生活中的莺歌燕舞。

心态可以改变一个人的命运，如果你是被迫的完成自己的工作，是

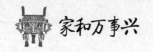

以一种做苦差事的态度从事你的工作;如果你在工作中不抱任何大的希望,甚至看不到任何希望,觉得工作只是聊以糊口、勉强度日而已;如果你看不到未来的曙光;如果你只看到贫穷、匮乏和你一生的艰难,那么,你就绝不会拥有成功、财富与幸福。相反,不管你今日如何贫穷,如果你能看到更好的将来;如果相信自己有朝一日会从单调乏味的工作中崛起;如果相信自己会从目前的陋室搬进温馨、舒适、怡人的住宅;如果你方向明确,目光始终凝聚在希望达到的目标上,并相信你完全有能力达到你的目标,那么,你必将有所作为。

所以说,无论有多少艰难险阻,只要你拥有一种积极健康、快乐达观的心态,坚定自己的信念,使你的心灵保持创造力,使你的心灵成为一个能吸引你所渴望的事物的磁场,那么你的信念、理想就一定能够实现,你的命运也必将因之改变。

快乐的真谛就是首先有一个快乐的心态。只要你抱着积极快乐的心态,看什么都会顺心,想什么事情都会兴奋,做什么事情都会有趣。因此,拥有一个积极的心态会催生一个良好的行为结果,等成功达到目的之时,你会体会到更大的快乐。

印度有一句谚语:"播下一种心态,收获一种性格;播下一种性格,收获一种行为;播下一种行为,收获一种命运。"心理学家马斯洛也曾讲过:"心若改变,你的态度跟着改变;性格改变,你的人生跟着改变。"快乐是一种态度,快乐可以选择。有了快乐的思想和行为,你就能得到快乐。

古时候,有一个国王虽然过着锦衣玉食的生活,可是,他依然活得不快乐。他很想知道如何才能够快乐,便召集了所有的大臣,但是,朝廷上下竟没有一个人能够回答他的问题。于是,国王就让一位大臣去寻找快乐的人,然后向他讲述快乐之道。

这位大臣认为有势的人应该会比较快乐,于是,他一一拜访了朝廷官员,结果却发现他们也并不快乐。接着,他认为有钱的人会快乐,又拜访全国几位最有钱的商人,可是,这些富翁富可敌国,可是也活得并不快乐。这位大臣感到很困惑:有势和有钱的人都不快乐,那么,到哪里才能够寻找到快乐的人呢?

有一天,他正走在路上,看到一位老人正逗着一个小孩子玩,并且不停地哈哈大笑,看上去好像很快乐的样子。他于是就上前问这位老人:"你快不快乐?"老人回答:"快乐,我很快乐啊!"大臣就向他请教快乐之道,老人想了一会儿说:"儿孙自有儿孙福,放下了一切,快乐才会有空间停留在我们的心中。"

快乐和痛苦之间,只隔着一层雾一般朦胧的薄纱,如果你换一个角度看一看,就会发现再也没有什么痛苦的理由。只要你自己抱着愉快的态度,期望什么,就会得到什么;寻找什么,就会发现什么,这是人生的基本法则。

马克·吐温说:"幸福就是像夕阳——人人都可以看见,但多数人的眼睛却望向别的地方,因而错过了机会。"快乐也是如此,通常会让我们感到快乐的地方,往往正是我们最应该快乐的地方。

因此,不要老是盯着孩子不乖、丈夫没钱、妻子不温柔,仰望45度,你会发现:孩子很可爱,丈夫很体贴,而妻子依然妩媚……

快乐,在生活中像盛开的花朵,丰富了生命的色彩。色彩的人生,需要自己经营,改变看事情的态度,变换看事情的角度,凡是都能从正面看,快乐就随处可见。

生命的本质在于追求快乐,使得生命快乐的途径有两条:第一,发现使你快乐的时光,增加它;第二,发现使你不快乐的时光,减少它。生活中,我们就该时时地寻找快乐的时光,躲避那些不快乐的时光,然后,快乐也就是与我们同在了。

第八章

除去负累，乐在当下

幸福根本不在于生命的长短，而在于你是否知足。也许一次偶遇的幸福，虽只有短暂的三分钟，但它却能使你铭记于心，你会发现原来幸福是如此的简单。它无需挥之不尽的钱财，无需绚丽夺目的外表，无需太多的言语，只需把一些不好的记忆从头脑中删除，给记忆腾出更多的空间去收藏甜美和幸福。

1.伤疤揭得越多越不容易好

夫妻吵架的时候，都感到自己委屈，特别是女人总喜欢翻旧账，一时间"新仇旧恨"涌上心头，越说越气愤，越说对丈夫越不满，这样很容易使矛盾激化，有时候还会引发婚姻危机。

男人最反感女人翻旧账，因此对于那些成为过眼云烟的陈年往事不要穷追不舍。婚姻需要不计前嫌。每个人都有过去，过去的就让它过去好了，何必要去掀开那些不开心的陈年往事，自讨没趣呢？

霍敏23岁的时候，嫁给了比她大10岁且有过婚史的房建军。结婚5年来，他们一直是一对让人羡慕的模范夫妻，尽管时不时也会发生口角，但都能做到气不过夜，一笑泯恩仇。儿子出生以后，他们依然相敬如宾，甜蜜如初。然而，两年前，不愉快的事情发生了。

搬新家时，霍敏从旧屋阁楼里发现了一个箱子，里面有房建军和前妻的照片，还有一些小礼物。看到这些东西，霍敏心里的五味瓶一下就翻腾开了。

"你为什么要把这些信藏这么多年？这个人是不是比我好？是不是后悔和我结婚？留这些信是不是想再续前缘呀？"

尖酸刻薄的话语让房建军发懵，他一五一十地交待，前妻是他大学同学，两人结婚半年就离婚了，而且前妻现在已经嫁人，孩子都5岁了。从此以后，霍敏不但管紧了房建军的钱包，还管住了房建军的腿。

有一天，当霍敏得知房建军在帮前妻的孩子找学校、办户口时，霍敏认定房建军动的绝对不只是恻隐之心。夫妻争吵从此爆发，花样也越来越多,翻旧账成了家常便饭,争吵的心态也从解决问题变成了较劲。

霍敏想不通,常常破口大骂:"你就是个道貌岸然的伪君子,为什么你要欺骗我?凭什么人家孩子上学要你去管?幸亏被我发现,不然你是不是还想养别人的孩子啊?"

"当初不是你死乞白赖地追求我,我也不会嫁给你。有点能耐,你全用到别人孩子身上了,怎么不把这些精力花在自己儿子身上啊?"

房建军也不甘示弱,当即进行反击:"你也就是仗着家里有几个臭钱,一天到晚大呼小叫没个女人样。不是当初你家人讨好我,我还没到非你不娶的地步。我有前妻,你不是也有前男友吗?你交往过多少我不是不知道,难道你从来没跟他们联系过吗?你就跟你妈一个样,冷血,势利!"

吵架的时候"翻旧账",是很多女人爱犯的毛病。女人总在想,男人的过错我是不会忘记的,他应该加倍对我好,从而得到心理平衡;其次,遗留了一些"历史问题",没有得到男人的重视和解决,这让女人觉得被忽视和委屈;第三,"翻旧账"成了一种控制欲望的精神寄托,这是缺乏安全感的一种表现。

吵架的时候,如果夫妻不翻旧账,就事论事,只讲当前这件事情,两人的关系就会简单得多。一旦把几十年前的事情翻出来,吵架永远不会停息。过去的事情,如果你选择原谅和忘记,一切都会简单起来。

英文里面有两个单词很接近:forgive(原谅)和forget(忘记)。要能够忘记才能够原谅,过去犯的错如果你能够接受,你就会原谅。比如,丈夫出轨后,请求原谅,既然你选择了原谅,在今后的争吵中就不要把这件事拿出来,试图让他屈服。过去的事情已经过去了,我们只有接受这件事情,原谅对方,才能够往前走。伤疤揭得越多越不容易好。

陈年旧账是女人心中的"痛",但是这个"痛"是可以消除的。被旧账困扰的你,可以从以下几个步骤努力消除:

第一，不要有过高的期望。你要承认，不是爱人做的每件事情都能让你满意。

第二，关注积极的一面。写出你欣赏的爱人的10个优点，或者至少是你可以容忍的10个缺点。当你把注意力放在积极的事情上时，你就会有动力使事情朝着积极的方向发展。

第三，对事不对人。一旦发生矛盾，要就事论事，不要针对爱人某些缺点闹个没完。此外，争取当天的事情当天解决，不要带着坏情绪上床睡觉，否则会影响第二天的心情。

第四，选择合适时间讨论问题。找一个合适的时间和地点讨论令人心烦的问题。爱人刚刚下班或者正要入睡时，都不是合适的时间。你可以选择周末，在一家安静的茶座或咖啡厅解决问题。在这种安静的环境中，两人可以更冷静更理智地展开讨论。

2.相忘于江湖

《庄子·大宗师》有云："泉涸，鱼相与处于陆，相呴以湿，相濡以沫，不如相忘于江湖。与其誉尧而非桀也，不如两忘而化其道。"意思是说，泉水干涸后，两条鱼未能及时离开，受困于陆地的小洼，为了生存，两条小鱼吐出唾沫湿润着，多么友爱！多有亲情！可是谁都不愿意这样，在它们看来，与其在干涸的陆地上如此友爱、亲情，还不如在江湖水中各自游走、相互忘记。

真正的爱是自由的，是彼此为对方的幸福着想，若是一直能够相濡以沫地走下去当然是好的,若是不能,那么相忘于江湖,放弃对方,获得自由,也是一种智慧。

能够忘记的鱼,或许是最快乐的,对于人,对于感情,或许也是如此吧。相濡以沫,有时是为了生存的必要,有时是出于无奈。"相濡以沫"或许令人感动,而"相忘于江湖"则是一种境界,或许更需要坦荡、淡泊的心境吧。

战国时期,庄子家里非常贫穷,经常吃了上顿没下顿。

一天家里又断粮了,妻子叫庄子出去借粮食。庄子去找监河侯,监河侯许诺秋后再借给庄子粮食。庄子说这是远水不解近渴,就回家了。妻子让他再去别的地方借,他说:"相濡以沫,不如相忘于江湖。"于是庄子写了休书,妻子只好偷偷地流泪。不久,妻子再嫁,过上了衣食无忧的日子。

庄子是一个达观知命的人,他拿得起放得下,连妻子去世都能"鼓盆而歌"。但在这件事上却未必不是古道热肠。水沟中的两条鱼,只能凭借彼此的唾沫来润泽对方,虽然也有鼓励,有安慰,但毕竟只有等死的结局。因为这样的处境不是常态,所以势必不能持久。

庄子看得明白,性命攸关,没有什么比活下去更重要。假若能有西江水来苟全性命,相忘又何妨?这便是庄子与俗人的不同之处。大多人看到的是美好,或者至少也是对美好的期望,庄子看到的却是冷酷,是人们即使看到也不愿意说出的结局。

相忘于江湖是怎样的一种割舍?当一个人为了心爱的人的幸福选择放弃的时候,他是豁达的,这种豁达是因为深深的爱。当他把这份爱拾起又放下的时候,他是痛的,但是对方的快乐和幸福已经抵消了他的痛。

林徽因与金岳霖的爱情故事就是"相忘于江湖"的写照。

　　即使多年以后，当金岳霖已经80高龄，年少的旖旎岁月已经过去近半个世纪时，他依然清晰地记得林徽因。当有人拿来一张他从未见过的林徽因的照片来请他辨别的时候，他凝视良久，嘴角渐渐下弯，像有千言万语哽在那里。最后还是一语不发，紧紧握着照片，生怕影中人飞走似的。许久，像小孩求情似地对别人说："给我吧！"

　　在林徽因的追悼会上，金岳霖为她写的挽联格外别致："一身诗意千寻瀑，万古人间四月天。"四月天，在西方总是用来指艳日、丰盛与富饶。她在他心中，始终是最美的人间四月天。他还记得当时的情景，追悼会是在贤良寺举行，那一天，他的泪就没有停过。他渐渐说着，声音渐渐低下去，仿佛一本书，慢慢翻到最后一页。

　　有人央求他给林徽因的诗集再版写一些话。他想了很久，面容上掠过很多神色，仿佛一时间想起许多事情。但是最终，他仍然摇摇头，一字一顿地说："我所有的话，都应该同她自己说，我不能说。"他停顿一下，又继续说，"我没有机会同她自己说的话，我不愿意说，也不愿意有这种话。"他说完，闭上眼睛，垂下了头。

　　多年之前，林徽因、梁思成夫妇留学美国，他们家学渊源，中西文化造诣都很深厚，在知识界交游也广，家里几乎每周都有沙龙聚会。金岳霖孑然一身，无牵无挂，始终是梁家沙龙的座上常客。他们文化背景相同，志趣相投，交情也深，长期以来，一直是毗邻而居。偶尔不在一地，例如抗战时在昆明、重庆，金岳霖每有休假，总是跑到梁家居住。金岳霖对林徽因人品才华赞美至极，十分呵护；林徽因对他亦十分钦佩敬爱，他们之间的心灵沟通可谓非同一般。

　　林徽因曾哭丧着脸对梁思成说，她苦恼极了，因为自己同时爱上了两个人，不知如何是好。林徽因对梁思成毫不隐讳，坦诚得如同小妹求兄长指点迷津一般。梁思成自然矛盾痛苦至极，苦思一夜，比较了金岳霖优于自己的地方,他终于告诉妻子:她是自由的,如果她选择金岳霖,祝他们永远幸福。林徽因又原原本本把一切告诉了金岳霖。金岳霖的回答更是率直坦诚得令人惊异:"看来思成是真正爱你的。我不能去伤害一个真正爱你的人。我应该退出。"

金岳霖对林徽因的至情深藏于一生。林徽因死后多年,一天,金岳霖郑重其事地邀请一些至交好友到北京饭店赴宴,众人大惑不解。开席前他宣布说:"今天是林徽因的生日!"顿使举座感叹唏嘘。

他为了她,终身未娶,因在他心中,世界上已无人可取代她。

金岳霖对林徽因的静默守候,是一种相忘于江湖的境界。也许在做出这样的选择的时候,他并没有做过任何的理智分析,只是爱之深使然。但是对于当今的我们来说,学习金岳霖豁达的放弃是一种智慧的选择。

那些遭遇爱的男男女女们,经常会把朝朝暮暮当做天长地久,把缱绻一时当做被爱了一世,于是承诺,奢望执子之手,与子偕老。然而一切消失之后,才终于明白,天长地久是一件多么可遇不可求的事情,幸福是一种多么玄妙、多么脆弱的东西。也许爱情与幸福无关,也许这一生最终的幸福与心底最深处的那个人无关,也许将来的某一天,我们会牵住某个人的手,一生一世,细水长流。

其实承诺并没有什么,不见了也不算什么,所有的一切自有它的归宿。我们学着看淡,学着不强求,学着深藏,藏到岁月的烟尘企及不到的地方。只是为什么在某个落雨的黄昏,在某个静寂的夜里,那些曾经的美丽身影还是隐隐地在各自的心里淡入、淡出,淡出、淡入,拿不走,抹不掉。这就是相忘于江湖之后留下的淡淡的美好。

3.家庭有时需要无为而治

老子说:"不上贤,使民不争;不贵难得之货,使民不为盗;不见可欲,使心不乱。圣人治也,虚其心,实其腹,弱其志,强其骨,恒使民无知无欲也。使知者不敢为,则无不治。"意思是说,不推崇有才德的人,使老百姓不互相争夺;不珍爱难得的财物,使老百姓不去偷窃;不显耀足以引起贪心的事物,使民心不被迷乱。因此,圣人的治理原则是:排空百姓的心机,填饱百姓的肚腹,减弱百姓的竞争意图,增强百姓的筋骨体魄,经常使老百姓没有智慧,没有欲望。致使那些有才智的人也不敢妄为造事。圣人按照"无为"的原则去做,办事顺应自然,那么,天下就不会不太平。

老子是针对治理国家而提出的,放到家庭中依然适用,治家如同治国。一个家庭中的"无为而治",是一种因势利导的智慧。也就是说"无为而治"并非单纯的无所事事,什么事都不干,什么都不说,放任自流,仿佛一盘散沙。真正的无为而治,是要寓有形于无形之中,有为与无为之中,看似无为,实则有为,这就是做事的辩证法。

在一个家庭中作为一个合格的家长在对孩子的教育方面也要实行"无为而治"的方法。

杨荫杭对女儿杨绛的教育就体现了"无为而治"的方法。杨荫杭认为女孩子身体娇弱,学习过度,会损害健康。所以他从来不要求杨绛多么用功学习,他甚至批判那些整天死读书的女学生,说她们是死读书,只能读成低能儿。

在父亲这样"无为"的教导下,杨绛的学习成绩勉强中等,她上高中的时候,还弄不懂四声。杨绛很着急,问父亲怎么办。父亲却满不在乎地说:"急什么,到时候就自然会了。"

杨荫杭从来不批评女儿,而是采用循循善诱的方式帮助女儿自己找到学习的动力。有一天晚上,父亲问她某些字是几声,杨绛只答对了几个,父亲就很高兴了,不断地夸她有进步。

后来杨绛考上了东吴大学,学习一年后要分科,她没有主意,不知道自己应该读什么。因为她各科成绩都很平衡,没有特别好也没有特别差的科目。于是她征求父亲的意见。杨荫杭说:"自己喜欢什么就学什么,喜欢就是兴之所近,就是最适合自己的。"她按照父亲说的做,觉得自己比较喜欢文科,就选择了文科。

父亲对杨绛无为而治,任由杨绛自由发展,这样宽松的环境对杨绛的发展有着潜移默化的影响。这也是她后来能成为作家的一个重要原因。

在家庭教育中,"无为而治"是一种民主的疏导教育理念,这种理念充分尊重孩子的兴趣爱好,发展孩子的特长。"无为"不是不为,而是要按规律办事。在孩子的成长道路上,家长要做好领航人,为孩子把握好方向,避开暗礁;家长要做好表率,成为孩子的好榜样;要营造良好的成长环境,不要温室,而要宽松和谐的小世界。

在现代生活中,对物质的过分追逐造成了人们的急功近利。尤其是男人,社会压力很大,小时候被父母"望子成龙",长大后被老婆"望夫成龙",被岳父母"望婿成龙",这让他们疲惫不堪。一个智慧的妻子或者丈夫应该懂得"无为而治",顺应自然之道,依照这样的思想经营的家庭才会更温馨,更和睦。

《卧虎藏龙》出名后,许多人都赞扬导演李安的太太是贤内助,他太太却说："我不是贤内助，我从来都不去管他。"

李安毕业后在美国失业，在家里一待就是6年，每天洗衣服做饭带孩子。他太太赚钱养家，却不管他，听凭他在那里胡思乱想、自由发展。假如我们的社会、我们的家庭，能有李安太太这样的大度和睿智，对有个性、有才华的男人们，不强迫他们去争风光，任由他发展，那么成功就离他不远了。

东汉时期，贵人邓绥深受和帝宠爱，皇后阴氏十分嫉妒。但邓绥为人谦恭，性格温顺，对皇后十分尊重。邓贵人和皇后一起觐见和帝时，她从来不正坐；和帝发问时，邓贵人也让着皇后，由皇后先说，遇着皇帝指定要邓绥说的时候，她就怯生生地看过皇后的脸色再说；每当邓贵人发现自己的衣服跟皇后的相同或相似时，也立刻换掉。她时时处处谦和忍让，从来不和皇后抢风头。可越是这样，皇后阴氏就越是恨她，对她施行巫蛊之术，想置邓绥于死地。皇后的专横、阴险与邓绥的谦逊、忍让形成了鲜明的对比，最终和帝幽禁了阴氏，想立邓绥为后。邓绥在病中依然坚决拒绝了，但和帝还是坚持立她为皇后。

这个故事，被后代史学家们公认为"不争之争"的典型范例。这里的"不争之争"，与作为领导方法的"无为而治"，在道理上是相的。这里的"不争"并非真正的"不争"，而是以"不争"作为"争"的手段；"无为而治"中的"无为"也并非真正的"无为"，而是以"无为"作为"为"的手段。

无为而治，是一种生命的智慧，一种对"道"的追寻。老子"道"的学说，就是对宇宙万物的形而上的把握。它的宗旨，不在玄远的空洞世界，而在生活的实践之中。对于个体生命而言，无为而治，提供了安身立命的基础；对于一个家庭而言，是关系的润滑剂，是健康的保鲜膜。

无论是在一个家庭，还是在一个企业甚至是国家中，做到无为而治

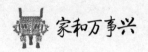

就要懂得适时放开手,让别人自由去发挥,去追求。即使遇到再多的磨难,只要他意志坚定,你就要全力支持他,给他适当的空间去做他喜欢做的事,终究有一天你会看到他的成功带来的喜悦。

4.把不好的回忆统统删除

人的经历是无法抹掉的,世上也没有忘情水可以让人忘掉过去。有好多人离婚多年,还在抱怨已经结束的婚姻,这种沉湎的结果,无形中把痛苦固化了,等于是把一时的伤害变成了永久的折磨。生活中有些痛苦确实是锥心的,但是要知道,痛苦之后的抱怨、消沉于事无补。

以前的伤害并不可怕,试着走出阴影,重新开始,寻找新的幸福。只要自己努力和坚强,这些是完全可以实现的。真正的爱情,是排除路上的阻碍,坚持走下去,而不是藏在黑暗的角落里孤芳自赏。爱的伤痛,有时候会刻骨铭心,但那些毕竟已经过去了。忘掉那些不愉快的过去,选择重新开始,才能拥抱全新的生活。

追究谁对谁错,没有丝毫意义,走好以后的路,才是至关重要的。为什么不把伤害看成是生命自我更新和提升的机会呢?难道我们不应该迅速地融入新生活,去找寻属于自己的快乐?

姜倩曾经有一个幸福的家庭,一份稳定的工作,老实敦厚的老公和可爱的儿子。除了家庭生活有些平淡之外,她还真挑不出有什么不满意的地方。34岁这年,姜倩的平静生活,被一个热情如火的男人打破了。

两年前，姜倩被单位派到外地培训，同去的还有邻市一位大她三岁的中年已婚男人。在后来的频繁接触中，这个貌似优秀多情的男人疯狂地爱上了她，继而对她展开了狂热的追求。发短信，打电话，送玫瑰花，烛光晚餐……姜倩跟丈夫是相亲认识的，哪里见过这样的阵势！姜倩被追得晕头转向，已经分不清激情和爱情的区别了。

这个已婚男人解释自己爱上姜倩的原因时，是这么说的：姜倩可爱、善良、纯真，虽然他自己也承受了很大压力，可最终却难逃这场桃花劫；自己做的这一切，都是发自内心的呼唤；姜倩是他的孤品，今后他也不可能再遇到姜倩这样的女子，也就断不会再如此动情。

在他的激情和温柔攻势下，姜倩的心理防线沦陷了。男人回家后如约离了婚，辞掉公职来到姜倩所在的城市。已经没有退路的姜倩，在亲人的万般劝阻中，毅然离开了丈夫，舍弃了儿子，嫁给了他。

不幸的是，他们的激情维持了一年半之后，现任丈夫转眼爱上了另外一个"善良美好"的女人。很显然，这一次他也是"认真"的。

姜倩清楚地知道他会如何对待旧爱，没有多想就选择了离婚。只是相比第一次的离婚，这次她被伤得太重了。

她在个人空间里写道：我曾经爱过一个人，也被一个人爱过；我曾经伤害过一个人，也被一个人伤害过。经历了，也承受了，所以没必要再"降价处理"自己的生活和感情，一切随缘吧。一个人生活，其实也不坏。

女人最大的快乐，就是拥有一个充满爱的家庭。当爱已失去往日绚丽的颜色，心已彻底破碎的时候，辛苦维持并不能使生活更加圆满。不要把自己缠绕在痛苦的乱麻中挣脱不出来，要知道，放弃也是一种解脱，拿出勇气来开始新的生活，用自己的智慧创造新的快乐，要比长期生活在痛苦中更好。

生活中，有些东西是必须抛弃的，不管经历怎样的风雨，不属于自己

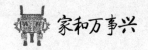

的东西,注定不能强求。人生总是要向前看,有些记忆不适合再带着上路,否则只会让你活得更加痛苦,平添更多心理负担。所以要学会遗忘,让自己轻装上阵。学会遗忘,有选择地遗忘,漫长的人生将更洒脱,人生旅程也将处处充满亮丽的风景。如果生命中注定会有痛楚,那么,遗忘就是避免疼痛和伤害的最有力武器。遗忘不仅是一种美丽,也是一种禅意的空灵,它能让你摆脱一切的痛楚。只有忘掉那些心中的不快,才能把握青春,绽放美丽。

学会遗忘,并不是件轻松容易的事,因为许多忘不了又忘不掉的悲哀、耻辱是刻骨铭心的,这就需要我们用一颗平常心去看待问题。既然发生了,就注定无法挽回,如果你因错过太阳而流泪,那么你也将错过群星!

康道塞说:"享受你的生活,不要和别人比较。"而人天生就有的攀比心理却总是让我们很难做到这一点。我们总是对得到的多加抱怨、挑剔,对未得到或者属于别人的幸福歆羡不已。佛说:"人间妙五欲,地狱五条根。"肆意膨胀的欲望,很容易使一个人陷入失望和愤恨之中。

一个人问佛:"为什么当别人爱着一个女子时,总觉得她们就是这世上最美丽的人,而我现在也爱着一个女子,却还是常常会发现有很多长得比她更漂亮的女子呢?"

佛反问道:"你敢肯定你是真的爱她,而且是爱的最深的那个人吗?"

"那当然!"那个人不假思索地答道。

佛说:"那么祝贺你,你的爱情是真诚、深刻、成熟、理智的。"那人有些不解,问道:"为什么这么说呢?"

佛解释说:"因为你即使在最爱她的时候也清楚她不是这世上最美丽的女子,但你却还能那么坚定地爱她。这说明你爱着的不仅是她的容貌,还包括她的内在。容貌是最不可靠的东西,它会随着岁月的流逝而逐渐老去。而内在却可以永恒地存在，你爱着这永恒不变的内在，你的爱也才能够得以永恒。时间的任何考验对你的爱来说，都算不得什么。"

那个人听完之后点了点头，继而又问道："那像我这样，在这个变幻莫测的时代中，还如此执著地爱着一个人，到底值不值得？"

佛问："你自己心里是如何想的？"

那人思考了片刻，没有说话。

佛说："其实答案早就在你的心中了。既然当初相爱的道路是自己选择的，而且也已经在路上了，就只能无怨无悔地走下去，不能怨天尤人。"

有人说："恋爱双方之间的接纳，就好像到批发市场批发苹果一样，你不可能幸运到挑到的整箱都是好苹果，爱情中必然会存在着各种各样的问题。"如果你觉得你的爱人就是你心中爱的那个人，那就踏踏实实地好好对待他，共同走过你们的人生，不要总是嫌弃、抱怨。

"生活赐给每个人的幸福是等量的，只是你常常把别人的幸福看在眼里，却没有将自己的幸福记在心上。"很多时候，并不是别人比你多得到了什么，而是你少了一颗感受幸福的心。

比如有一天，你的爱人带回来一个苹果给你，你会作何反应，是责备对方吝啬小气，应该多带几个？还是直接丢过去一句："带个破苹果回来干嘛？"

你给予他的只是埋怨和责备，但是你大概从来没有想到过，这个苹果中间包含着怎样的爱意。它可能是另一半在跟朋友聚会或者公司开会时，舍不得吃而故意留下的。对方原本以为把这个自己舍不得吃而一直揣在衣袋里的苹果留给心爱的人，一定会让你很感动。其实，他完全可以给你买更多的苹果，但是在他看来，它们远没有这一个珍贵。

当对方从衣袋里掏出一个温热的苹果时，聪明的人会说："你对我真好！一人吃一半吧！"这才是我们每个人都应该感受到的幸福。

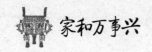

　　禅语有云："放下欲望,就是幸福。"婚姻对于我们来说,重要的不是比较,而是享受;重要的不是看到别人拥有的,而是看到自己拥有的。用欣赏的眼光去看待和包容与你朝夕相处的爱人,生活才会越来越甜蜜。

　　不要埋怨你的另一半不是太阳,没有给你太多的温暖,要想想你是不是月亮,给了对方多少温柔;不要埋怨你的另一半不是耀眼的明星,不能挂在你骄傲的心头,要想想你是不是路灯,能不能无怨无悔地为对方照亮前进的路;不要埋怨你的另一半不是雨后的彩虹,没有带给你生命的梦幻,要想想你有没有撑开幸福的雨伞和对方风雨同行。

5.只记住好事,坏事统统忘掉

　　过去,大多数人的婚姻是仅凭媒妁之言走到了一起,并且他们中的绝大多数人都幸福了一辈子。很多白头偕老、相伴一生的幸福故事,无一例外都是宽容的结果。如果一味沉浸于恋爱的感觉不能自拔,事事苛刻强求,处处咄咄逼人,实在是自己为难自己,不仅于事无补,也会使双方的感情越来越僵。

　　有人说,宽容就是选择性失忆,让那些令人不快的记忆消失,剩下的都是美好。只有保持这样的心态,才能感觉自己的婚姻越来越完美,越来越有滋味。只记住好事,忘记不开心的,这是一个人应该具有的性格,其实也是对方希望你能做到的。

　　一位日本妻子到京都找朋友相聚,吃饭间谈起她的老公是怎么追她的。她说一开始有自己喜欢的人，于是一而再、再而三地拒绝。可是，后来成为她老公的这个人即使被拒绝了也不会不开心，一觉醒来什么都忘了，继续嘻嘻哈哈地追，于是她觉得这个人只会记住好的事情，不会记住她的不好，最后终于动心，放弃了原来喜欢的那一个，而嫁给了她现在的老公……

一觉醒来什么都忘了。多简单，这也许才是真正发自内心的只要付出不要回报的爱吧。可是很多人嘴上会说不在意，忘记了，事实上脑子里却时时刻刻惦记着，于是就会表现出忧郁，愁容不解了。这样在对方看来，也会觉得心里有疙瘩，就更谈不上愉快相处了。

她是一个漂亮的女人。生活在山区，家境贫困，为了给哥哥娶媳妇，父母将她卖给了另一山村的男人。谁知刚刚嫁过去半个月，男人因车祸而亡。婆婆骂她是克星，克死了自己的儿子。同村的人们都对她冷眼相看。回自己父母家，嫂子不容她。她心灰意冷至极了……

在媒人的介绍下，她再婚了。她比他小20多岁。她这次再婚时家乡的人都以为她傍上了大款，只有她自己知道他是怎样的一个人。

他长得又丑又黑，一口向上鼓起的黄牙，脸上有着一道深深的烧伤疤痕。媒人提亲时对于他的长相一字也没有提起，只是说他是一个善良、老实、能干、有手艺的人，就是因为家穷耽误了娶媳妇。

草原因为偏僻、封闭、落后，在那个年代娶不上媳妇的男人较多。家里有钱的可以托人到山区去找，花几千元钱或几百元钱就可以找到。这个男人也托人带一个回来，就是她——一个克死了丈夫的女人。媒人去说亲时，她因为实在在家中无法待下去就急于嫁给了这个50多岁的男人。婚礼过后她才知道他的手艺就是每天在风吹雨淋中修理自行车，再加上他长得丑，她结婚的第一天就有种上当受骗的感觉，但是自己已经没有退路了。

再婚后，男人非常疼爱她，体贴她。她因为对自己的再婚不满，心中时常不快，常常哭泣，男人每每这时总是将她揽入怀中，什么都不问，将她脸上的泪水擦净……男人每隔几天就给她带些小礼物回来，一块纱巾，一盒擦脸油，一块手表，一双手套，一些樱桃……

她长到近30岁从来没有带过纱巾，更不用说吃樱桃了，樱桃她从来都没有听说过。看着樱桃她突然觉得有一股无比的幸福的感觉涌过心间。她吃樱桃，男人在旁边看着她，她说："给你一个吃吧。"男人赶紧推脱说："不吃，我不爱吃，看着你吃我就快乐。"一次，她上街，偶然问问樱桃的价格，竟然70元1斤。她辛酸了，她深知他不是不爱吃樱桃，而是不舍得吃呀！

她从此暗暗发誓要一辈子爱他。她更加疼爱他了，早晨他没起床前她偷偷起来为他烧好早茶，晚上他修自行车回来时她已经为他做好热腾腾的饭。草原的冬天，天气特别寒冷，男人在外面修自行车回到家时，身体冻得直发抖，女人就用自己的身体为男人暖脚。每到此时，男人都很知足，说自己是有福气才娶到这么漂亮、体贴、温柔的妻子。他的知足话语让女人心花怒放。

一天，女人对男人说："你一个人在外面修理自行车太辛苦了，我在家待着没事，我和你一起去修。"男人不答应，说自己挣的钱足够养活她的了。女人偏要去。

从此大街上总是能够看到一对老夫少妻在修自行车，他们紧紧地挨着坐，有活就男女一块干，没活时他们有说有笑地谈论着。

冬天草原天气风大雪大，女人不禁冻，在外面一会儿的工夫就手脚发麻，脸上发青。每到这时，男人总是跑到对面的快餐店，为女人买来热腾腾的热狗，男人为女人打开皮，之后再为女人打开瓶装的热饮料，女人吃一口热狗，男人在将热饮料递给女人，女人喝完饮料后将热狗塞到男人嘴里,他们就这样你一口我一口的吃着,有说有笑,说笑中充满着关心、体贴、爱和真情……

一天男人对女人说:"总有一天,我会走在你前面的。"女人哭了,她说:"我们一起走,做鬼我们仍是夫妻。"男人说:"不行,你一定要在我走后好好活着。我想从下个月开始中午不回去吃饭了,再在学校门口开个摊位,多挣些钱,等到我走后能够给你多留些钱,保证够你晚年生活的费用。另外,我雇人在自己的草场上为你种植玉米,每年会有万元的收入,还为你买了50只种公羊,十只母羊,等过些年我走了,羊群也发展的数量多了,你每年卖些羊足够你晚年生活的了。"女人再也忍不住扑到男人怀里痛哭起来,她知道从来没有人替她这样着想过,可是眼前这个又丑又老的男人为她想到了年老,她觉得嫁给这个男人她这辈子值了。她觉得自己是世界上最幸福的人。

学会忘记不愉快,是一种修养,是一种大度能容的宽厚。人的负累与承受是有限度的,适时地删除一些不快乐的保存是轻松与释然。如果心中装满了郁闷,用这种心情说话与做事,难免会带有消极与抵触的因素。

学会忘记不愉快,并不意味着否认与推翻。曾经的一切依然会存在,但只可以在某一特定的时间与环境里再次清晰,只能是生活中的点缀、插曲或曾经,也只能用来作为警醒或反思,而不能再次波及自己的思想与心情。在这个世界上,除了自己愿意,没有人能让自己不快乐。

一个人,要想活得开心、洒脱,最好的方法便是做个健忘的人。如果对那些痛苦的事情念念不忘,那么,即使事情只发过一次,它也会每天在你的脑海中出现,所以,请学着将痛苦的事忘记,只有忘记过去的伤痛,我们才能生活得开心。

活出一个洒脱的状态,随时给镜中的自己一个微笑,我们可以活得更加漂亮,更加自信,更加率性!

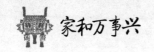

当然,天下没有不散的宴席,不管爱憎别离,还是风花雪月,都只不过是人生过程中的一道风景,学会欣赏它们,我们就能永远掌舵生命的方向。当一场刻骨铭心的爱恋成为历史,我们且不妨把自己藏起来,回归自我的世界,待到风平浪静,获得自我的解脱后,一切还是那么美好。学着记住该记住的,忘掉该忘掉的,给自己更多洒脱地活着的机会。

学会忘记不快乐,是一种胸怀。所以,在婚姻家庭更要时刻谨记。

夫妻之间难免会有这样或那样的不愉快,而学会忘记不快,选择该冒火时就冒火,该生气时就生气,之后,就把它丢弃,不要总是放在心上,耿耿于怀。而且,忘记的时间越快越好。

在共为夫妻的日子里,彼此之间的幸福也许只是一些瞬间的感动,比如是在弯腰帮你系鞋带的那一刻,还有一个真诚的拥抱、一个宽容的微笑……人生匆短,夫妻之间更应该记住所有让自己曾经感动过的一个又一个时刻,并让这种幸福感延续,陪伴每一天的日子。

如果自己还没有学会忘记不愉快,那不妨在心情触礁的时候选择一个最适合自己的方式,或看看日月星辰、云卷云舒、花开花落,或听听音乐、品品美食……每一个人都应该找到一种最有效、最适合自己的方式让心中的不愉快消失,让心灵的安宁萦绕全身。

6.放低底线,幸福其实很简单

幸福其实很简单,构成它的要素,不是宏大的愿望,也不是纷繁的生活,而是每天发生在生活中的一些小事。只希望平淡安适的生活;只希望父母都健康快乐，住得很近，天天见面；只希望有个可紧握彼此双手，一生相随的人。

天下本没有持久的幸福，如果说幸福也有一定的形状，那它绝对不会是一根玻璃棒，而是一条珠链，由大大小小的瞬间的快乐连接而成的——每一颗珠子都很简单，但也很重要。因此，追求幸福，首先就要从简单做起。

那么，幸福都有些什么样的条件呢？我们先来看看下面这个小故事吧！

在儿子读小学二年级的上学期期末时，老师留了一项作业，要他们当小记者访问爸爸。共有六个问题，有一大半是资料性的：在哪里工作？负责哪一方面的事？等等，其中的第五题是："爸爸的梦想是什么？怎么实现？"

爸爸说："我有三个愿望，第一个愿望是吃得下饭；第二个愿望是睡得着觉；第三个愿望是笑得出来。"

儿子看了看爸爸，说："别人的爸爸都有着伟大的愿望，做科学家、航天员什么的。你这愿望，存心就是害小孩。"

爸爸说："要不然你照我的话写完之后，再写一篇《我眼中的爸爸》附在后面让老师了解这不是你随便写的，而是你爸爸的本性就是如此。"

儿子觉得有道理，于是很快地写了一篇没分段的作文。

第二天，爸爸问儿子，老师怎么说？

儿子挠了挠头，有点不好意思地说："老师上课时叫我到前面，说我的访问和作文写得非常好，给我98分，是全班最高的，比班上的模范生还高，还把我的作文念给全班听。"

"那她有没有说为什么？"

"她说她先生的工作最近不太顺利，已经有好几天睡不着觉，也只吃得下一点东西。你爸爸的三个愿望很有意思。"

幸福没有多高的条件,吃得下饭、睡得着觉、笑得出来的人,就是幸福的。

放低幸福的底线,人们就会发现,幸福不是完美或永恒,它只是内心对生命流转的感受和领悟;幸福很简单,它不仅留存于他人给自己的关爱与恩惠中,同样也积存在我们自己的爱心与真诚里;幸福很简单,简单得在它来到我们身边的时候,或许我们根本没有察觉。

上帝派天使甲和天使乙在人间巡游,于是两位天使便看到这样有趣的一幕:

一个衣衫褴褛的乞丐看到一个男孩左手拿着面包,右手拿着牛奶,边走边吃。乞丐摸了摸饥肠辘辘的肚皮,咽下一团又一团口水,羡慕地自言自语:"哎,能吃饱饭,真幸福呀!"

那位小男孩刚走了几步,就看到一个女孩坐在爸爸的摩托车后座上来到了肯德基,买了一个大号的外带全家桶,开心地啃着汉堡,吸着可乐!小男孩于是看了看自己手中的面包和牛奶,羡慕地自言自语:"唉!能吃这么多美味,真幸福呀!"

啃着汉堡包的小女孩坐在爸爸的摩托车后座上,忽然看到一辆漂亮的黑色小轿车从身旁驶过,绝尘而去!小女孩想:"能开这么漂亮的车子,真幸福呀!"

而小轿车里坐着的却是一个逃犯,他正在逃避警察的追捕,可他终究还是被警方逮到了,警察给他戴上了冰凉的手铐,坐在警灯闪烁的警车里。他透过车窗看到一个乞丐在路上漫无目的地走着,于是他羡慕地朝乞丐喊了一声:"唉,可以自由自在不受束缚,多幸福呀!"

乞丐听到那人的话,心里一下高兴起来了,原来,自己也是幸福的,以前怎么没有发现啊!于是,他手舞足蹈地一路唱着歌去了。

两位天使回去后,他们向上帝汇报了在人间所见到的这一切,并述说了心中的困惑:"为什么乞丐也是幸福的呢?"

上帝微笑着说:"人生来就拥有活得幸福的权利,只是一些人没有去主动发现幸福而已。但不管怎么说,简单,最容易获得幸福。"

要得到幸福与快乐,其实很简单。少一些欲望与杂念,多一份淡泊与从容,人生就会变得亮丽起来。

一个神情沮丧的小伙子在公园里的靠椅上目光呆滞的看着一群老年人在慢悠悠地打太极拳。小伙子感叹道:"唉,现在的老人多幸福啊!"

坐在他旁边的,正是一个头发雪白的老者。老者听到年轻人的感慨便问道:"年轻人,你难道不幸福吗?"

小伙愁眉苦脸地说:"别提了,我的生活简直一团糟。今天在公司竞争一个经理的职位,我落败了;家里的房子还是十年前的老窝,原本想这次竞选成功便可以去购置一套大房子,现在只能望楼兴叹。最糟糕的是,我每天都为了这个家在努力拼搏,但我的妻子却一点都不理解我的苦心,老是因为我不能回家吃饭而和我吵架。我简直烦透了!"

老者微笑着问道:"那么你认为怎么样你才能幸福快乐呢?"

小伙子眼神里充满了憧憬,他指着远处一座高楼说:"要是能够搬进那栋大厦我就心满意足了。"

老者摇摇头,很淡然地说道:"这个愿望我没有能力帮你实现,但我现在有一种办法让你感到快乐幸福,你愿意尝试吗?"

小伙子用十分质疑的目光打量着老者说:"你,真的有办法吗?"

老者说:"你现在去花店买一束鲜花,然后回家吃饭。"

小伙子说:"就这样吗?"

老者轻轻地点点头,起身说道:"就看你愿不愿意尝试了。"说完便转身离去。

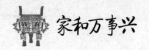

　　小伙子目送着老者远去的身影,心想着:这叫什么办法,我还以为他会教我一套赚大钱的秘籍呢。于是他闷闷不乐地离开了公园。天色渐渐暗淡,小伙子在回家的路上经过一家花店,他虽然不太相信老者的话,却鬼使神差地走了进去。他随便选了一束雪白的百合便回家了。

　　回到家里,妻子看见他捧着一束百合便很兴奋地说:"这是送给我的吗?"小伙子点点头。妻子开心地在他脸颊吻了一下说:"我去做饭。"饭菜很快做好了,夫妻俩静静地坐着吃饭。妻子不时地闻闻百合的香味,脸上洋溢着甜蜜的微笑。小伙子突然觉得有些内疚,便说:"对不起,我当经理的事泡汤了,我们住不了大房子。"妻子却说:"住在这里不好吗?只要你经常回家陪我吃饭这就够了。"小伙子顿时觉得心头暖暖的,嘴角不知何时也露出了自然的微笑。他这才意识到,原来自己已经身处幸福之中。

　　第二天他想去感谢那位老者,等了很久却迟迟未见其到来。他去问那边打太极的老头,老头说:"哦,你说的是他啊?他昨天晚上就去世了,但走得很安详。"

　　幸福,不是任何物质所能取代的。他只是一种感觉,一种让我们快乐、温暖、感动的感觉。幸福并不需要那些物质上的满足才能艰难的得到,有时候仅仅是在一念之间。如果你只为心中的欲望不能实现而烦恼不堪,如果老人感叹将不久于人世而心灰意冷,又怎么去体会当下的幸福呢?

　　生活简单就是幸福,不意味着我们放弃了对目标的追逐,而是在忙碌中的停歇,是身心的恢复和调整,是下一步冲刺的前奏,是以饱满的热情和旺盛的精力去投入新的"战斗"的一个"驿站";生活简单就是幸福,并不意味着我们放弃了对生活的热爱,而是于点点滴滴中去积累人生,在平平淡淡中去寻求充实和快乐。

　　放下沉重的负累,敞开明丽的心扉,去过好你的每一天。问问自己,你吃得下饭么？睡得着觉么？你笑得出来么？如果你吃得下饭、睡得着觉、笑得出来，那你还有什么好悲伤的呢？适当降低幸福的底线，牢记幸福这三个简单的条件，相信幸福生活一定会属于你的。

7.走出情伤，就不会为情所困

有句谚语说：爱情不是强扭的，幸福不是天赐的。有的东西你再喜欢也不会是属于你的，有的东西你再留恋也注定要放弃，爱是人生中一首永远也唱不完的歌。人的一生中也许会经历许多种爱，但千万别让爱成为一种伤害。

一位美丽的女士，被一位负心的男人抛弃后，投崖自尽了。她的灵魂飘忽在地狱和天堂的交界处。主宰升入天堂的天使和掌管进入地狱的魔鬼都不愿收留她。

地狱的魔鬼说："她是个可怜的女人，在人间受尽折磨，又没做什么缺德的事情，她不该到地狱来。"

天使说："我们不能要她，要了她等于害了很多人。"

魔鬼问："你这话是什么意思？像她这样痴心的人，付出的都是爱，怎么可能会陷害别人？"

天使说："正是因为她的痴情，我们才不能要她，她爱上了一个不值得她爱的人，最后还用死来惩罚自己。对于这样的愚人，如果我要了她，那样就证明我承认她做这件事情是正确的，这就会让更多的女人来效仿

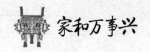

她,甚至把她当作烈女、贞女来崇拜。你说这不是害了其他的女人了吗？天堂要的是一个既懂得爱别人,又懂得珍惜自己的人,因为只有学会爱自己才能爱别人。爱自己有时候也是痛苦的,就像她,如果能承受那种被抛弃的痛苦,坚强地活下去,把自己的爱付给那些值得她爱的善良人,才是正确的,才是伟大的,才有资格升入天堂,所以,她是不配升入天堂的,她不能承受痛苦,用死去逃避,那就要让她去承受被别人抛弃几千几万倍的痛苦吧！让她知道来生怎么样去珍惜生命吧！她作践了上帝给她的生命,只能去地狱。"

魔鬼说:"我明白了。"说完就带着这个痴心的女人进入了地狱。

面对逝去的感情时,许多人都只看到了它曾经的美好,只有被这样的感情弄得遍体鳞伤时才明白,原来爱情不仅仅有美好的一面。其实,谁能保证一生只爱一个人,分手是再正常不过的事情。面对失恋,如果总深陷其中,总想做最后的挣扎,甚至认为自己不能生活得幸福,那么谁也别想幸福,在这种念头下,做着最疯狂的事情。这些都是再愚蠢不过的行为。

在日常生活中,人们总是容易沉溺于往事的追忆无法自拔,皆是源于对过去丧失的事物的迷恋。但是爱走了,就要舍得放手。这也是对自己的宽容,为了让自己不再难过,有时候爱情就应该"自私点"。烟花不可能永远挂在天际,只要曾经灿烂过,又何必执着于没有烟花的日子？

姜琳这段时间正处于家庭战争时期,老公提出了离婚。为了挽回老公的心,她试了很多种办法,然而毫无作用。想要放下这段感情很难,她选择了逃避。那时,正值长江即将涨水之际,她报了团去三峡散散心。

带着内心的伤,她整理了行装,起身前往重庆,从那里上船到宜昌,领略三峡两岸的美丽景色。原本,她以为即使看到再美的景色,也不可能医好自己所受的情伤。可是，还没坐上船，她已经被身边的美景所吸引，面对蜀山蜀水，她领略到了从未有过的气势。上船后，她才发现乘客除了一个苏州团成员以为，都是一些金发碧眼的老外。

一路上，船在崇山峻岭之间顺流而下，看着数千年来被无数文人骚客吟诵过的峡谷，多少感慨涌上心头。深夜时分，姜琳独自一人戴着耳机呆坐在甲板上，歌声、涛声如影随形，终于，这些天积压在心头的忧伤涌上心头。虽然，身边有许多旅客，然而有谁会注意她这个陌生人呢，泪水顺着脸庞滑落下来。索性放开些，等到哭累了，她才回房睡觉。

清晨醒来，她惊讶地发现居然能够一夜安睡无梦了。这么多天以后，她终于有了胃口，早餐时，吃下了许多东西。中午时分，到达鬼城丰都，游客们纷纷下船，导游关切地对已上岸的她喊道："别忘了，你的船停在这儿！"她微笑着向导游示意。望着依山而建的古城，姜琳也想和其他游客一样，爬上山顶领略大自然的风姿。初夏时节，午后阳光有些灼热，再加上这些天来她心情低落，休息不够，因而，还没走多远就被落下了。忽然，她的头一晕，险些从台阶上摔下去。身后两双手及时把她扶着，才让她免遭不测。"你怎么了，看你的脸色苍白，是不是不舒服？"是好听的苏州普通话，是两个男人，他们一直在她的身后。"没事的，只是因为有些累了。"姜琳答道。"那你慢点，我们一起走吧。"于是，两人接过姜琳手中的包，拉起她的手，就这样一路走去。

夜风吹起，忽然一个充满磁性的声音在耳边响起："放下亦是一种美，就宛如你披着头发时的样子很美。"姜琳认出是下午一起上山的两个苏州人之一。那个男人说道："看着你昨夜在甲板上伤心哭泣，无助的样子，我们都很担心。只要你愿意放下一些伤痛，我想你会幸福的。"听着动听的话语，姜琳把头转向一边，流出泪来。许久，"一切都会好起来的！"男人说道。等到旅游回来，姜琳心中的结已经打开。她与老公很快就办好离婚手续。

　　人生漫漫，有爱就会有伤，有情就会有痛。这一路走来，为事，为情，为人，为爱，我们的内心何止破碎一次，却依然可以在受伤过后，重新站立起来。只要愿意，一个人永远不会丧失爱的能力。既然如此，那么，你还会再害怕多一次的伤害吗？如果一段感情到了尽头，却又无法挽留，此刻你能给他的爱就是试着把手放开。

　　面对感情伤害，也许的确会让人痛彻心扉，然而，聪明的人懂得，只有放下这份让人痛心的爱，才能获得解脱。纠缠是一种爱，放开更是一种爱，真正懂得爱的人，更明白成全的意义。因而，如果真的是爱，那么，最后时刻来个优雅的转身是明智的选择。

　　生活中，当遭遇情感突变时，很大多人都无法接受。一方面是因为害怕失去，另一方面是活在美好的回忆当中，无法相信眼前这一切。于是，很多人选择抱着回忆不松手，与往事继续纠缠下去。旧爱往往都是无情的，因为没有一个人会在原地等待你回来。只是有的人固执地以为，对方一定会转身来找自己。

　　如果非要让自己深陷往事中无法自拔，到头来会发现，只是自己一厢情愿的付出罢了。因为生活，还要继续，离开了谁，都不应该停在原地等待，既然从此离去不会回来，那么聪明的人何不放下往事，去追寻新的幸福。

　　无论昨天多幸福，已经成为永远，再也回不来了。活在昨天，只会让你失去精彩的明天。其实，这个世界一直都有美好的风景，只是需要美好的心境才能发现情感的真谛。如果停留在往事中徘徊，即使再美丽的风景摆在你面前，也只能擦肩而过。聪明的你，学会把心打开，放下往事吧，成全明天的幸福。

第九章

提升财商，为爱保航

　　有一句很时髦的口号叫"你不理财，财不理你"。其实，这个口号说的并不全面。对于某些不懂科学理财的人来说，"你一理财，财离开你"。财当然还是要理的，而且还要懂得理财的方式方法。理财对于一个家庭来说显得更为重要，它是家庭幸福、婚姻美满的基本保障，如何支配和规划好生活中的每一笔开销，是每个家庭都应该学习的一门必修课。

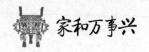

1.节俭持家幸福长

从"历览前贤国与家,成由勤俭破由奢"到"勤俭持家久,诗书济世长"。无一不在证明着国家的富强、家庭的富裕,勤俭节约起着决定作用。勤俭节约,它是一种美德、一种传统。中华民族正是具有这种精神,才能生生不息,兴旺发达。今天我要说,勤俭节约不仅是一种美德,更是一种构建和谐社会的责任。

一个懂得勤俭节约的人,一定会为未来打算,他在自己处于好运的时候,就一定会为将来可能的不幸做好准备;一个没有头脑的人,根本不会为将来着想,他会大手大脚的把全部收入都用光。一旦遇到急难,就会手足无措。由此看来,勤俭节约难道不是一种责任吗?

其实,勤俭节约并不需要多大的力气才能做到,也不需要多高的智力或德行才能做到。它只需要我们懂得一些常识和拥有抵制自私享乐的力量就行了。它不需要强烈的决心,只需要有一点点自我克制。减少一次享乐和快乐逍遥,就能为社会增加一份财富,而自己的品德也会得到一次升华。

如果你是一位亿万富翁的家人,你会穿一件看起来很旧衣服或开一辆二手车上班吗?白手起家的美国富翁克拉克·霍华德是会这么做的。少花一点儿,多存一点儿,这是今天财富社会里成功者的经验之谈。"不管贫穷,还是富有,"霍华德说,"一定要记住,不能今天把钱花得一个不剩,而不考虑明天该怎么办。另外,一生中都要有节俭、存钱的习惯。"

霍华德这位亚特兰大百万富翁说,他是在19岁的时候就懂得这个道理的，当时，他爸爸在一家公司工作了29年后失业了。"他和妈妈都从来不知道节俭，无论是穿衣、吃饭还是住房，他们从来都很讲究。"46岁的霍华德说。现在，霍华德正在向那些愿意听他建议的人们提出忠告，包括400万收听他的广播节目的人："少花一点，多存一点。为什么要花不该花的钱呢？"大学毕业后，霍华德的祖父给了他1.7万美元，他没有用这笔钱买汽车或者去度假，而是把这笔钱用来购买股票和房地产。

20世纪80年代，他成功地投资创办了一家大型的连锁旅行社。后来，他把这家旅行社卖了，赚了一大笔钱。这也是他赚得的第一笔钱。在他31岁的时候，霍华德退出了商业战场，获得了大约200万美元的净收入。接着，他在一家广播电台主持节目，给听众出主意，指导人们如何理财。他的这次尝试获得了巨大成功。后来，他自己成立了一家广播电台。现在，通过广播向听众发布信息，霍华德每年挣得200万美元的收入。尽管他拥有多处出租产业，有几辆汽车，在佛罗里达度假海滩有一座公寓大厦，在一个高档住宅区有一栋住宅，他仍然是一个远近有名的"吝啬鬼"。对于别人给他的这个绰号，他不仅一点都不介意，反而引以为荣。"吝啬是好事，"他说，"我并不认为吝啬不好，相反，我认为这是大家对我的夸奖。"霍华德几乎从不逛商场，需要逛商场的时候，他从来不到零售商那儿去。事实上，他从来都不到商场去购物，他经常到批发物品俱乐部去采购，因为那里的东西要比商场里的便宜一些。在购物的时候还讨价还价、斤斤计较，在外人眼里，这样做，对像他这么有钱的富人来说完全没有必要。但霍华德认为：为什么要花不该花的钱呢？

尽管节俭并不一定让你变得富有，但是，那只是一个开始。也许，对你来说一块钱，可能微不足道，或许常常成为你购买零食的牺牲品，但是它却是财富得以生长的种子，是人人都羡慕、渴望拥有的财富之树的种子。如果你想拥有一棵这样的树，如果你想过上富足安逸的生活，你就要

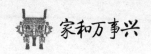
理智地克制自己,主动地学会节俭,不积细流无以成江海。每一个硬币都是一棵财富之树的种子。从现在开始,就该认真对待每一个硬币。

许多人向零售巨商沃尔玛询问致富的方法。沃尔玛问:"假如你拿出一个篮子,每天早晨在篮子里放进10个鸡蛋,每天晚上再从篮子里拿出9个鸡蛋,到最后将会出现什么情况?"

"总有一天,篮子会满起来,"有人回答,"因为我每天放进篮子里的鸡蛋比拿出来的总是多一个。"

沃尔玛笑着对他的崇拜者说:"致富的第一个原则,就是在你们每天放进钱包里的10枚硬币中,最多只能用掉9个。"

家庭生活的每项开支都需要精打细算,而有时候我们的浪费却是惊人的。我们要在生活中加强节约,毕竟,一点一滴的积累也是一笔巨大的财富。霍华德和沃尔玛的致富经验告诉我们:

1.计划经济

对每月的薪水应该好好计划,哪些地方需要支出,哪些地方需要节省,每月做到把工资的1/3或1/4固定纳入个人储蓄计划,最好办理零存整取。储额虽占工资的小部分,但从长远来算,一年下来就有不小的一笔资金。储金不但可以用来添置一些大件物品如电脑等,也可作为个人"充电"学习及旅游等支出。另外每月可给自己做一份"个人财务明细表",对于大额支出,超支的部分看看是否合理,如不合理,在下月的支出中可作调整。

2.尝试投资

在消费的同时,也要形成良好的投资意识,因为投资才是增值的最佳途径。不妨根据个人的特点和具体情况做出相应的投资计划,如股票、基金、收藏等。这样的资金"分流"可以帮助你克制大手大脚的消费习惯。当然要提醒的是,不妨在开始经验不足时进行小额投资,以降低投资风险。

3.择友而交

你的交际圈在很大程度上影响着你的消费。多交些平时不乱花钱，有良好消费习惯的朋友，不要只交那些以胡乱消费为时尚，以追逐名牌为面子的朋友。不顾自己的实际消费能力而盲目攀比只会导致"财政赤字"，应根据自己的收入和实际需要进行合理消费。

同朋友交往时，不要为面子在朋友中一味树立"大方"的形象，如在请客吃饭、娱乐活动中争着买单，这样往往会使自己陷入窘迫之中。最好的方式还是大家轮流坐庄，或者实行"AA"制。

4.自我克制

年轻人大都喜欢逛街购物，往往一逛街便很难控制自己的消费欲望。因此在逛街前要先想好这次主要购买什么和大概的花费，现金不要多带，也不要随意用卡消费。做到心中有数，不要盲目购物，买些不实用或暂时用不上的东西，造成闲置。

5.提高购物艺术

购物时，要学会讨价还价，货比三家，做到尽量以最低的价格买到所需物品。这并非"小气"，而是一种成熟的消费经验。商家换季打折时是不错的购物良机，但要注意一点，应选购些大方、易搭配的服装，千万别造成虚置。

6.少参抽奖

有奖促销、彩票、抽奖等活动容易刺激人的侥幸心理，使人产生"赌博"心态，从而难以控制自己的花钱欲望。要知道这些东西就好像"买椟还珠"，如果你为了礼品漂亮而买下不需要的东西，那才是最愚蠢的消费者。

7.不贪玩乐

年轻的朋友大都爱玩，爱交际，适当的玩和交际是必要的，但一定要

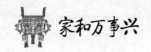

有度,工作之余不要在麻将桌上、电影院、歌舞厅里虚度时光。玩乐不但丧志,而且易耗金钱。应该培养和发掘自己多方面的特长、情趣,努力创业,在消费的同时更多地积累赚钱的能力与资本。美国亚特兰大市场研究所所长斯坦勒在对近20年中涌现的百万富翁做了专门研究后,意味深长地说:"他们中靠运气和遗产致富的人已不多见,绝大多数人的发家致富完全建立在进取、发奋创新、严格律己和勤俭节约的基础上。"

不懂得"俭"的人,不知道如何成功,任何成功都在于点滴的积累;不懂得"俭"字的人,只会丧失成功,也会让家里像硝烟弥漫的战场一样,让幸福变得奢侈起来。

2.赚钱是门学问,花钱是门艺术

每个人都会经常思考这样一个问题:我的钱都花到哪里去了? 这个问题除了你自己,没人知道。扪心自问,你疼惜钱吗?相信99%以上的人都会点头。但是,疼惜自己的钱,并不代表你不花钱,也不代表你就是一个懂得花钱的人。有的人花钱大手大脚、毫无节制,说好听一点是"视金钱如粪土",说难听一点是"像暴发户一样挥金如土";有的人花钱畏首畏尾、吝啬如葛朗台,把钱当成命根子,生怕多花了一分。这两种走极端的方式,都是不可取的。其实,花钱是一门艺术,一门很深的学问。

在现实生活中,没有人会嫌自己的钱多,身家上亿的富人大多会找一些理财公司帮忙打理自己的财富。那么,我们寻常百姓打理自己不算多的钱财就要靠自己了,要时常琢磨如何花更少的钱让自己过上更好的生活,要时刻牢记精打细算,勤俭持家的原则,要随时提醒自己把钱都花在刀刃上。

在推销员的游说下,欣然一时冲动,居然买了10年都用不完的清洗剂,令她自己后悔不迭。欣然说,上月中旬,一名推销员带着某牌清洗剂上门,免费为她家清洗了厨具、沙发等,效果不错。推销员称,目前正在做优惠促销,40元一瓶,买一箱30瓶送10瓶。欣然担心买多了用不完,可"买的越多优惠越大"。经过口齿伶俐的推销员一番劝说,欣然冲动地花了2000多元买下90瓶清洗剂。

后来,欣然渐渐发现问题:家里一个月还用不完一瓶。如此算来,这些清洗剂10年都用不完,而其保质期却只有3年。想清楚之后,欣然想要退货,但是,因为是推销员上门服务,没弄清楚厂家、退货地点,也联系不上当时的推销员,退不了货。最后,欣然只能常常看着满屋的清洗剂犯愁。

有人这样比喻,不会赚钱的人是"气球",只会赚钱的人是"机器";不会花钱的人是"守财奴",只会花钱的人是"败家子"。会赚钱又会花钱的人,能"玩转"钱;不会赚钱也不会花钱的人,只能被钱"转"。只有能将钱"玩转"在手掌中的人,才能充分享受金钱带来的幸福,才能做金钱的主人。所以,虽然赚钱是门学问,但花钱更是门艺术。

苏瑞就读于北京一所大学,家里的经济条件比较好,在花钱上她从来都没有计划,几乎是"月月光"。再看她买的东西,全是些乱七八糟的东西。在那么多的衣服和小饰品里没有一件有价值的。她买的数十个皮包全都是"A货"(几乎可乱真的名牌仿冒品)。有时路过一些小摊贩,看到价格便宜就买了,后来自己不常用,就转送给朋友和同事。随着时间流逝,她留下的都是一些没有用的东西。那些都是当时比较流行,而且价格低

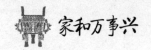

廉的商品,但现在却变成了没有价值的"收藏品"。

毕业之后因为找不到好工作,苏瑞就去报考研究生。但苏瑞要靠自己的力量来交学费是不可能的事,所以就伸出向父母要学费。不仅如此,她还以就读研究生的名义,向父母以及亲朋好友借了一些钱,却买了不少没用的装饰品。完成研究生的学业之后,苏瑞马上就结了婚。本以为结婚后她就把握好消费的尺度,没想到她在花钱上还是和以前一样。她由于没有辛苦赚钱的经验,所以就把老公每月辛苦赚回来的薪水,当作自己过去念书时的零用钱一样毫无节制地花着。年轻的时候因为养成了不好的用钱习惯,所以对她来说,老公的信用卡就像是阿拉丁的神灯。

苏瑞虽然自己也有工作,但她挣的钱连买衣服和小饰品的钱都不够,还在那间没有多大的房子里添置了许多没多大用处的厨房用品。比起用老公每月给的钱,她用得更多的是信用卡,为了得到更多的钱,她还偷偷地背着老公办了一张利息很高的信用卡,用来买自己喜欢的商品。在其他夫妻都在携手努力理财的时候,她却弄得整个家负债累累。不仅如此,她不但没考虑过改掉这种不好的习惯,还一直埋怨老公薪水太少。

由于苏瑞的无计划乱花钱,她不仅开始过着负债累累的生活,还浪费了许多赚大钱的机会。如果她不改掉乱花钱的坏习惯,就很难从"穷人"的生活中逃脱出来。

一位富豪曾经说过这样一句话:"花钱如炒菜一样,要恰到好处。盐少了,菜就会淡而无味;盐多了,则苦咸难咽。"和其他事情一样,消费也是有原则的,和钱多钱少没有必然关系。任何决策的制定,需要的理性都远大于感性。不管你是多么感性、多么冲动的人,在作决策时,都需要如冰似雪般的理智,作购买决定时当然也要如此。

那么,我们到底如何做到一个聪明的消费者,既可以满足购买欲,又不致花费过度呢,尝试一下几种方法:

1.购物前做好准备

做全职太太的颖，以前总是被超市琳琅满目的商品所吸引，样样都想买，到付款时才大吃一惊——付款金额远远超出原计划。后来，在先生的帮助下，颖学会了挡住超市诱惑的"三大"法宝。

①拟好采购计划。进超市之前，先定好采购计划，拟好采购单，以"近期必用"为原则，把近期必要的商品名称和数量——记录，严格照单购物。必要时坚持"走为上策"，也就是采购完计划内的商品后，扭头就走，不再留恋。

②定期采购。不少人在空闲时总爱上街逛超市，结果不知不觉地买回一大堆根本用不上的东西。因此，有必要制定家庭采购制度，规定一个月光临超市两至三次，并要严格遵守制度。

③做个购物独行侠。上超市，携夫带子是大忌。一家人上超市，每个人都拿点自己喜欢的东西，采购车很快就满了，造成超支。

2.学会讨价还价

购物中，免不了要讨价还价。掌握一定的"砍价"技巧，既是节约开支之所需，也是生活开心的一个重要因素。以下总结出了几个讨价还价的技巧。

①移情别恋。见到满意的商品，千万别做出爱不释手的样子，而要装着不满意而"移情别恋"其他商品，并显出对旁边商品很感兴趣的样子。

②挑肥拣瘦。看中了商品，不要显得很满意，而要东挑肥西拣瘦，吹毛求疵，尽量找出商品的多种不足。哪怕是微不足道的毛病，也有助于你杀价。商品有了毛病，杀价就有了依据，卖主降价也心服口服。

③雪上加霜。时下，反季节销售或是时令商品积压处理随处可见。但是，不要管它"出血"、"跳楼"还是"流泪"，不要心太软，要来个"雪上加霜"，合理杀价一番。这样就可保证买回的换季商品虽要闲上一年半载，但绝对划算。

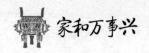

④佯装穷相。上街购物,不妨卸下你的"珠光宝气",换上平民装或是不妨穿上土气过时的衣服"落后一回",这样卖主看你是个平民,考虑到你的承受能力,出价不会高,杀价也容易。另一种装穷法则无须乔装打扮,只须将钱分处放。必要时说明你只有这点钱,卖者只要能赚,就会让价给你。

3.利用网购

如今电商微商的到来,让购物简单化了不少。

经济学人士说,消费者省的和商家赚的都是中间商的钱。规模庞大的市场造就了各级复杂的销售渠道,专业机构统计数据显示:在传统渠道,食品、日化用品的销售成本是15%~20%,数码产品的销售成本是20%~35%,百货、家居用品的销售成本是30%~35%,奢侈品的销售成本在40%以上。

这意味着,你在专卖店花500元买一个皮包,有200块被中间商吃掉了。而根据网络卖家的统计,同样一个包在网上给中间商的钱只有25元左右。假如这个包在网上卖400元,消费者能省下100元,商家还能多赚75元。

4.集体团购,人多折扣大

在一些店内,我们经常会听到这样的对话:"这个东西多少钱?""买一个两块,两个三块五。"把这个道理同时用到更多人的身上,就成了团购。这对买家的有利之处不言而喻,而对于商家而言,薄利多销,单利虽小,但是数量一大,利润也就厚了起来。

3.与其为钱计较,不如学会理财

"男主外,女主内"是传统中最常见的家庭经济管理模式,不过在现代家庭里这样的方式似乎已经越来越站不住脚了。女性的经济地位显著上升,她们不仅能够在工作中独当一面,收入上也毫不逊色于自己的另一半。另一方面,"打理家财"的重要性为越来越多的家庭所接受和认可,理财不仅是简单地存钱、花钱,还需要通过特定的投资计划让家庭财务壮大发展,以满足未来的理财目标。

不过正如美国一位婚姻学家所言:"爱情可以让相爱的男女走在一起,共同组建家庭,却不能保证他们对金钱和财富态度的一致。"由于性格、知识结构、经历的不同,每个人对于如何打理财富、如何进行投资都有着自己的风格与判断,即使对于生活在同一屋檐下的夫妻双方来说,也是如此。于是,在很多家庭中,由于夫妻双方对于理财态度的不一致,而导致的争吵、矛盾,甚至冲突也并不少见。

在家庭财务的管理过程中,夫妻双方所负责的职能可以定期地进行轮换,双方可以从这种轮换中进行换位思考,互相体会到不同的理财环节中,像消费和投资中需要考虑的因素、需要应对的困难。这样不仅可以增进相互的理解,也更加容易实现共同的目标。同时,这种职能的轮换,也可以避免当夫妻一方中遭遇意外情况,如生病、事故的时候,另外一方可以游刃有余,从容应对。

家用分摊从早期"先生赚钱、太太管钱"的单一模式,迄今衍生出至少6种模式,但是理财专家普遍表示,没有一种模式可以称为"最佳模式",因为各有优缺点,也各有不同的适合家庭。有的家庭还会因时制宜,

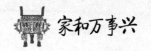

不同阶段采取不同的家用分摊模式。

模式1：一人全权支配

薪水交由一个人(妻或夫)，由她/他全权支配所有家用，这种方式适合互信基础够的夫妻。而拿到财政大权的配偶，不仅要有理财能力，更要有无私的精神，不能将全部动产、不动产都登记在自己名下，因为一旦让另一方有"做牛做马"的不好感受，夫妻关系就很难长期维系。

模式2：高薪者提供部分家用

例如先生只给固定家用，不够的部分才由太太的薪水贴补，这种方式比较适合日常开销稳定的家庭。反之，如果太太需要贴补的缺口经常很大，而只给固定家用的先生却有很多余钱来"善待自己"，诸如大手笔添购个人奢侈品的话，太太当然就要跳脚了。

模式3：高薪者负责所有家用

譬如高薪的先生负责扛下所有家用，太太赚的薪水可以完全用在自己身上，适用在所得相差很悬殊的家庭。但是要注意的是，如果开销庞大、又没有预先做好保障规划，家庭财务其实潜藏很大的风险。

模式4：设立公共家用账户

由夫妻成立共同账户来支应共同开销，乍看是最符合公平原则，但争执也最多，问题出在"共同开销"的定义。例如太太想在客厅添购一盏数万元的欧式古董落地灯，理由是既美化家中气氛，又能当成收藏资产，应该属于家庭共同开销。但先生却认为这只是太太个人喜好，反对由共同账户支出，类似争执就会经常不断。

模式5：各自负担特定家用

由夫妻各自负责特定开销，譬如先生扛房贷，太太负责一般家用。如果夫妻所得相近，各自负责开销的金额也相差不大，就能相安无事；但是若某一方支出的金额浮动很大，或是一方负担金额持续下降、另一方负担始终居高不下的话，夫妻间仍然会时起龃龉。

模式6：各自负责理财目标

譬如由先生负责平日开销，太太的薪水专作退休金准备，也就是先生负责达成短中期理财目标，太太负责长期理财目标，夫妻协力、专款专用，这种方式可让家用争执降到最低，但是双方都要有一定的理财能力，才不至于两头落空。

其实不管选择哪种方式，都要注意——我们为"理财"争论不休，无非是为了让家庭获得更多的金钱保障。

其实，对于理财，夫妻可以各自独立互不干涉，不把所有的钱看成共同的，把金钱的得失都看得淡一些，一切也就和谐一些了。而如果大家都把"情"摆在第一位，把"钱"摆在第二位，夫妻之间相互体谅相互理解，就不会轻易地被理财所"中伤"。谈钱之前先想情，讲理之前先冷静，一切都从一个善意情感的起点出发，也就能够相对和谐了。

齐敏和先生苏群涛就是一对典型的财商不一致的夫妻，苏群涛有记账的习惯，每天晚上临睡前，会把今天的开销和收入都记下来，像写日记一样，这样每个月花销多少收入多少就一目了然，到了月底一总结，哪些钱该花，哪些钱该省，以后就可以引以为鉴。苏群涛认为，理财无小事，所以从结婚开始，他就督促齐敏也要记账，可是齐敏很不以为然，要么是要苏群涛帮她代记，要么就是三天打鱼两天晒网。苏群涛为此很不满，认为家里总是"一笔糊涂账"。齐敏则认为，记账都是些十元二十元的事，没有意义，要想发达，注意力应该集中在做大事上面。而在苏群涛看来，齐敏这是典型的好高骛远。就为这，齐敏和苏群涛没少拌嘴，只要一提到记账，保准不开心。齐敏也和先生提议过，把大家的钱分开，各管各的钱。可是苏群涛不同意，说这和分家差不多了。

夫妻关系就像是一起开着车上路，如果齐心协力，"就能在油箱全满

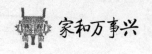
的情况下,一路快乐的开到目的地";但如果连家用分配都攻防不断,"就像是油箱不断漏油,可能只开到一半,旅途就要中断了"。因此,不管采取哪一种家用分摊模式,只要能建立共识与互信,夫妻就有机会一路携手走到尽头。

财商不一致的夫妻相处禁忌:

态度嚣张

就算你们是青梅竹马,感情甚笃,你也不能一上来就露出"我就是比你强"的态势,"水到渠成"的感觉很重要,太强势的人,所有人都对他/她敬而远之,包括配偶。

性子急躁

有话好好说。就是和配偶,也要学会"软着陆"。所以平时的铺垫很重要,不经意间透露一下你的理财想法,找些支持你理财观点的书籍杂志摆在配偶能够看到的地方,和配偶一起看财经节目,有想法了就和配偶好好商量,让配偶觉得这是你们共同的决定,而不是你一个人的。

强人所难

每个人都有自己的底线和原则,就算是夫妻,也不能去践踏对方的底线。所以,就算你知道这个方法肯定能赚钱,但是触犯了对方的原则和底线,你还是绕着走比较好。

态度大变

理财一定会有风险,有些人在对方理财失败后,或者对方的投资决策被证明是错误的之后,态度大变,冷嘲热讽,这无异于雪上加霜,委实不该是伴侣应有的表现。想想看,你是否什么事都做对了呢?

4.夫妻商量着支配金钱

经济问题是每个家庭每天都遇到的问题。现在,有很多家庭都是妻子掌握经济大权。女人心细会当家,对家庭开销也了解得比较全面,当家理财有诸多方便之处。然而,夫妻在财经问题上不协商、闹摩擦的也为数不少。比如对男人来说,零花钱就被限制了,或许这还是其次的,更糟糕的是万一女人是个保守型的管家婆,限制了男人的经济,也限制了男人的投资欲望,长此以往,对家庭是非常不利的。再或者,夫妻一方在花钱上先斩后奏,偏向自己的亲人或是隐匿支出或收入等,夫妻双方都会因之而争吵不断。

有些"妻管严"家庭,男方偷偷摸摸地建起了"小金库"。这样一来,麻烦事就多了。丈夫整天提心吊胆,生怕妻子发现了秘密。若是妻子睁一只眼闭一只眼,倒也相安无事。要是妻子精明而又不宽容,也就难免"祸起萧墙"了。

但好夫妻常常把为对方花钱放在首位,所以避免了争吵,花钱的方式也常常让对方感动。另外,若有大笔支出,则常常会相互商量着办。这种处理的方式,让夫妻双方不但显得大度宽容,更能用情意的眼光来看待婚姻生活,促进婚姻的持续良性发展。

结婚后,林和他老婆为家庭花费开销的事不知争吵过多少次,经常是林的老婆占了上风,其实这就是夫妻之间的经济大权争夺战。在他的老婆看来,这个权力代表女人在家庭中的地位,绝对不可以动摇。

那林为什么想要夺权呢?说起来还有些故事。他老婆并不懂什么理

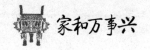

财,只认一条死理:节流。她认为,开源节流,开源是挣别人的钱,节流是挣自己的钱。她说所谓挣自己的钱就是自己少用一分钱,就算是挣了一分钱。林则不这样认为,他觉得这样的理论很荒唐。但是没有用,她的老婆除了拼命省钱,存钱,买一些国债外,别的就不去想了。

就是因为老婆管钱,林说他错失了好多次投资机会。那年他的朋友们都在买房,可是他的老婆坚决不答应,还拿股票的事攻击他。那是因为她一直反对林炒股票,在林千求万求说破嘴皮的情况下,好不容易拿出10万元给他去炒,谁知股市瞬息万变,等他拿钱投进去后就一直跌到底,只剩下几万块。她天天为这事吵,最后林被她逼得只得割肉撤出。这件事便成了她日夜唠叨的理由,让林在"管钱"这件事上再也开不了口。

那一年的上半年,房价一度非常低,林觉得这是一个很好的买房时机,可是他老婆又说再等等,会不会再跌下来一点。结果,房价像风一样吹上去了……真是令他又气又恼。

这样的烦恼,相信在大多数的家庭里都存在着,这也说明,在理财上,太过于保守谨慎,开源节流,却不能以钱生钱,结果错失良机,只能悔恨不已。这时候,聪明的女人应该做到收支有度,不仅要及时收缴收入,还要在合理的情况下给予男人投资或其他额外支出的机会,不要因为潜在的风险而拒绝所有的投资,这样不仅会扼杀男人的尊严,还会打击他的自信心。

但是,每个人的价值观不同,金钱消费观不同,于是也便有了各种不同的理财方式。但无论哪种方式,都是为了保障家庭的团结和睦,保证幸福的生活。如果因为理财而失去了生活,失去了家庭,那真是捡了芝麻丢了西瓜,得不偿失了。所以,对于家庭收入,不管是谁管钱,关于金钱的支配最好由夫妻双方商量着来。夫妻之间要互相尊重,以诚相待,家庭经济要公开,财务要协商处理。

有一对青年结婚不久,妻子突然提出要掌管全部财务,丈夫听后没表态。第二天回家时,他买了几斤妻子爱吃的水果,趁妻子高兴的时候,他对妻子说:"你说,我买水果给你与你自己买了自己吃,哪种做法你更高兴?"

"那当然是你买给我吃啦!"

"如果我把所有的钱都上交了,我拿什么表示对你的关心呢?"

妻子欣然领悟,于是妻子答应钱虽然让她来管,但是,也会协商支配。

现实生活中,绝大多数家庭的夫妻都是工薪阶层,购置家庭物品要量力而行,储蓄、投资的比例也应取得一致的意见。会理财持家的夫妻,家庭生活会过得很好;不会理财的夫妻,家庭生活会出现矛盾,经常在这个问题上发生争执。

尽管现在的家庭理财模式有多样化的选择,但一般总有一个"当家人"。理想的做法是:日常生活开支费用归当家人掌管,另一方可协助,不可越俎代庖。当家人可以更换,谁当得好谁当。这样也能避免一方财权独揽的"专制"所造成的夫妻矛盾,保持家庭的和睦幸福。

5.无论你多大,都要为退休做好准备

某银行最新的一项全球退休生活调查显示,在中国,仅有9%的受访者认为自己对退休生活做了充分的准备,低于全球13%的平均水平。有关

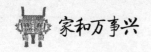

理财专家指出,投资者应该为退休做更多的准备。

据调查显示,在中国有近三成的受访者表示,他们对退休生活没有做出相应的规划,而其余59%的受访者虽然认为自己或多或少有一些计划,但当被问及退休后的财务状况时,他们之中90%以上的人表示没有清晰的概念。但该调查同时显示,中国投资者为孩子进行储蓄的比例高达41%,是所有参与调查的15个国家和地区中最高的,而以退休为目的的储蓄比例仅为14%,低于全球23%的平均水平。

在如何为退休做财务准备的各种方式中,中国受访者首选的依然是缴纳养老金,约34%的受访者选择此项。这说明在人们目前的观念中,虽然已经意识到要为退休做准备,但仍然希望政府在养老中扮演主要的角色。

虽然退休养老计划在中国的紧迫性较强,但是该调查表示,比起其他一些国家和地区,中国还有更多的时间进行准备。根据联合国关于世界人口的最新统计,中国65岁以上的老年人口总数在2030年才首次超过14岁以下的儿童人数。这一时间点的到来要晚于发达国家以及部分发展中国家,因此也给了中国更多的时间来规划养老问题。

在一个炎热的夏天,一群蚂蚁在发烫的大地上勤奋地运着货物,树荫下,一只正在弹琴唱歌的蟋蟀朝着蚂蚁们愉快地打着招呼:"蚂蚁先生,这大热天的运这么重的东西干什么呀?"

"一到冬天就没有食物了,我们现在要多储存一些。"蚂蚁们回答。

"为什么这么早就准备过冬,这么热的天不会玩只会干活,真是傻透了!"

说着,蟋蟀就嘲笑起来。

"那你就玩儿吧,我们要走了。"

蚂蚁们唱着歌运着食物走远了。

冬天到了，蟋蟀到处都找不到吃的，冻得发抖，饿得摇晃着在雪地上慢慢地走着，来到蚂蚁的家门口："我要死了，请给点吃的吧。"

蚂蚁说："蟋蟀先生，夏天的时候你不是还嘲笑我们吗？现在还是请你唱歌玩儿去吧！"蟋蟀又冻又饿，最后冻死了。

这个故事告诉我们，一定要有储蓄和理财的习惯，才能防患于未然。

俗话说，"人无远虑，必有近忧。"中国老龄化趋势日益加重，社会保障问题日益突出。现在，养老的问题已经逐渐浮出水面。

第一，养儿防老用不上。

"养儿防老"曾是国人的传统养老观念，但如今到了21世纪，这种养老模式已经发生变化。在"只生一个好"的政策鼓励下，孩子从小是父母和祖父母"手心里的肉"。父母特别心疼孩子，从怀孕开始到吃奶粉，到上托儿所，到上小学、初中、高中，为了"不输在起跑线上"，不惜给孩子大把大把地花钱。对于一般工薪家庭而言，除了按揭住房还款，孩子就是最大的开支。在每月家庭的基本开销中，一半以上都花在了孩子身上。

还有些家长，打算在孩子上完大学后送去海外"镀金"，结婚前还要准备好一大笔"婚嫁金"，甚至要给孩子准备好房子的几十万元首付款……对子女的疼爱可谓到了极致，把大半生积累的财富都贡献给了孩子。而把孩子养到结婚年龄后，夫妻双方离退休的时间已不远，有些晚婚晚育者甚至已经要退休了。

随着生活水平和医疗水平的提高，国民预期死亡年龄会大大推后，社会老龄化程度也会进一步加剧，今后将出现"两个子女奉养4～6个老人"的局面。如今四五十岁的中年人，膝下都只有一个孩子，靠子女保障自己退休以后的生活，让成年后的子女分担自己的养老压力，可能性已经越来越低。

第二，社会保险只能糊口。

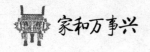

有人曾经这样比喻基本养老保险，"基本养老保险是一口熬粥的锅，每个月每人从自己的米袋里或多或少往锅里倒进一把米，到老了的时候，分到一把或大或小的勺，从锅里盛粥，因而你喝到的只是粥。"有人曾做过粗略的计算：假设你的个人月工资一直是1500元不变，全市平均工资也是1500元不变，那么你可以领到的退休养老金大约为每月1100元左右；如果你月薪是5000元，最后的退休金大概是2000元。基本养老保险保障的是社会公平，不论现在工资多少，最后的差别并不大。

而且，目前的养老金制度是在职员工供养退休老人，两头尖中间大的纺锤形人口结构为社会养老保险带来了极大的压力。上海社科院的一位人士表示，上海刚开始推出养老基金的时候，每年都有结余，但过了一段时间后开始拉平。目前从总数上来看，上海养老基金还没有出现缺口，但已经在消耗以前的结余，再过两年多就可能消耗完。这位人士同时表示，现有社保制度中的养老金的计发办法也存在一定的问题，例如在退休后的平均剩余寿命已经超过20年的情况下，个人账户养老金仍旧按照平均余命10年（120个月）来计发，将导致支付风险加剧。

因此，对于收入比较高的白领阶层而言，如果光靠社保体系的退休金，就要做好退休前后的生活将发生巨大变化的心理准备。可以说，仅仅依靠社会保障系统来实现丰足的晚年生活是不现实的。

那么，我们应该怎样为自己的退休做准备呢？

第一，购买保险趁年轻。

从保险方面来看，年纪越大，购买医疗和意外保险的保费就越高。专家表示，虽然养老是55岁、60岁以后的事，但年纪越轻，投保价格越低，未来所获的收益就越大，自己的负担也就越轻。

第二，养老金来源主要靠自己。

人们开始意识到，除了养老金之外，自己的财务准备非常重要。虽说目前所缴的养老金或许能满足当前的消费水平，但10年或20年后，这点养老金的购买力将相差甚远，即便养老金有一定增值，但也很难跟上通货膨胀的速度。所以，要想在退休后继续保持高品质的生活水平，自己必须做好财务准备。

专家表示，不少40～50岁面临退休压力的人们，应加强理财知识的学习，做好理财规划，以便在退休前准备足够的养老基金。所以，聪明的人们应该懂得未雨绸缪，提前为自己的退休做好准备。

6.从今天开始，做精明的储蓄族

现在很多人讲求各种各样的理财方式，花样众多，让人眼花缭乱，也让许多人忽视了合理储蓄在理财中的重要性。不少人错误地认为只要理好财，是不是定期储蓄就不重要了。其实不然，每月的储蓄是投资资金源源不断的源泉。只要持之以恒地储蓄，才能确保理财规划的逐步顺利进行。因此，进行合理的储蓄，是合理理财、成功理财的第一步。

聚沙成塔，集腋成裘。所有的财富大厦都是从一点一滴储蓄积累开始建立起来的，而财富积累的基础就是节余资金。合理地安排生活开支，保证生活无忧，是理财非常重要的一个基础环节。

哈佛大学第一堂的经济学课只教两个概念：花钱要区分"投资"行为和"消费"行为；每月先储蓄30%的工资，剩下来的才消费。储蓄是每月生活最重要的目标，每月坚持超额完成储蓄，剩下的钱会越来越多，这就是著名的"哈佛理财教条"。

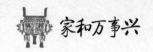

在别人的眼中，阿光一家的日子过得相当不错。年届三十的他刚刚升为一家外企的技术部经理，比他小一岁的妻子是一家律师事务所的职员，两岁的女儿活泼可爱。每个月接近2万元的家庭收入，足以保障这个年轻的三口之家享受中等的物质生活，而月均1.2万元的结余也让他们的储蓄账户有了近30万元的积累。

"一部分是受家庭的影响，一部分是性格的原因。"阿光说，小时候自己的家境并不富裕，因此，即使现在收入不菲，他也依然保持着节俭的生活习惯。在他看来，低风险的投资产品也是保有财富的最佳途径。"除了10万元的资金通过定期定额的方式购买偏股型的基金外，剩余的大部分资金我都选择存在了银行里。虽然利息少一些，但比较稳当。"

有些人总会想当然地认为，自己每月工资节余不多，理财对自己来说是一件遥不可及的事情。其实，理财的核心就是"开源节流"——增加收入，节省支出。虽然收入有限，但只要好好把握支出，对日常开销坚持记账，巧妙地利用储蓄节流，让钱袋尽快充实起来并不是一件难事。毕竟，精明的储蓄是有妙招的。

第一，"强制储蓄"积少成多。

每月领到薪水后，不要立马去"庆祝"，把学会把必要的生活费和各项开支预留出来，存在活期银联一卡通上面，不用的时候可以按活期计息，用的时候随用随取卡上的钱，既赚取了活期利息，又避免了由于手中余钱多而超支。然后，将生活费和各项开支以外的钱，采用"阶梯组合式"储蓄法存入银行。开始时，可以选择每月以固定资金存入3个月定期存款，从第4个月开始，每月便有一笔存款到期。如果不提取，可办理转存为6个月、1年或2年的定期存款。之后，在第4到第6个月，每月再存入固定资金作为6个月的定期存期……依此类推可以保证每月都有一笔存款到期，同时可提取的数目也会不断增加。如果不支取，则可以继续享受更高的利率,给予自己一定的回报。

利用强制储蓄,可以减少日常生活中许多随意性的支出,每个月还有固定数目的钱到期,一旦生活中出现意外用钱的情况,可以从容应对。而且,储蓄一段时间后积攒下来,就是一笔不少的钱。把这笔钱作为启动资金,适当尝试风险性投资,让钱生钱,就能不断积累更多的财富,为自己的人生添砖加瓦。

第二,"意外储蓄"生财有道。

除了固定的月收入外,在生活中,常常会有意外的惊喜发生,譬如获奖、稿酬、亲友馈赠、老板红包以及其他临时性的意外进账,可将此笔钱及时存入银行,开设专门的账户,选择基金定投——这是一种类似于"零存整取"的储蓄业务,按月、双月和季度从此账户中扣款。对于很多人来说,这笔钱不做定投,可能也不知花到哪里了,做了定投则可以获得较高的低风险投资回报。若干年以后,就会发现自己的银行资产在不知不觉中增加了许多,从而达到加速财富积累的中期理财目标。

第三,"分散储蓄"攻守兼备。

分散储蓄因为能够同时兼顾到筹集资金和利用储蓄的灵活性的缘故,备受女性朋友推崇。每月将净收入的三分之一存入银行一年期的定期储蓄,等这张存单一年后到期时,连本带息转入下一年度的储蓄期,一年12个月,如此月月循环往复,在一年中的任何一个月,都会有一张定期存单到期可以取用。如果家庭有需要用钱的地方,只需要动用最近期限的一张存单,而不必动用其他的存单,避免了大笔金额因存在一张存款单上,单独取用一部分而损失其他部分的利息。

分散储蓄一来有利于筹集资金,二来可以最大限度地发挥储蓄的灵活性,尤其是对忙碌而无时间顾及理财的人来说,不失为一种理财的妙计。下面我们进行简单的举例:

作为一家外资企业的雇员,王小姐的月薪为4000余元,每月生活花

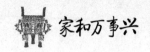

销2000元左右，除了留1000元做流动资金外，剩下的1000元全部用于储蓄。她每月开一张1000元一年期的存折，一年后就有12张1000元的一年期存折。第一张存折到期后，拿出本息再加上当月的1000元再存一年期定期。以此类推，手上始终有12张存折，而金额和利息也在不断地增长。

因储蓄的流动性非常好，一旦急需用钱，可以随时支取到期或近期的储蓄，达到最大限度地减少利息损失的目的。

第四，"节约储蓄"两全其美。

在平时的生活中，如果不是迫切需要的东西，我们可以先将打算购买此物的这笔钱暂时存入储蓄卡内，一段时间后再考虑是否真的需要购买，避免因冲动消费造成的不必要开支。或者退而求其次，购买同类型的档次稍低些的商品，把节省下来的钱也存入储蓄卡内。如此坚持一段时间，你就会发现，既减少了不必要的开支，降低了消费成本，又在无形当中储蓄了一笔不少的节约资金。

第五，"活期储蓄"存之有道。

大多数的人们收入也许并不高，但需要消费的地方却不少，因而，在储蓄的时候，多选择活期储蓄，这样便于钱能随用随取。但活期储蓄的利率极低，一万元存一年，实际得到的利息也不高，只有几十元，基本上等于让资金休眠。所以说，只要巧妙地变通一下，是完全可以多赚取银行利息的。

现在，有许多银行都推出了活期、定期灵活转换的业务，储户既可以享受活期随用随取的便利，还可以享受更高的利息。储户在办理活期储蓄的时候，可以事先和银行约定好活期账户的最低金额，超出最低金额的部分，选择自动转存为定期存款；短的可以选择7天通知存款，长的可以选择一年定期定存。如果在选择的期限内没有取用，到期后，可以和银行约定连本带息重新转活期账户，也就是说在原账户保留约定的最低金额后，其他的剩余部分全部自动转为定期存款。这样一来，一旦储户急需用钱,可以随时取用定期账户上的钱,损失的只是这部分定期的存款利息,其余的利息依然能够收归囊中。

此外,还有一种办法就是把钱存在银行指定的账户上,交给银行集中打新股,这个账户上的钱平时按照活期利率计算利息,储户可以随时取用,而一旦打新股中签,就会是一笔不小的收入,比起自己打新股,银行集中大笔资金打新股的中签率要高得多,利息没有损失毫分,却增加了无风险的投资,是一种非常合适的储蓄理财方式。但有一点要提醒人们注意,那就是账户上的钱必须保持在5万元以上。

总之,现在的银行储蓄品种已经得到了极大的丰富,结合自身需求,选择合适的储蓄方式,就能让自己成为一个精明的理财高手。

7.理财行动要持之以恒

不可否认,我们的生活无时无刻都离不开"钱"。不管你是普通工薪族还是中产阶级,不管你的年收入有多少,加加减减,乘乘除除,只要算计好,生活就能过得相当滋润。

美国麻省理工学院经济学家莱斯特说:"懂得运用知识的人最富有。"因此,不论夫妻理财是否交给专家,都建议你要懂得足够多的理财知识,这样家庭理财才能像滚雪球一样越滚越大。

随着经济的快速发展,股票、债券、外汇、保险、房地产等投资工具的日益扩大,不会理财的家庭即便收入不低,也很可能在家庭经济上捉襟见肘。而善于理财的家庭,其生活则会日渐富裕。

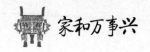

　　李嘉诚曾说,理财需要花费较长时间,短时间是看不出效果的。在银行每天接触各种理财工具的银行工作人员小娟也说,理财的第一原则就是尽早开始,并坚持长期投资。"股神"巴菲特也有着相同的观点:"我不懂怎样才能尽快赚钱,我只知道随着时日增长赚到钱。"

　　但是,真正能够在理财的道路上坚持的人并不多。前几年,基金都是翻倍增长,所以年长的投资者都把自己的养老钱拿出来购买基金。但是,每年100%甚至200%的收益率并不是投资基金的常态,而是在特殊的牛市上涨行情中出现的特殊高回报。而理财是对一生财富的安排,如何在波动的行情中稳中求胜,是现在我们最应当考虑的。

　　张太太是一个有着多年理财经验的女士。关于理财,她有着自己的心得:"关于理财,每一个人的性格、方式和风险承受能力都不同。但是,我觉得一定要有一个信念——如果自己有坚定相信和看好的投资方法,就一定要坚持。例如,你认为基金定投作为一种长期的理财投资品种,坚持三年五年,甚至十年时间可以收到可观回报的时候,那你就一定要坚持每个月都定投。不要看到股市行情不好,赔钱了,就放弃了自己的信念。我觉得既然是自己认定的路,就一定要走到底,千万不要半途而废。"

　　可以说,任何一种理财方式都是时间上要坚持,那些耐不住性子的人,也许短期内能够获得较高收益,但是,总会因为性子急而失去更多。就以基金为例,在众多的理财方法里,基金定投最能考核人的坚持。这种方式能自动达到涨时少买,跌时多买,不但可以分散投资风险,而且每单位的平均成本也低于平均市场价格,但是难度就在于是否能够长期坚持。

　　有的人能够坚持十年,在这十年中,经历过"跌跌不休"的惨境,也经历过小涨小跌的平缓期,但是,都没有半途而废,而是用十年的时间,最终让自己的收益达到了同期基金中的最高水平。

1998年3月，当我国发行第一只封闭式基金时，王女士参加了申购，从此开始了与基金长达十余年的不了情。最初，她用两万元申购到了一千份某基金，上市后价格持续上升，身边炒股的朋友劝她卖出，但她坚持没卖，直等涨到两倍时才卖，用一千元本金居然轻松挣到了一千元！这是王女士在基金上也是在中国证券市场上挖到的第一桶金，心里别提有多高兴了。之后，基金市场一直火了好几年。

但天有不测风云，股市火了几年后，熊市悄悄来临了。漫长的熊市让大家感到痛苦和无奈，经济学家的预测不灵了，基金的投资神话似乎也破灭了。终于，在2005年，黎明前的黑暗中，王女士将封闭式基金卖掉了，只留下一千份基金。

时间到了2006年9月，她不经意间听了一场基金讲座，让她忽然发现中国的证券市场已是冬去春来了！于是，在王女士40岁生日这天，她果断地将10万元投资到基金中，她说："周围的人都认为我疯了，但是我知道，坚持一定会有收益，等了这么多年，该是收益的时候了！"

果然，仅8个月的时间，王女士的收益已翻倍有余。她庆幸在最惨淡的时候，她没有半路放弃，而是咬牙坚持了下来，最终得到的还是收获。

试问一下，像王女士这样能够坚持下来的，又有几个人能做到？尤其是对于那些患得患失的投资者来说，涨动的时候就会满怀兴奋、信心十足；一旦稍微下跌，就会动摇甚至放弃，如此反复，又怎能奢望有好的收益呢？

对于家庭而言，理财最重要的就是能够坚持，不管在什么情况下，都要坚信时间将会改变局势。相信很多半途而废的理财人士在看着那些本来可以进入自己口袋的收益，因为自己的提早放弃而流失时都有相同的感受。而因为坚持让自己获得更高收益的人,则一方面是庆幸,另一方面更是感激和自信。

其实,很多人在投资一项理财工具时,都有着侥幸的心理,也有遭遇风险的心理准备。按理说,应该能够经得起时间的考验。但是,往往真的出现风吹草动时,很多人就跟风放弃了。有了坚持的想法,却没有坚持的决心;有了坚持的理由,却没有坚持的行动,最终也就只能是小打小闹了。这种坚持之心,也不是通过训导能够说服的,只有我们亲身经历过,尝过一次甜头,才会真的相信坚持的魔力。

重视家训，惠及子孙

　　中国人自古就从"齐家治国"的角度把家庭教育看作是"国之根本"，把教育子女看成是父母的重要责任，养子必教，养子不教则害人害己害社会。宋代程颐说："人生之乐，无如读书；至要，无如教子。"明代方孝孺也说："爱子而不教，犹为不爱也；教而不以善，犹为不教也。"

　　中国传统文化中的仁义礼智信忠孝廉耻等，成为我国历朝历代家规家训的主要内容。正因为如此，重德修身的古代家教家训传统才能在后世子孙中传承和发扬。

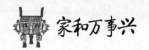

1.王羲之：和外睦内，敦厚谦让

对孩子来说，父母所有的喜欢都应该有着一个明确的方向，那就是把孩子培养成为一个优秀的人。培养一个优秀的人的关键是注意培养他的性格，而并非培养他的学问。在培养性格时最重要的一点是培养孩子的独立性，培养孩子的生存能力。

王羲之出身士族，初任秘书郎，继而升任宁远将军、江州刺史。后辞去官职，定居会稽山阴(今浙江绍兴)。他为官清正廉明，爱护百姓；对自己儿子的教育是非常严厉的。

有一次，王羲之与好友许玄度到奉化一带采药、游览。住在一个小客栈里，听到当地有兄弟俩为夺资财，动辄斗殴，以至杀人，受到法律制裁，被处死刑。

王羲之看了处决榜文后，脸色沉重，若有所思地对许玄度说："此二子残忍如此，不知我后辈日后如何？"回家后把儿子们叫到跟前，将这一耳闻目睹之事，详详细细地讲给儿子们听。随后命家人拿来文房四宝，工工整整地写下了"敦厚谦让"四个大字。

儿子们围观着，但不知今天父亲所写这四个字的用意，纷纷要求解释。王羲之语重心长地说："敦厚者，庄重朴实也；谦让者，厚人薄己也。为人处世，以德为本，人和为贵，遇事应退让三分。你们可记得'让枣推梨'的故事吗？"

"我们记得，去年您老不是讲过嘛！"儿子们齐声回答。王羲之微微一笑，说："对，你们要学王泰让枣、孔融推梨的精神，有一味之甘，分而食之。兄弟之间，本同血肉，情如手足，要和外睦内，敦厚谦让，才得光前裕后。若如彼等逆畜，则人所不齿，遗臭万年。切记，切记！"

然后王羲之叫儿子们把"敦厚谦让"四个字拿去临摹，并要儿子们每人每日临一字，每字写五遍，要求儿子们将四个字牢牢记在心中。

后来，王羲之的儿子们在严父的教育下，个个虚心、勤奋、节俭，成了有用之才。大儿子王献之写得一手好字，在当时和后代影响很大，与王羲之齐名，历史上并称为"二王"。

王羲之的教子用心可谓良苦！他将从外面看到的真实的事情讲给儿子们，以警示他们，并写下"敦厚谦让"这四个大字，让儿子们临摹，以使其将此训导牢记心间，又再三告知：只有敦厚谦让，和外睦内才能光前裕后，否则将遗臭万年。

陈重，字景公，是东汉豫章宜春人，生性敦厚大度。他与豫章鄱阳的雷义自小是好朋友，雷义为人善良怜悯，重义慎独，两人一起学习经典，修身养德，因为互相谦让而出了名。

陈重和雷义都曾在郎署任职。当时同在郎署任职的一位郎官欠了人家几十万钱，债主天天来向他要钱，陈重于是悄悄替这位郎官把债还上了。那位郎官知道后，非常感谢陈重，陈重说："不是我做的，或许有同名同姓的人。"始终不说自己对别人的恩惠。

还有一次，一位郎官因事告假回家，错拿了隔壁一郎官的一条裤子。裤子主人怀疑是陈重偷的，陈重没有替自己申辩，而是去买了条裤子还给了他。后来告假的那位郎官回来，将裤子还给了主人，这件事终于水落石出，周围的人这才知道身边居然有这样一位能够受污不辩的有德有量之士，于是对他十分钦佩。

雷义在郡府担任功曹时，一直提拔推荐善良的人，但从不夸耀自己

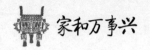

的功劳。雷义曾经救过一个犯了死罪的人，这人后来送来了二斤金，雷义坚决不肯接受。于是这个送金人趁雷义不在的时候，悄悄将金子放在了他家的天花板上。雷义后来修理房屋，才发现金子，但金子的主人早已过世了，没法送还了，于是雷义便将金子交给了县里的有关官员。

雷义后来被举荐为茂才，他想把职位要让给陈重，刺史不同意，雷义就假装发疯，披头散发地在外面跑，不理官府的任命。先前陈重被太守举荐为孝廉时，他也曾要将孝廉让给雷义，先后给太守写了十多封信，但太守不听他的。

同乡的人都赞叹说："胶和漆自认为坚固，但也比不上雷义和陈重啊！"两人因为谦虚推让的美德而出名，当时的"三公府"（丞相、太尉、御史大夫）决定同时召用二人，并委以要职。

陈重和雷义两人在切身利益面前，能够没有私心，互相谦让，这真是了不起，被后人视为与人交往的典范，现在雷氏宗祠中的堂号"谦让堂"正是由此而来。

2.司马光：教育孩子力戒奢侈

司马光是北宋著名的政治家、史学家，一生忠孝节义、恭俭正直。他廉洁奉公、以节俭为乐的品德更是一直被后世传颂。

仁宗皇帝临终前曾留下遗诏，要赏赐司马光等大臣一批金银财宝。司马光领衔上书，陈述国家穷困，不愿受赏。但几次都未被批准，最后他将赏赐自己的一份交给谏院,充作公费。

他在洛阳任职时,曾买地修筑了一所集居住、读书、游览为一体的"独乐园"。那里环境幽雅,他非常满意。但当皇上的使臣到这所宅院来向他问政时,却为这低矮的瓦房、简单的陈设惊讶不已,他不能相信名扬天下的司马相公会这样寒碜!

司马光的妻子死后,家里没有钱办丧事。儿子司马康主张借些钱,把丧事办得排场一点,司马光不同意,最后只好把自己的一块地典当出去,才草草办了丧事。司马光一生清廉简朴,他不喜华靡的美德就连他的政敌王安石也很钦佩,愿意与他为邻。

司马光一生不仅自己生活十分俭朴,更把俭朴作为教子成才的重要内容。他十分注意教育孩子力戒奢侈,谨身节用。

他常说:"平生衣取蔽寒,食取充腹",但却"不敢服垢弊以矫俗于名"。他教育儿子说,食丰而生奢,阔盛而生侈。为了使儿子认识崇尚俭朴的重要,他以家书的体裁写了一篇论俭约的文章。在文章中他强烈反对生活奢靡,极力提倡节俭朴实,并明确指出:古人以俭约为美德,今人以俭约而遭讥笑,实在是要不得的。他告诫儿子:"侈则多欲。君子多欲则贪慕富贵,枉道速祸;小人多欲则多求妄用,败家丧身。"

司马光还不断告诫孩子:读书要认真,工作要踏实,生活要俭朴。具备这些道德品质,才能修身、齐家,乃至治国、平天下。在他的教育下,儿子司马康从小就懂得俭朴的重要性,并以俭朴自律。他历任校书郎、著作郎兼任侍讲,也以博古通今、为人廉洁和生活俭朴而称誉于后世。

节俭,是中华民族的传统美德,也是永远不会过时的美德。"节俭"两字含义匪浅:"节"是节约、节省;"俭"是不浪费。勤劳可以创造财富;节俭可以聚集财富。节俭是一种品质,需要始终坚守。古人云:"俭,德之共也;侈,恶之大也。"古往今来,节俭一直被人们视为治国之道、兴业之基、持

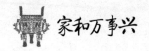

家之宝,大力提倡。

俗话说:"天上神仙府,人间帝王家。"皇帝是一国之主,金银财宝可以任意享用,应该说是人间最富有的。皇帝的女儿是公主,也一定可以打扮得像天仙一般。可是,宋朝的开国皇帝赵匡胤却不一样,他不但生活俭朴,反对奢侈,还严格教育子女生活上也讲究俭朴。

有一次,宋太祖赵匡胤的女儿魏国长公主穿着一件羽绣饰的华丽短袄去见他。宋太祖见了很不高兴,命令女儿回去后马上脱下,以后也再不要穿这样贵重的衣服。

魏国长公主很不理解,不高兴地说道:"宫里翠羽很多,我是公主,一件短袄只用了一点点。有什么要紧?"

宋太祖严厉地说:"正因为你是公主,所以不能享用。你想想,你身为公主,穿了这样华丽的衣服到处炫耀,别人就会仿效。翠羽珍贵,这样一来,全国要浪费多少钱啊!按你现在的地位,生活已经够优越了,你不要身在福中不知福,要十分珍惜才是,怎么可以带头铺张浪费呢?"

公主没办法,只好脱去那件美丽的翠羽短袄,但心里仍然有点想不通。她想:你既然是皇上,又是我父亲,对我要求那么严格,看你对自己要求怎么样?

于是,她向宋太祖试探性地问:"父皇,您做皇帝时间也不短了,进进出出老是坐那一顶旧轿子,也应该用黄金装饰装饰了!"

宋太祖却心平气和地对公主说:"我是一国之主,掌握着全国的政权和经济,要把整个皇宫装饰起来也能办到,何况只是一顶轿子!古人说得好,'让一人治理天下,不能让天下人供奉一人'。我不应该这样做。倘若我自己带头奢侈,必然有更多的人学我的样子。到那时,天下的老百姓就会怨恨我,反对我。你说我能带这个头吗?"

公主一边听着,一边琢磨着每一句话,再看看皇宫里的装饰也很朴素，连许多窗帘都是用青布制作的，公主觉得父亲说的话确实有道理，于是就诚心诚意地向父亲叩头谢恩。

《千字文》中有这样一句话："具膳餐饭，适口充肠。饱饫烹宰，饥厌糟糠。"意思是：生活要节俭，饭菜合口味能吃饱就行了。饱的时候满足于大鱼大肉，饿的时候酒糟糠皮也能充饥。可见节俭不仅是中华民族的传统美德，也是一个人品德高尚的表现。

晏子是春秋时期齐国著名的政治家，虽然他当宰相多年，但生活一直十分节俭。他平常只是穿一件有几个补丁的旧袍子，补丁的颜色与袍子的颜色也极不协调，看上去十分刺眼。

有人问他："您身为宰相，衣服这么破了，为什么不换一件新的呢？"晏子笑着回答说："衣服是为了挡风御寒的，何必穿得那么豪华呢？这件袍子虽然旧了一点，可穿在身上一点也不觉得冷，何必要扔掉它呢？那岂不是很可惜吗？"

晏子住的房屋也十分简陋，齐景公知道后，就想给他建一座新的，于是便将这个想法告诉了晏子。

晏子急忙回答说："大王，多谢您对臣子的关心。可是我的祖辈一直在此居住，跟他们相比，我很平庸，没有理由去住豪华的房子。再说我家附近就是市场，买起东西来也比较方便。我在这里居住感到十分的惬意。"

齐景公一听，顿时对这位节俭质朴的臣子肃然起敬。没过多久，齐景公就趁晏子出使晋国的机会，派人将他的那座破旧房屋修建一新了。为了改善房子四周的环境，官吏们还强令周围的平民统统搬往别处。晏子从晋国回来，发现自己的旧房子不见了，四周的居民也不见了，他马上明白了其中的原委。

于是他赶紧到宫中去拜见齐景公，并再次陈述自己的想法。紧接着，

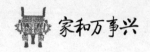
他便吩咐手下将新房拆掉,恢复原来的模样。同时,他还派人请原先的邻居搬回原来的住处,并挨家挨户地亲自去道歉。

回到家之后,晏子再三嘱咐家人:"我活着要和这些平民百姓住在一起,跟他们一起生活。死了之后,也要跟他们为伴。"晏子去世时,家人按照他的愿望,将他安葬在自家那简陋的院子里。

真正节俭的人,就是安心于过简单朴素生活的人。过简单生活,是一种选择,是一种信念,是一种精神境界,也是一种价值认同,同时也是内心强大、精神世界丰富的一种表现。

因此,在生活中我们一定要教给你的孩子勤俭节约力戒奢侈,把勤劳节俭的传统美德一代一代传承下去!

3.包拯:做人不能贪图功名利禄

世人皆知,宋朝包拯是一位铁面无私的清廉好官,他的业绩深得民心,数百年来广为流传。但他的家训,还鲜为人知。他严谨地告诫后代,一旦仕途得意,切不可忘乎所以,必须做一个清正廉明、受百姓拥戴的好官,决不能贪赃枉法,做有愧于国家、社会和黎民之事。不然,将从包氏祠中除名,连殁后都不得葬入包氏大茔中。包公家训在当今社会仍具有深刻的现实意义,仍需加以褒扬。

包孝肃公家训云:"后世子孙仕宦,有犯赃滥者,不得放归本家;亡殁之后,不得葬于大茔之中。不从吾志,非吾子孙。"共三十七字,其下押字又云:"仰珙刊石,竖于堂屋东壁,以诏后世。"又十四字。珙者,孝肃之子也。

历史上的包拯,不愧为值得肯定与歌颂的政治家、改革家。他为民请命的一生,将永远使人怀念。包拯家训的核心思想:做人不能贪图功名利禄,为人要正直。

学会淡泊名禄,你就能在当今社会愈演愈烈的物欲和令人眼花缭乱、目迷神惑的世相百态面前神宁气静,你就会抛开一切名缰利索的束缚,在人生的大道上迈出自信与豪迈的步伐,让心灵回归到本真状态,从而获得心灵的充实、丰富、自由、纯净!

庄子原系楚国公族,楚庄王后裔,后因战乱迁至宋国,曾做过宋国地方漆园吏,生活贫穷困顿,却鄙弃荣华富贵、权势名利,力图在乱世保持独立的人格,追求逍遥无恃的精神自由。

相传庄子和惠施(惠子)是多年的好朋友。那一年,惠子在梁国做了宰相,庄子想去见见这位好朋友。

有人急忙报告惠子说:"庄子这次来,是想取代您的相位啊!"

"有这回事吗?"惠子有点怀疑,心里很恐慌,于是派人在国中搜寻了三天三夜,欲阻止庄子前来,然而,却不见庄子的行踪。

有一天,庄子突然从容地来到惠子的官邸拜见惠子。惠子很有礼貌地接见了这位老朋友。相互寒暄之后,惠子开门见山地询问庄子这次来访的目的。

庄子也许知道那些谣传,于是委婉地说:"老朋友啊,您听说过有这么一个故事吗?"惠子迷惑不解:"什么故事?"

庄子从容道:"南方有只鸟,名叫凤凰。这凤凰展翅而起,从南海飞向北海,非梧桐不栖,非竹子的果子不食,非甜美如醴的泉水不饮。有一次,一只猫头鹰正在津津有味地吃着一只腐烂的老鼠,恰巧凤凰从头顶飞过。猫头鹰急忙护住腐鼠,仰头看着凤凰,愤怒地大喝一声:'吓!你也想

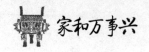

来吃鼠肉吗？'凤凰鄙视着猫头鹰，哈哈大笑，扬长而去。老朋友，现在您也想用您的梁国来吓我吗？"

惠子羞愧无语。

在胸怀大志的庄子眼里，宰相这个一人之下，万人之上，位高权重，名利富贵双收的官位，不过是一只腐烂的老鼠罢了。

玛丽·居里出生在波兰华沙，1891年进入巴黎大学学习，1893年和1894年分别取得了物理学硕士和数学硕士学位。1895年，玛丽·居里与皮埃尔·居里结婚，开始了对放射性元素的研究。1898年7月，他们发现了一种新元素，命名为钋。同年12月26日，他们又发现了一种比铀的放射性要强百万倍的新元素镭。但是当时还没有实物来证明镭的存在，科学界对他们的发现表示怀疑，也没有机构同意为他们提供实验室做研究。

居里夫妇只好在一个简陋的大棚子里做实验，历经了四年的艰辛提炼后，他们终于从8吨沥青铀矿渣中提取了0.1克纯镭，价值超过1亿法郎。这不仅赢得了科学界人士的普遍认可，而且使他们成为核物理学的奠基人，并且居里夫妇因此共同获得了1903年诺贝尔物理学奖。

1907年，居里夫人提炼出了氯化镭。1910年，她测出了氯化镭的各种特性，并以《论放射性》一书成为放射化学的奠基人。"由于对科学的执著与贡献"，居里夫人于1911年获得诺贝尔化学奖。

正是这样在科学领域上享有盛名的居里夫人，生活却极为简朴。曾有一位记者要采访她，当来到一所简陋的房子前，记者看到一个衣着简朴的妇人赤脚坐在台阶上洗衣服，他过去询问居里夫人的住处，当那妇人抬起头时，记者大吃一惊，原来她就是居里夫人。

当初发现了镭之后，居里夫妇讨论如何处理那些请求他们告诉提炼镭的方法和信件，整场交谈在五分钟之内就结束了。居里先生说："我们必须在两个途径中选择一个,一是无偿公开镭的提炼方法……"居里夫人说:"这样很好,我赞同。"居里先生说:"二是将提炼方法申请专利,以后任何人想提炼镭都要经过我们的同意,并且我们的孩子可以继承这一专利。"居里夫人不假思索地说:"这违背了科学精神,我们还是选第一个办法吧。"于是,他们向世界公开了镭的提炼方法和其他相关资料。

有一位女性朋友去居里夫人家里拜访她,发现他的小女儿正拿着英国皇家科学院颁给居里夫人的金质奖章在玩儿,朋友大吃一惊,问道:"你怎么能把这么宝贵的东西给孩子玩儿呢?"居里夫人回答:"我想让孩子从小就懂得,荣誉就像玩具,只能玩玩而已,绝不能永远守着它,否则就将一事无成。"

居里夫人以高尚的情操和献身科学的精神教育孩子,她的女儿瑞娜后来也成为一名科学家,并像母亲那样获得了诺贝尔奖。

"一个人不应该与被财富毁了的人交结来往。"这是居里夫人的名言,而她也正是这样做的,不让自己被名誉和财富毁掉。当初那价值超过1亿法郎的01克纯镭,对于生活极其简陋的居里夫人并没有造成任何影响,她坦然地将01克镭无偿赠给了实验室,这份视名利如浮云的豁达实在令人赞叹。

正是因为居里夫人懂得名利就像玩具一样,偶尔拿来玩玩还可以调剂生活,但若是抱住不撒手,生活反而会被它给毁了,所以她才能头脑清楚地将名利放在一边,在科学研究中享受莫大的人生乐趣。

我们的社会制度远比包拯那个时代优越,这就需要比包拯更明智更有力的"家训"。也就是说,要做一个真正清正廉明的人民公仆,不仅仅是廉明勤,也要以身作则,从严执法,秉公办事,不利用自己的职权替子女或亲友谋利,还必须做到对家人、子女严格教育,常加训导,以防"后院起火"。

古往今来,官风与家风,治国与治家,总是紧密相连的。一位官员的

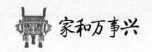
官风不错,家风却很糟,他的官风必然会大打折扣。夫人犯滥,子女犯滥,要说与他没有关系,从法律上讲,也许能成立;从道德上讲,从人的社会性上讲,是不成立的。后院起火,养出纨袴子弟,乃至权势狂、金钱狂,而自己还能留下清官之名的,史册上没有,老百姓的心碑上更没有。中国人看重家风,看重家庭声望,这是一个好传统。家风多是纵向发展,社会风气多是横向发展,好的家风一旦形成,能影响几代人,在社会风气的发展中,起着贯穿作用和中坚作用。

4.陶侃之母:教子清白做人

东晋名将陶侃的母亲湛氏是中国古代一位有名的良母。她与孟母、欧阳母、岳母一起被尊为中国古代"四大贤母"。其出色的言传身教常使人感动得潜然泪下。《幼学》云:"侃母截发以筵宾。村媪杀鸡而谢客。此女之贤者。"这"侃母",指的就是这位伟大的母亲。

湛氏出生于三国时期吴国的新淦县南市村 (今江西省新干县金川镇)。16岁那年,因一个偶然的机会,她嫁给吴国扬武将军陶丹为妾。生下陶侃没几年,丈夫陶丹便病逝。从此,家道中落,一蹶不振。由于孤苦无依,湛氏只好携带幼小的侃儿由浔阳回新淦娘家,以纺织为生,供陶侃读书。

湛氏小时候受过一点启蒙教育,是个有少许文化的女子。她深知读书的重要,因而省吃俭用,以自己纺纱织布的微薄收入供儿子读书。可是,小陶侃生性贪玩,读书不用心,这让望子成龙的母亲十分焦急。

湛氏懂得，孩子的心灵是纯洁而天真的，要让他懂得道理必须从小的时候就开始。而人生的许多道理其实就在生活中，只是你要想法让他明白才行。于是湛氏总想在生活中给孩子以启发。

有一个下雨天，由于家无斗笠、雨伞，陶侃没法上学，便蹲在地上看母亲织布。他的两只眼睛好奇地盯着织布机上穿来穿去的梭子。湛氏突然停下织布机，把小陶侃拉到身边，问道：

"侃儿，这些天老师教了你什么课文呀？"

"娘，老师最近教我们读《贤文》。"

这篇文章湛氏小时候也读过，她接着问道："《贤文》很有意思，你背得出来吗？"

小陶侃马上流畅地背诵课文。

当背到"光阴似箭，日月如梭"时，母亲叫小陶侃停下，问道："光阴似箭，日月如梭。你知道这两句说的是什么意思吗？"

"呃，说的是……说的是……光阴……日月……说的就是……"小陶侃愣愣地说了半天，也说不出个头绪来。

母亲因势利导，指着手里的织布梭子问："侃儿，这是什么？"

"娘织布用的——梭子。"

湛氏接着边织布边指着手中来来去去的梭子问："你看这梭子来回穿梭，快不快呀？"

"快，真快！"

"对，这日子呀，就像妈妈织布的梭子一样，飞得很快。还有啊，箭射出去也是很快的，眨眼的工夫，就不见了。所以时间就像那射出的箭和织布的梭子一般快呀。"

"哦，原来日月如梭，光阴似箭，讲的就是日子过得真快啊！"小陶侃抓抓头，豁然开朗。

"是呀！侃儿，像你这样读书不用心，日子一天天过去，可惜不可惜呢？"

"可惜！"

"既然可惜,该怎么办？"

"娘,儿懂了。儿要去珍惜光阴,用功读书！"

"这就对了。从现在起,你定要用功读书,切莫浪费光阴。"

小陶侃望着慈母那温和而期待的目光,顿然好像懂事了许多。从此,他发奋苦读,结果不负母望,一举成才。

陶侃为官以后,也常告诫部下："大禹圣者,乃惜寸阴,至于众人,当惜分阴。"

后人为纪念陶母教子惜阴苦读的精神,在湛氏故宅旁(今新干县皮革厂)筑有陶侃读书台,其下为洗墨池。尔后,又在读书台附近兴建了"惜阴书院"和"金川望江楼"。

通过这件事,母亲知道了教子不能光说教,要身体力行,从生活的细节中给孩子以启发。

陶侃家境贫困,尽管如此,陶母仍是宽厚待人,保持了中国妇女的传统美德和礼节。

有一天,陶侃父亲的好友范逵等数人途经陶侃的家乡新淦,见冰雪封道,且又天色将晚,特来陶侃家借宿。陶侃有心待客,可是家中室如悬磬,着实没有招待客人的东西,一时不知如何是好。范逵似乎也看出了陶侃的尴尬,便觉自己的行为颇为冒失。

这一切都被湛氏看在眼里。她觉得家中虽然贫寒,但做人不可失礼。于是她连忙上前热情招呼客人,并要侃儿和客人聊聊天,叙叙旧。然后,她便转过身去安排食宿问题。

家中早已无钱买米,怎么办呢？湛氏习惯性地用手将了一下鬓角,顿时想出了办法。她趁客人们闲坐交谈之际,毫不犹豫地拿出剪刀,将长发剪下,编成假发,旋即出门卖与邻人,换回了米油酒菜,又撬下家中几块旧楼板当柴烧,把垫在床上的禾草席子拿出来切碎喂客人的马。这就是作为母亲的湛氏"截发筵宾"的动人故事。

范逵等人被陶母的情谊深深感动，连声赞道："没有这样的母亲教育是出不了陶侃这样的人啊！"母亲"截发筵宾"的待人美德，深深铭刻在陶侃心上。故陶侃为官以后，始终保持着"恭而好礼"，"引接疏远，门无停客"的待人作风。

由于陶侃读书万卷，精通兵法，后被太守范逵荐为县令。

陶侃在踏上仕途赴任之际，湛氏把儿子叫到跟前，语重心长地说：

"侃儿，为娘苦了一世，总算看到你有了出头之日。但望我儿做一个清正之人，不可误国害民。"

"放心吧，母亲，陶侃记住了。"

"为娘拿不出什么东西为儿饯行，就送你三件土物吧。"

"三件土物？"陶侃颇为不解，"娘，你……"

"是的，三件土物，"湛氏拿出一个事先准备好的包袱递给陶侃说，"带上它吧，到时你自会明白的。"

来到官府后，陶侃打开包袱一看，只见里面包着一坯土块、一只土碗和一块白色土布。他先是一怔，过了一会儿，才慢慢领悟到母亲的用意。原来一坯土块是教儿永记家乡故土；一只土碗，是教儿莫贪图荣华富贵，要保持自家本色；这一块白色土布，更是教儿为官要尽心恤民，廉洁自奉，清清白白，永不忘本。

母亲的箴告，深深打动了陶侃的心。后来陶侃在仕途上果如湛氏所望，正直为人，清白做官。

陶侃在海阳做县吏的时候，恰好监管渔业。孝顺的陶侃念及一生贫居乡间的慈母，心中总觉歉然不安。有一次，趁下属出差顺路之便，嘱托他带了一坛腌鱼送交母亲。

谁知湛氏却原封不动地将这一坛鱼退了回来，并在信中写道："尔为吏，以官物遗我，非惟不能益吾，乃以增吾忧矣。"

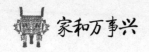

陶侃收到母亲退回的鱼和回信,大为震动,愧疚万分。他决心遵循母亲的教导,清白做人,廉洁为宫,勤于政事,多为国家做有益的工作。

后人赞曰:"世之为母者如湛氏之能教其子,则国何患无人材之用?而天下之用恶有不理哉?"

陶侃学富五车,为人正直,秉公守法,因而他的仕途十分顺利。他从长吏、太尉、都督大将军一直做到封长沙郡公,成为中国古人治学和为官的表率。而这一切都与陶母的教育是分不开的。

清白做人是一个人为人的基本准则,也是衡量一个人品质的基本要素。

其实,人生一世,转瞬即逝,短暂得如夜空中一颗悄然消隐的流星。任何财富,所有的人都只能"生不带来死不带走",能够永远属于你的和永远存于世人心中的,只有"清白"的精神。现实证明,要想平安生活,心地坦然,就不能忘记了"清白"二字;历史也告诫我们,要想不迕逆列祖列宗,不愧对子孙后代,不辱于父老乡亲,还是本本分分做事,清清白白做人。

5.曾子:杀猪教子诚信

曾子(公元前505年——前435年),姓曾,名参,字子舆,春秋末年鲁国南武城(今山东嘉祥县)人。生于公元前505年(周敬王十五年,鲁定公五年),死于公元前435年(周考王五年,鲁悼公三十二年),生于东鲁,移居武城,16岁拜孔子为师,他勤奋好学,颇得孔子真传。积极推行儒家主张,传播儒家思想。曾参是孔子学说的主要继承人和传播者,在儒家文化中居有承上启下的重要地位。曾参以他的建树,终于走进大儒殿堂,与孔子、孟子、颜子(颜回)、子思比肩共称为五大圣人。在山东省济宁市嘉祥县南建有曾子庙、曾林(曾子墓)。

曾子注重个人修养,严于律己,非常孝顺父母。还特别注意使自己成为一个称职的父亲,他不仅严格要求自己,要孩子忠诚老实,不说谎话,而且要求自己以身作则,给孩子作出榜样。

曾子杀猪教子示诚信的故事一直流传至今。

有一天,曾子的妻子到集市上去,她的儿子哭着跟着她。他的母亲骗他说:"你回去,等一会我回来给你杀猪吃。"

孩子信以为真,一边欢天喜地地跑回家,一边喊着:"有肉吃了,有肉吃了。"

孩子一整天都待在家里等妈妈回来,村子里的小伙伴来找他玩,他都拒绝了。他靠在墙根下一边晒太阳一边想着猪肉的味道,心里甭提多高兴了。

傍晚,孩子远远地看见妈妈回来了,他一边三步作两步地跑上前去迎接,一边喊着:"娘,娘快杀猪,快杀猪,我都快要馋死了。"

曾子的妻子说:"一头猪顶咱家两三个月的口粮呢,怎么能随随便便就杀猪呢?"

孩子哇的一声就哭了。

曾子闻声而来,知道了事情的真相以后,二话没说,转身就回到屋子里。过一会儿,他举着菜刀出来了,妻子急忙上前拦住丈夫,说道:"家里只养了这几头猪,都是逢年过节时才杀的。你怎么拿我哄孩子的话当真呢?"

曾子说:"在小孩面前是不能撒谎的。他们年幼无知,经常从父母那里学习知识,听取教诲。如果我们现在说一些欺骗他的话,等于是教他今后去欺骗别人。虽然做母亲的一时能哄得过孩子,但是过后他知道受了骗,就不会再相信妈妈的话。这样一来,你就很难再教育好自己的孩子了。"

曾子的妻子觉得丈夫的话很有道理,于是心悦诚服地帮助曾子杀猪去毛、剔骨切肉。没过多久,曾子的妻子就为儿子做好了一顿丰盛的晚餐。

曾子用言行告诉人们,为了做好一件事,哪怕对孩子,也应言而有信,诚实无诈,身教重于言教。他的人品一直为后代人所尊敬。

一切做父母的人,都应该像曾子夫妇那样讲究诚信,用自己的行动去影响自己的子女和整个社会。

在美国华盛顿州塔科马市,10岁的汉森正在与小朋友在家门口的空地上玩棒球。一不小心,汉森将球掷到了邻居的汽车上,把车窗玻璃打坏了。

其他小朋友见闯了祸,都吓得逃回了家。汉森呆呆地站立了一会儿,决定亲自登门承认错误。刚搬来的邻居原谅了汉森,但还是将这件事告诉了汉森的父母。当晚,汉森向父亲表示,他愿意将替人送报纸储蓄起来的钱赔偿邻居的损失。

第二天,汉森在父亲的陪同下,又一次去敲邻居家的门,表示自己愿意赔偿。邻居听了汉森的话,笑着说:"好吧,你如此诚信,又愿意承担责任,我不但不要你赔偿,还乐意将这辆汽车送给你作为奖赏,反正这辆汽车我也打算弃掉了。"

由于汉森年纪还小,不能开车,所以这辆汽车暂时由他父亲保管着。不过,汉森已经请人修理好了车窗,经常给车子洗尘打蜡,就像是宝贝一样。他经常倚在那辆1978年出厂的福特"野马"名车旁边说:"我恨不得快快长大,好驾驶这辆汽车。我至今仍然不敢相信它是我的。"汉森还说:"经过这个事件,我更懂得诚信是可贵的。我以后都会诚信待人。"

由此可见，诚信自有它的报偿。如果你的孩子付出诚信，他就会收获信赖；如果你的孩子付出虚伪，他就会得到欺骗。

当然，诚信品质的教育必须从小时候培养，坚持不懈。大人应该教导孩子从小就做一个诚信的人，要始终如一地要求孩子，教导孩子出现缺点和错误时要勇敢承认，接受批评，绝不隐瞒。你可以在家里多讨论诚信的重要性，为保证使诚信成为孩子的一种优良习惯，你可以读一些强调诚信重要性的书籍，给孩子讲一些名人诚信正直的故事。针对社会上那种坑蒙拐骗的行为，父母要态度鲜明地进行批判，要让孩子坚信，这种弄虚作假的行为是必将受到惩罚的。这样，孩子长大以后才能成为一个光明磊落的人。

1.家长以自己的诚信给孩子做出示范

家长对孩子不轻易许诺，许诺者必兑现，言必信，行必果，说话算数。这种"身教"是一种"潜教育"，他比"显教育"作用要大得多。

孩子的诚信意识，是从他的人生经历中逐步看会学会的。培养孩子诚信意识的第一任教师当然就是父母。孩子不诚信的行为起初往往是从父母那里学来的。所以，要使孩子诚信，家长首先要做到对孩子诚信，说话算数。

一个男孩说："我爸爸说，只要我考试得了100分，星期天就带我去公园玩。我真的考了100分，爸爸却说他没时间。"

一个女孩说："我妈妈说，写完作业就让我出去玩。我写完了，妈妈却不让我出去玩了，说再让我做10道练习题再出去玩。我就不想再做了。"

孩子会从这些家长言行中得到一些经验：大人也是会失信的；撒谎也是允许的，为了达到目的，用许诺来骗一下对方也无妨。

家长们就是这样一次次"说话不算数"，失去了孩子的信任，也失去了自己在孩子心中的威信。孩子也慢慢从这些小事中学会了不诚信。

家长失信于孩子，害处相当大。首先，这让孩子觉得，一个人说话可以不负责任，答应的事也可以不办。于是从小就养成了"轻率承诺"的坏习惯,长大后就会因为"失信"而失去朋友对他的信任。其次,家长会因此失去自己在孩子心目中的威信。家长的威信从哪里来?主要基础就是自己的言行。说话算数、说到做到的家长,会使孩子重视他们所说的每一句话,从小向他们学习"言必信,行必果"。

所以,家长不要在孩子面前胡乱夸口,不要胡乱许诺,不随便许愿,不要为了达到自己眼前的目的就随便地答应孩子的任何要求。当孩子提出要求时,你一定要认真想一想,这种要求是不是合理、能不能兑现。如果是合理的、能兑现的,你就认真地承诺,然后让孩子不断提醒自己履行承诺,一定兑现。万一因特殊情况没能履行承诺,失信于孩子,家长应及时向孩子说明情况或做出道歉,并和孩子一起商量用什么形式弥补,不能敷衍了事。要让孩子感觉到,诺言是沉重的,许诺应十分谨慎。

假如孩子向家长提出的要求是不合理的或不可能兑现的,你一定不要答应,而要耐心地和孩子一起研究出可行的办法再答应。

日常生活中没有多少大事,孩子对待大事的态度就是从小事上培养出来的。

2.告诫孩子,对人承诺时一定要三思而后行

我国古代大哲学家老子说过一句话:"轻诺必寡信。"所以我们应该告诫孩子,在承诺别人之前一定要慎重,要三思而后行,要考虑它的可行性,要留有余地,不要随便许诺又随便失信。考虑自己确实能够做到的再答应别人;一旦答应了的事情,就要千方百计地去做好。这样你才能不失信于人,你才能值得别人信任。轻易就承诺别人的人往往是没有信用的人。没有信用的人很难有朋友,也很难取得事业的成功。

3.当孩子说了谎时,家长要进行正确的引导和教育

我们的孩子,年龄小,他们还没有形成正确的世界观人生观,他们说谎的原因也比较单纯。比如:说谎可以免受惩罚,说谎可以讨父母或者老师欢心,说谎可以获得某种利益需求等等。作为家长,我们不要因为孩子说谎,就大动干戈抑或棍棒相加,而是要冷静分析,区别对待,并加以正确且积极的引导,让我们的孩子认识到,说谎是错误的行为,说谎是不诚信的表现,说谎是要付出代价的。孩子说谎、骗人,起初往往是从说谎得了便宜开始的。但无数事实证明,骗人最终只能是害了自己。正如林肯所说:"你能欺骗少数人,你不能欺骗大多数人;你能欺骗人于一时,你不能欺骗人于永远。"

当孩子犯了错误时,要引导孩子勇敢承认错误,冷静分析错误,主动承担因自己的错误造成的后果,争取"把坏事变成好事"。家长千万别帮着孩子掩饰错误,推脱责任。

要让孩子知道:欺诈,最多能使你占一两次小便宜;知识和技能,才是你终生的谋生手段;诚信的品质,将成就你永远的英名和事业。

4.要营造诚信的环境氛围

夫妻之间、朋友之间、与父母之间、同学之间、同事之间,我们都要做到真诚待人,诚信做事。"不以言小而失之,不以事小而敷之"。

要做一个公正诚信的人,首先要学会区分正确与错误、光荣与耻辱、公正与偏狭、诚实与欺诈。在家庭日常生活中,要通过讨论分析现实事例来培养孩子这些价值观。例如,孩子向你提到一个同学从别人的包里偷了一个玩具,你就可以和孩子一起讨论分析偷窃的性质和后果;当你发现孩子在学校抄袭了别人的作业,你就可以与孩子一起讨论诚信的话题。当孩子勇于承认自己错误的时候,家长不要对孩子全盘否定,不要让孩子因有了错误就自我否定,妄自菲薄,一蹶不振,要让孩子知道自己的价值所在。要让孩子理解:承认错误、改正错误,是为了历练自己,完善自己。

孩子长期在这样的环境氛围熏陶下,诚信的品质就会逐渐形成。

5.要让孩子理解"善意的说谎"

诚实的基本要求是不说谎,不骗人,但要告诉孩子,在复杂的社会和人生活动中,目的和手段有一定的区别。医生为了减轻病人的痛苦,以

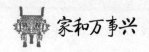

利于治病救人,往往向绝症病人隐瞒病情,编造一套谎话给病人,他表现的不是虚伪,而是更高更深层次的诚实。只有智慧、德性和能力达到高度统一的人,才能表现出这种高深层次的诚实美。

6.丰子恺:以礼待人,无礼无以立足

中国是世界著名的礼仪之邦。中国的父母,特别重视对子女进行礼仪礼貌教育。丰子恺继承发扬了中华民族的传统美德,在孩子小的时候,他就结合日常生活,教育他们要懂得礼仪礼貌。

丰子恺是名人,家里经常有客人来访。有一次,丰子恺在一家菜馆里宴请一位远道而来的朋友,把几个十多岁的孩子也带去作陪。孩子们吃饭时,还算有礼貌,守规矩。当孩子们吃完饭,他们之中就有人嘟囔着想先回家。父亲听到了,也不敢大声制止,就悄悄地告诉他们不能急着回家。事后,丰子恺对孩子们说:"我们家请客,我们全家人都是主人,你们几个小孩子也是主人。主人比客人先走,那是对客人不尊敬。就好像嫌人家吃得多,这很不好。"孩子们听了,都很懂事地点头。

丰子恺在平时生活中,经常跟孩子们讲对人要有礼貌,还非常具体细致地说礼仪就是待人接物的具体礼节和仪式。

丰子恺有个儿子叫做丰陈宝。

丰陈宝小时候特别怕生人,在客人面前显得不太礼貌。有一次,丰子恺先生到上海为开明书店赶一项编辑工作,把十三四岁的小陈宝也带了去,想让小陈宝帮着抄抄写写。有一天,来了一个小陈宝不认识的客人,这位客人同丰子恺先生谈了好长时间,小陈宝一直没有与客人去打招呼。客人与丰子恺先生谈完后,就过来与小陈宝打招呼、告别。这下小陈宝可愣住了,他一时不知道如何是好。

丰子恺先生送走客人后,语重心长地对小陈宝说:"客人向你打招呼告别,你怎么可以不理睬人家呢?"后来,丰子恺先生一直非常注重小陈宝的礼貌教育。他告诉小陈宝,客人来了,应该为客人端茶、盛饭,而且一定要用双手捧上,这样表示恭敬。他还风趣地打比方说:"如果用一只手端茶送饭,就好像皇上对臣子赏赐,更像是对乞丐布施,又好像是父母给孩子喝水、吃饭。这是非常不恭敬的。"

丰子恺先生还教育小陈宝说:"客人送你什么东西的时候,你一定要躬身双手去接。躬身表示谢意,双手表示敬意。"这些话都深深地印在了小陈宝的心中,后来,小陈宝果然成为一个彬彬有礼的孩子。

礼貌是社会交往中的行为规范,也是个人修养的体现。如果缺少了礼貌,一个人会被别人视为缺少教养而被排斥,甚至惹出不愉快的事情来。"有礼走遍天下,无理寸步难行。"从这个意义上讲,没有礼貌的人是举步维艰的。

有一批应届毕业生,被导师带到杭州的某实验室参观。他们坐在会议室里等待实验室孙科长的到来,这时有位实验室的服务人员来给大家倒水,同学们表情木然地看着她忙活,其中一个还问了句:"有矿泉水吗?天太热了。"服务人员回答:"抱歉,没了。"学生们顿时怨声一片。

只有轮到一个叫康辉的学生时,他轻声说:"谢谢,大热天的,辛苦了。"这个服务人员抬头看了他一眼,满含着惊奇,虽然这是很普通的客气话,却是她今天唯一的一句感谢话。

这时候,孙科长走进来和大家打招呼,可能大家已经等得不耐烦了,竟没有一个人回应,孙科长也感到有些尴尬。康辉左右看了看,犹犹豫豫地鼓了几下掌,同学们才稀稀落落地跟着拍手,由于不齐,越发显得零乱起来。

孙科长挥了挥手:"欢迎同学们到这里来参观。平时这些事一般都是由办公室负责接待,因为我和你们的导师是老同学,非常要好,所以这次我亲自来给大家讲一些情况。我看同学们都没有带笔记本,这样吧,王秘书,请你去拿一些我们部里的纪念手册,送给同学们作纪念。"

接下来,更尴尬的事情发生了,大家都坐在那里,很随意地用一只手接过孙科长双手递过来的手册。

孙科长的脸色越来越难看,走到康辉面前时,已经快要没有耐心了。就在这时,康辉很礼貌地站起来,身体微倾,双手握住手册恭敬地说了一声:"谢谢您!"

孙科长闻听此言,不觉眼前一亮,伸手拍了拍康辉的肩膀:"你叫什么名字?"康辉很礼貌地回答了自己的姓名,孙科长微笑点头回到自己的座位上。早已汗颜的导师看到此景,微微松了一口气。

两个月后,毕业分配表上,康辉的去向栏里赫然写着这个实验室的名字。有几位颇感不满的同学找到导师问:"康辉的学习成绩最多算是中等,凭什么选他而没选我们?"

导师看了看这几张因为年轻而趾高气扬的脸,笑道:"是人家点名来要的。其实你们的机会是完全一样的,你们的成绩甚至比康辉还要好,但是除了学习之外,你们需要学习的东西太多了,礼貌便是重要的一课。"

礼貌是人们的道德准则,是人与人相处的规矩。心理学家认为,礼貌归根到底是习惯的问题。一个不懂礼貌的孩子很可能会成长为一个不懂礼貌的大人，而不懂礼貌会使他在社会竞争中处于劣势，在工作中很难获得同事的尊重和友好协作，在生活中也不易获得友谊和自信。所以说，要使孩子成长为由所作为的人，父母就应该教孩子从小懂礼貌、讲文明。

7.范蠡：千金散尽，不传金钱只传美德

范蠡助越王勾践卧薪尝胆二十余载，灭了吴王夫差。正当功成名就之际，他毅然辞掉高官厚禄，下海经商去了。

《史记》记载说，范蠡先是来到齐国，改名叫鸱夷子皮，"耕于海畔，苦身戮力，父子治产。居无几何，致产数十万"。意思是范蠡带领妻子、孩子，在齐国的海边荜路蓝缕、胼手胝足，开始了新的艰难创业。他们垦荒种地，生产粮食，还利用海边的渔业、盐业资源，开展商业贸易。经过全家人辛勤劳作，只用了几年时间，就积累了数十万家产。

后来，范蠡又迁居到陶，再次改名换姓，自称朱公，人称陶朱公。十九年间，几次积攒了数以千计的黄金。"天下言富者，皆称陶朱公"，俨然称得上是当时天下的首富了。

范蠡后来年老力衰，就把经营产业的事情完全交给了子孙，自己安享晚年。在子孙们的经营下，范家的产业有了更大规模的发展，达到了"巨万"，大概相当于现在的亿万了。

范蠡退休以后，"陶朱公"三个字，变成了范家的一个商号，被范蠡的子孙一代代传了下来。商号的当家人相当于现在的董事长兼CEO，也被称为陶朱公。到了战国时候，陶朱公这个商号依然存在，而且影响更大了，几

乎达到了富可敌国的程度。

可以说，范蠡家族成功地打破了"富不过三代"的定律，实现了家业常青。

那么，范家究竟是怎样做到这一点的呢？是否因为范蠡积累的家产多，所以传给子孙后代的钱财也多呢？

不是的。通观范蠡的财富之路就会发现，他似乎压根儿不想把财产传给子孙。

《史记》有明确记载：范蠡在齐国积累了数十万家产之后，引起了齐国贵族们的注意，他们合力推举范蠡担任齐国相国，还把相国大印送到他家。范蠡说："经营自家的产业，能获得千金，做官能做到卿相，对一个布衣百姓来说，已经达到了人生的顶点。但是，长期享有尊崇的名声，未必是一件好事。"于是，范蠡婉言谢绝了相国大印，把家产分成若干份，分别赠送给一些朋友和乡亲，自己只带着小部分贵重细软，悄悄地离开齐国，迁居到了陶。

成为"陶朱公"之后，范蠡"十九年之中，三掷千金，再分散与贫交疏昆弟"，然后一而再、再而三地从头开始、重新创业。司马迁称赞他："此所谓富而好行其德者也。"

那么，范蠡究竟想传给子孙后代什么东西呢？

纵览范蠡家族的历史，我们可以发现：他传的是宽以待人的处世原则、自强不息的人生态度。范蠡自己就是宽以待人的典范。除了富而好德、乐善好施之外，还有一个突出表现就是他在用人上的"择人"而"不责于人"。

什么是"择人"呢？就是注意选拔和使用适当的人才。什么是"不责于人"呢？就是对手下的人并不求全责备，而是待人宽厚。

正因为宽以待人，他才能够照顾别人的利益，做到买卖双方的互利互惠；正因为宽以待人，他才能够富而好德，周济穷人，尽到社会责任；正因为宽以待人，他才能够遵纪守法，不伤天害理。

范蠡还是自强不息的典范。每当通过艰苦奋斗达到事业巅峰时，他都要激流勇退，让自己回到起点，重新创业。就仿佛一个登山的人，每次吭哧吭哧地爬到山顶，还没有顾得上歇歇脚，欣赏一下"会当凌绝顶，一览众山小"的美妙风光，就坐上了滑梯，一下子回到山脚下，再一次吭哧吭哧地向上爬。

　　从子孙后代的表现来看，范蠡的这些处世原则和人生智慧，确确实实传给了他的后代，并且被发扬光大。历史上有一个很有名的故事说，范蠡的后代热心于商业教育事业，把自己的商业经验传授给了一个贫穷落魄的年轻人猗顿，从而把猗顿培养成了富比王侯的大富豪。

　　显而易见，在究竟应该把什么传给后代的问题上，范蠡的答案是：不传金钱，只传美德。

　　范蠡的智慧，代表了中华民族历史上始终占据主流地位的治家理念。唐朝李商隐有诗云："历览前贤国与家，成由勤俭败由奢。"过去很多人家大门两旁都会镌刻一副对联："忠厚传家久，诗书继世长"。忠诚老实、仁义厚道是世代久远的根本，知识文化、勤奋学习乃家业昌盛之正途。

　　一辈又一辈的中国人之所以坚信这样的齐家格言，是因为无数经验教训使人们深刻地认识到了：如果没有再创造的活力，财富是不断耗损的，就像水在流淌时会不断蒸发渗漏一样。家业常青，乃是基于精神不倒。金钱没有生命力，真正长盛不衰的，是宝贵的精神财富！

　　放眼全球，中国古人的这些传统智慧，实际上也是被普遍认同的。贝多芬就说过："劝你们的孩子拥有美德吧，因为只有美德，而不是金钱，能让他们快乐。这是我这个过来人的切身感悟。"